わたしが人間であるために

障害者の公民権運動を闘った「私たち」の物語

BEING HEUMANN

AN UNREPENTANT MEMOIR OF A DISABILITY RIGHTS ACTIVIST

ジュディス・ヒューマン〈著〉
クリステン・ジョイナー
曽田夏記〈訳〉

現代書館

母と父、
故イルス＆ワーナー・ヒューマンに捧ぐ
わたしなら何でもできると信じてくれたことに
世界がどうあるべきか、ビジョンを共有していた
戦友のひとり、マーカ・ブリストに捧ぐ
――ジュディスより

自分の価値観に従い
真に生きるとは何かを教えてくれた母と父、
ローレル・ワーニック・ジョイナーと
ブライアン・ジョイナーに捧ぐ
――クリステンより

わたしが人間であるために＊目次

第III部　一九八一年　バークレー・カリフォルニア――――221

【凡例】

＊および〔　〕内の記述……訳注

★……文献注（参考文献は巻末を参照のこと）

ジュディより、日本の読者のみなさまへ

差別との闘いは痛みを伴います。でも、闘ったからこそ、障害者には絶対無理だと社会が思っていたことを、最終的に成し遂げることができました。そして、さまざまな差別の形態を経験しているのは自分だけではなく、アメリカ国内、また世界中にいる多くの障害者も同じなのだと気づきました。力を合わせることで、私たちはひとりではないこと、自分たちの人生をより良いものにしたいという共通の願いを知りました。

でも、力を合わせるためには、私たちにも障害のない人たちが享受している機会が必要でした。学校に行けること、差別される恐れなく職を得ること、バスや電車に乗れること、結婚して家族を持つこと——。

一九七〇年代、わたしは世界各国を旅するようになり、「互いに学び合おう」という信念を共にできる障害者と出会いました。一九八一年、日本の障害者が米国で自立生活運動を学べるよう、ミスタードーナツが派遣事業を開始しました。*バークレー自立生活センターの活動を学ぶため、

バークレーで研修をした人も少なくありませんでした。一生の友だちとなる多くの研修生と出会えたことは、わたしにとって本当に恵まれたことでした。日本の友人たちのおかげで、わたしは何度も日本を訪問するという特別な機会にも恵まれました。米国の障害権利団体で活動する障害者の運動家として、また、クリントン政権、オバマ政権、世界銀行で働いていたときは米国政府代表として訪問しました。

日本で、障害者の人生がより良いものになるよう、障害のある人たちが自分は価値ある存在だと、本来は力を持っている存在だと感じられるよう、一生懸命に活動している障害当事者のみなさん、またそれを支えるみなさんに、感謝の気持ちを伝えたいと思います。みなさんの努力が法律を変えてきました。その結果、障害者がより多くの機会を得られるようになりました。日本の自立生活運動の発展、そしてみなさんのリーダーシップは、他国の障害者のインスピレーションにもなり、自国での変化を求めて闘う障害者を結集させ、力づけてきました。

障害者の日米交流について最初にビジョンを示してくれたのは、ジャスティン・ダートとヨシコ・ダート、そして八代英太元参議院議員でした。その後、日本の障害者とのつながりを特別なものにしてくれた多くの友人がいます。中西正司さんと中西由起子さん、高嶺豊さん、マイケル・ウインターと桑名敦子さん、奥平真砂子さん、樋口恵子さん、盛上真美さん、佐藤聡さん、平下耕三さん、長瀬修さん、石井靖乃さん。紙面の都合上、すべての方のお名前を挙げることはできませんが、多くの人に感謝しています。そして、わたしのストーリーを日本語に翻訳し出版するための作業をしてくれた曽田夏記さんに感謝します。

友人のみなさん、そしてこの本を読んでくれるみなさんには、わたしが日本のホテルで食べる朝食と、コンビニのおにぎりを恋しがっていることを知ってもらいたいです。また日本を訪問して、昔からの友人と再会し、新たな友だちをつくって、みなさんが住む素晴らしい場所を訪れ楽しい時間を過ごし、そして、お互いのストーリーを語り合える日がくることを、心から願っています。

二〇二一年　五月　ジュディス・ヒューマン

＊「ミスタードーナツ障害者リーダー米国留学派遣」（当時）のこと。その後、ダスキン企業グループ全体での取り組みとなり、ダスキン愛の輪基金による「ダスキン障害者リーダー育成海外研修派遣事業」として現在も実施中。

ジュディからのメッセージ

長い間、わたしは自伝を書くことに抵抗がありました。この本に書いたような記憶をさかのぼることが怖かったからではありません。もちろん、時につらい作業ではありました。むしろ本当の理由は、自分のストーリーだけが語られるべきだと思ったことが一度もなかったからです。人生で成し遂げたことのなかで、わたし一人でできたことなど一つもないから――。

そこには、母と父、弟たち、学校の友人、そして共に運動する仲間たちがいて、わたしを助け、話を聞き、笑って、導いてくれました。この間ずっと、みんなからの愛と支えがすぐそばにありました。わたしのストーリーを通して、わたしの記憶の中にある通りに、みんなの姿が輝くことを願っています。プライバシーに配慮し、人の名前や詳細を変え、わたし自身や周囲の記憶に基づいて当時の状況を再構成した箇所もあります。

それでは、この前置きをしたうえで、わたしのストーリーをみなさんにお話ししましょう。

読んでくれて、ありがとう。

プロローグ

「障害がなければよかったのに」と思ったことは、一度もない。両親もきっと同じだろう。直接聞いたことは一度もないが、もし聞いたとしても「ジュディに障害がなければ、私たちの人生はもっとよいものだった」とは言わなかったと思う。両親はわたしの障害を受け入れ、前へ進んだ。両親はそういう人間で、それが彼らのやり方だった。わたしがポリオから回復し二度と歩けないことがわかったとき、両親は医者から受けた助言をわたしには言うまいと熟慮の末に決めた。わたしは三十代になって初めて、当時の医者が言った内容を知った。

「娘さんを施設に入れたほうがいいですよ」

この医者が私たちに何か個人的な恨みを持っていたわけではない。私たち家族がドイツ系移民だということとも何の関係もない。悪気があったわけでもない。その医者は、若い両親にできる最善のことは、この二歳の子どもを施設で育ててもらうことだと心から信じていたのだと思う。

一九四九年当時、いろいろな意味で、施設に入れることは当たり前だった。親たちは施設にいる子どもに面会へ行くことすら必ずしも奨励されていなかった。障害のある子どもは、経済的にも社会的にも厄介な存在とされ、障害のある子どもがいる家族には社会的な烙印が捺された。障害のある家族がいれば、家族の誰かが何かをしたせいだと考えられていた。

＊

両親が医者になんと答えたのか、わたしは知らない。というのも、わが家ではこういったことをあまり話題にしなかったからだ。でも、両親がわたしを施設に入れたがらなかったことは想像に難くない。父も母も、ホロコーストのせいで孤児になっていた。ふたりとも十代のときにアメリカに疎開させられている。ヒトラーが権力を手にし、人びとが子どもの身の安全を心配するほど情勢は悪化していたが、あれほど悪化するとは誰も思っていなかった頃だ。父は一四歳でおじとブルックリンで暮らすようになり、幸いなことに、その後すぐ三人の兄弟も後を追ってやってきた。母はひとりっ子で、たったひとりでシカゴへ行かされ、まったく知らない人と一緒に住むことになった。アメリカにいた母方の遠い親戚が母たち一家を訪ね、情勢の悪化を伝えたことがきっかけだ。わたしの祖父母はそれを聞き、わたしの母――彼らにとってはたったひとりの子ども――を疎開させ、この遠い親戚と一緒に生活させることを決意した。

母は当時どんな気持ちだったのだろう、とよく想像してみた。一二歳で、ある日いきなり見知らぬ人、一度も会ったことがない人が家にやってきて、その二週間後には突然ドイツから生涯離れることになり、ひとりシカゴで馴染みのない人たちと暮らさねばならなくなったのだ。母は、家族がまた一緒になれる日が来ると、ずっと信じていたようだ。戦時中ですら、母は両親をアメリカに呼び寄せるためのお金を貯めようと働いていた。その両親がふたりとも殺されていた事実を母が知るのは、もっとあとになってからだ。

あと十年早くわたしがドイツで障害者として生まれていたら、ドイツ人の医者はほぼ確実に「施設に入れるべきだ」と言っただろう。ただし、白い壁に囲まれた小さな部屋の中で看護師の世話を受けて他の障害児と一緒に育つのではなく、特別な診療所に連れて行かれ、そこで殺されていただろう。

アウシュビッツやダッハウでの虐殺が起こる前、障害のある子どもたちが抹殺される施設はすでに存在していた。のちの大虐殺につながるヒトラーの試験的プロジェクトは、障害のある子どもたちから始まっていたのだ。医者は幼い障害児を特定の小児診療所に預けるよう親に促し、子どもたちはそこで飢餓状態にされるか、注射を打たれて死に至った。このプログラムが年長の障害児にも対象を拡大すると、医者は毒ガスを試すようになった。

五千人の障害児がこれらの施設で殺された。

ナチスは、障害者は遺伝的にも財政的にも社会の重荷だとみなした。生きるに値しない命だと。

だからこそ、わたしの両親は、移り住んだ新たな国において権力を持つ存在、すなわち医者が、「娘さんをお引き取りしてこちらで育てましょう」と言っても、決して同意しなかったのだ。両親がいた国では、家族は離ればなれになり、子どもは疎開させられるか、当局に連れ去られて二度と戻ってこないかのどちらかだった――すべて、計画的に人間性を奪い虐殺を実行するキャンペーンの一部だった。

彼らの娘は、障害があろうとなかろうと、どこにも行きはしなかった。

両親は、なにも頑固で反体制的だったわけではない。ただ、思慮深い人たちだった。憎しみや非人道的な行為が許されるとどうなるか、両親は学んでいた。父も母も、自らの価値観に従って生きる勇敢な人間だった。「直視したくないから」という理由で全国民が問題から目を背けるとどうなるかも、直に経験していた。だから、両親は決してものごとを額面通りに受け取ることはなかった。何かがおかしいと感じたら、それを問えと教えてくれた――それが権力者からの指示であろうと、先生が教室で言ったことだろうと。そして、両親は、過去を、自分たちがされたことを、引きずらなかった。

両親は、過去を「忘れた」わけでは決してなかったし、むしろ過去から確実に学んでいた。そして、イルス&ワーナー・ヒューマン夫妻は前へと進んだ。特に母のイルスだ。

母は楽天家だった。そして、闘士だった。

そこは、わたしも同じだ。

私たちがサンフランシスコの連邦政府ビルを占拠したときや、わたしがニューヨーク市教育委員会に挑んだときでさえ、こういった背景が頭をよぎっていたとは言えない。でも、今になってやっと、振り返ってみて初めて、これらすべてのできごとがわたしという人間をつくり上げていたのだと感じている。

第I部

一九五三年
ブルックリン・ニューヨーク

左：椅子に座り笑顔で手を振る幼少期のジュディ

右：平行棒を支えに歩行訓練をする幼少期のジュディ

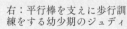

第一章　蝶

わたしのしたことが世界を変えた、と言う人もいる。でも、自分が何者であるかを、まわりの言うとおりに受け入れることなどしたくない。そのことについてはうるさく言ってきた。

むしろ、わたしは真正面からこう言わないといけないのだ。世界を変えたのは、実際は「わたし」ではなく、「私たち」だったのだと。

いつだって世界を変える物語は、多くの人によって織り成される物語だ。たくさんのアイデアに、たくさんの口論。たくさんの議論。夜通しの、迫力に満ちて、笑い崩れたブレインストーミングの数々。信念を持つ多くの仲間。数々の友情。数々の挫折。数々の「ほぼほぼ諦めかけた」瞬間。そして、多くの、多くの、本当に「多くの」人たち。

たしかに、これはわたしの物語だ。でも、わたしは大勢の中のひとりだ。数多くのヒーローたち、まだ生きている仲間にも、そしてもう今はここにはいない仲間にも、十分に光を当てることができたらと願っている。

初めに、両親がわたしを施設に入れることを拒否したあと何が起きたか、わたしの幼少期について話そう。そうすれば、当時の世界の様子がわかると思う——私たちがサンフランシスコの連邦政府ビルを占拠したり、国会議事堂の階段を這い上がる以前、制度的な変化が起こる前の話だ。

一九五三年、わたしは六歳だった。ドワイト・D・アイゼンハウアーが大統領で、エリザベス・テイラーが看板女優になり、ジャッキー・ロビンソンが野球界で人種の壁を壊し[*1]、八年前に第二次世界大戦が終わったばかりだった。エルビス・プレスリーはあと三年もすれば「エド・サリバン・ショー」でブレークという時期で、ドジャースの本拠地はまだブルックリンだった。アメリカ中が平和と繁栄の訪れを祝い、七百万人の新生児を迎えるベビーブームの真っただ中にあった。世間一般の幸福感が目立つ一方で、アフリカ系アメリカ人であれ、ラティーノであれ、その他のマイノリティであれ、第二次世界大戦後のアメリカの豊かさから切り離された日々を生きていた人びとの不満が、水面下でくすぶっていた。一九五三年、全米黒人地位向上協会（NAACP）が「ブラウン対トピーカ教育委員会事件[*2]」の集団訴訟を最高裁に持ち込んだところだった。その

＊1　一八九〇年頃以降、米メジャーリーグでは有色人種排除の方針が確立されていたが、一九四七年にロビンソンが初のアフリカ系アメリカ人選手としてデビューした。

＊2「ブラウン対教育委員会事件」とも。一九五四年に出されたのが、通称「ブラウン判決」。公立学校における黒人と白人の別学を定めた州法は不平等であるとし、「分離すれども平等」とされていた人種隔離政策を違憲とした判決。

二年後には、アラバマ州モンゴメリーで、バスに乗っていたローザ・パークスが白人の乗客に席を譲るのを拒否することになる。

両親は、新天地アメリカでの情勢に大いに関心を払い、ブルックリン界隈に住む他の移民たちと一緒にニュースを注意深く追っていた。わたしはというと、当時六歳で、全国的なニュースはほとんど理解していなかったが、わたしのような子どもにとっての日常がどのようなものだったか、六歳児なりの視点で多くを語ることができただろう。

わたしは一九四九年のポリオ大流行によって米国で感染した約四万三千人の乳幼児のひとりで、四肢マヒになった。わたしの日常は、米国南部における分離政策の特徴である「白人以外お断り（Whites Only）」の小さな看板に左右されたわけではなかったが、わたしが生きていた世界も同様に分離されたものだった。もちろん、そう理解できたのはもっとあとになってからだ。というのも、わたしは家族と友人の愛に囲まれていたからだ。六歳のわたしにとっては家の周りの一区画が世界のすべてで、そこが一番だった。

一九五三年の夏、わたしは手動車いすをこいでちょっとずつ歩道を下り、隣のアーリーンの家へよく遊びに行ったものだった。

アーリーンの家に行く「旅」は、まず母がスロープでわが家から歩道に降ろしてくれるところからはじまる。歩道に出たら自分で車いすのハンドリムを握って、数インチずつ進んでいった。

わたしが電動車いすを手に入れるのは一五年後のことだ。当時、第二次世界大戦から帰還した傷痍軍人のニーズに触発され、カナダ人のジョージ・クラインが電動車いすの開発に取り組んでいたが、大量生産が始まるのは四年後だった。

わたしは乳児期のポリオ感染により両腕の筋力をほぼ失っていたので、手動車いすをこぐのは本当に大変だった。アーリーンの家と往来するコツは、私たちの家を結んでいる歩道のごくわずかな傾斜を利用することだった。歩いている人は絶対に気づかないような本当にわずかな傾斜だったが、その傾斜のてっぺんまで行けばあとは反対側へ滑り降りるだけだとわたしにはわかっていた。歩道を上がっていると、わが家の台所の窓からラジオの音が聴こえる。台所では、四歳の弟・ジョーイが、母とまだ赤ん坊の弟・リッキーと一緒にシリアルを食べていて、父は朝早く家を出て、自営する肉屋へ出勤したあとだった。

坂のほぼ頂上まできて、最後のほんのひとこぎ、というところで息を止める。太陽が後頭部を照りつけ、髪が乱れて目にかかる。何も考えずに車輪から片手を離し、顔にかかっていた髪をかきあげてしまった。すると、両手で支えていた車輪は安定を失って滑り落ち、スタート地点まで引き戻された。ため息をつきながら顔を上げ、期待を込めてあたりを見渡す。まだ誰も外に出てきていないかな？　後ろから少しだけ押してくれる人を探した。でも、通りは静まり返っている。もう一度息を深く吸って、体を前に倒して、車いすをこぎ始めた。

少し——五分？　十分？　三十分？　——経っただろうか……六歳の時間感覚は今とは異なるが、わたしはアーリーンの家の玄関前に到着し、ドアへと続く三段の階段を見つめた。この「遠征」の中でできまりが悪いパートだった。車いすごと自力で階段を上って呼び鈴を押せないということは、アーリーンの家の前の歩道に座り「外で遊ぼう！」と叫ばなければならないことを意味した。

数分間、わたしはそこに座っていた。アーリーンの家は狭く、正面が赤レンガ造りで、二階の屋根が白く枠取りされており、小さな長方形の芝生には花が植えられた一角があった。そこに青いあじさいがあれば、外見はわが家と変わらない。家の前に車が停まっていれば、アルムスコグス家が在宅ということだ——運が良ければ、誰かが外に出てきてわたしのことを見つけてくれるだろう。視線をわが家に向ける。フランクおじさん（本当のおじではないが「おじさん」と呼んでいた）が、アーリーンの家の向かいのフェール家から叫んでいるのが聞こえたが、フェール家からも誰も外には出てこない。二階にあるアーリーンの寝室の窓に目を凝らし、彼女の影を探す。部屋の白いカーテンが風でそっと揺れている。最後にもう一度だけ通りをぐるりと見渡して、誰かが外に遊びに出てきていないか確認した。一羽の鳥がチュンと鳴いて飛び立つと、誰もいない通りを横切ってフェール家の屋根にとまった。

わたしは勇気を振りしぼって、「アーリーン、出てきて遊ぼう！」と呼んでみた。恥ずかしさでいっぱいになりながら待つ。アーリーンか、アーリーンのお母さんか、お父さんか、兄弟に聞こえるくらいの大声で叫ばないといけなかったが、近所中に聞こえてしまうような大声は出したくない。

まったく反応がない。家から誰かの話し声が聞こえるわけでもない。

さっきよりも少し大きな声で、もう一度叫んでみる。

「アーリーン、出てきて遊べる?」

一呼吸おいて、家を見つめる。

やはり反応はなかった。

近所中に声が響きわたる心配など捨てて、わたしは怒鳴った。

「アーリーン!」

あらん限りの大声で叫んだ。

「出てきて遊ぼうってば!!」

「こんにちは、ジュディ!」

アーリーンのお母さんがドアまで出てきた。

「アーリーンはすぐ来るからね」

五分後、アーリーンは緑のチェックのドレスを着て茶色の髪をおろし、人形を抱えてドアの前に現れた。わたしの母もアーリーンのお母さん(「アイビーおばさん」と呼んでいた)も、いつも私たちにドレスを着せていた。私たちの親友・メアリーのお母さん、ルースおばさんも同じだ。

アーリーンは三段の階段をぴょんぴょんと跳び下りてきた。

「なにして遊ぶ?」

「メアリーにも遊べるか聞いてみよう」とわたしは言った。アーリーンはわたしの車いすを押して三秒でメアリーの家に着くと、階段を上って呼び鈴を押し、メアリーも一緒に遊べるかを聞いた。ルースおばさんが「イエス」と答え、金髪をポニーテールにしたメアリーが人形を持ってすぐ外へ出てきた。メアリーとアーリーンはわたしを押してわが家の裏庭へ向かい、大きな楓の木陰で大好きなお人形さん遊びをした。メアリーとアーリーンが通りの同じ並びに住んでいたのは、わたしにとっては幸運だった。なぜなら、車いすで歩道から下りて通りを横切り、何インチだろうが段差を乗り越えて反対側の歩道に上がるなんて、絶対に無理だから。わたしにとっては、たった一段の段差でも万里の長城と同じだった。

しまいには、近所に住む他の子たちも出てきて一緒に遊んだ。パッチー、ベス、テディ、弟のジョーイ、メアリーの兄弟のエディーとビリー、アーリーンの兄弟のポール、そして年上のフランキー。通りは一方通行で、車の往来もほとんどない。

みんなとの遊びに車いすで混ざるのが珍しいことだとは思わなかった。わたしが一緒に遊べるかどうかが問題になることは一度もなかったからだ。みんながしていることは何でもわたしにもできるように、みんなで方法を編み出していた。大縄とびだろうと、ローラースケートだろうと、みんなで工夫した。足にローラースケートを履かせてもらって車いすのまま滑るまねをしたたし、大縄を回してあげることもあったし、他にもいろいろな方法で一緒に遊んでいた。自分は他の子と違うと感じたことはなかった。今になれば、子どもだったから自然とそうなっていたのだとわかるし、子どもは問題解決が得意だ。とはいえ、こうした経験のおかげで、わたしはとても幼い年齢のうちに、解決できると思えばほとんどのことは可能だと学んだ。

土曜の夜、親たちは家にいて、たいてい外で父親たちがバーベキューをして、母親たちはピクニックテーブルを出しながらおしゃべりをしていた。私たち子どもは、網の上で焼かれるハンバーガーやフランクフルトのいい匂いを嗅ぎ、できあがるのを待ちながら、お腹を空かせて通りで遊んでいた。日曜日は、弟のジョーイとヘブライ学校に通った。学校が終わると、車に乗り込んでコニー島近くのシーゲートに住むレオンおじさんやアルフレッドおじさん、いとこたちに会いに行くか、裏庭にビニールプールを出して遊んだりした。

そして、九月になり、夏の終わりとともに学校がはじまった。朝は少し肌寒くなり、状況は一変した。九月、メアリーは兄弟とカトリックの私立校へ通いはじめ、アーリーンとその兄弟、わたしの弟のジョーイは公立校に通い始めた——わたしもみんなと一緒に通っているはずだったが、そうはならなかった。

五歳で母と幼稚園の入園手続きに行った日のことをまだ覚えている。母はわたしにきれいなドレスを着せ、幼稚園まで車いすを押し、階段の上に車いすを引っぱり上げた。しかし、園長はわたしの入園を認めなかった。

「ジュディは厄介です」と園長は言い、ショックを受けている母に、園側にとって車いすがいかに危険な障害物であるかを説明した。車いすの子どもが学校に通うことは許されていなかった。わたしは家にいることになった。

その日から、わたしを学校に入れるための母の長い闘いがはじまった。父が無関心だったわけではない。父はわたしの教育のことをとても気にしていたが、朝四時から夜七時まで肉屋を切り盛りしなければならなかった。闘いの日々が母の肩に降りかかることになったが、わたしはそれを天からのしるしだと思っている。なぜなら、もし宇宙がわたしが学校へ通うことを本当に望まなかったのなら、イルス・ヒューマンをわたしの母にはしなかっただろうから。イルス・ヒューマンに向かって、何かが不可能だと言うことは大きな間違いだった。

最初に母がしたことの一つは、わたしを地域のイェシーバー、つまりユダヤ教の昼間学校に入れようとする試みだった。イェシーバーの校長は「ヘブライ語の能力が十分あれば入学できますよ」と伝え、丁重に母を追い払おうとしていた。母はそれが校長なりの「ノー」だと気づいていなかったと思う。おそらく「ノー」という言葉を直接聞いたわけではなかったからだ。母はどんなに否定的な返事をされようと、そのなかにわずかなほころびを見つけ、そこから「イエス」に転じさせた。母は粘り強さを絵に描いたような人だった。

面白いのは、母が見た目ではそんなふうに見えないことだ。父は母を「無敵のこびと」と呼んでいた。身長は一五〇センチもなく、人の心を和ませるとびきりの笑顔を持っていた。不意をつかれるまで、誰も母の内面にある鋼には気づけなかった。

というわけで、母はそれが理に適っていると考えるかは別にして、わたしが確実にヘブライ語を習得できるように頑張った。母はわたしについていた理学療法士の妻（イスラエル人）にヘブライ語レッスンを頼みこみ、何週間にもわたって毎日わたしを彼女のアパートへ送り届けた。母がのちに笑い話にしていた通り、わたしが他の生徒よりヘブライ語が上手に話せるようになるまで――。ところが、母が校長に連絡し、娘がヘブライ語を習得したので夏の終わりには入学させたいという旨を伝えると、校長は母が自分の言葉どおりにしたことに衝撃を受けつつ、その話をなかったことにしようとした。

「あの、とにかく上手くいかないと思うのです」と校長は言った。

母は済んでしまったことを嘆き続けはしなかった。ただ前に進んだ。

イェシーバーに入学拒否をされて間もなく、ニューヨーク市教育委員会が母に連絡し、娘さん向きのプログラムがあるので見学に来るようにと伝えた。わたしが障害のない子どもと一緒に地域の学校に通える期待はまったくできないと母が気づいたのは、このときが初めてだった。わたしも見学に行ったが、そこは友だちが話していた学校とは何か様子が違うと感じたことを覚えている――子どもたちは席についておらず、なんだかめちゃくちゃだった。両親はわたしをそのプログラムに入れることを拒んだ。

本来なら一年生になって数週間が経ったはずの頃、教育委員会から母に連絡があり、わたしが家庭教育の対象児童であることを告げられた。そのあとすぐ、キャンプフィールド先生がわが家に週二回（一日は一時間、もう一日は一・五時間）派遣されるようになり、わたしの部屋の折りたたみ机に座って授業をしてくれた。週たった二・五時間で意味のある学習ができるという考え自体が、もちろん馬鹿げたものだった。ただ、キャンプフィールド先生は親切な女性だったし、母以外に勉強を教えてくれる人がいるのは実際うれしかった。両親には、わたしの補習に使える教材や本は一切配布されなかった。家庭教育を弟のジョーイや友だちが受けている教育となんとか同程度のものにするつもりがないことは明らかだった。

わたしは当時、これらの問題に何一つ気づいていなかった。まだ子どもだったからだ。そのうえ、わたしはご機嫌な子どもだった。わたしが知る限り、カトリック信者の近所の子どもはカトリック校に通い、プロテスタントの家の子や弟は公立校に通い、そしてわたしはわが家の「学校」に通う――私たちはみんな「それぞれの」学校に通っていた。一九五三年のその年、弟のジョーイが幼稚園に通い始めたときも、わたしはただ家にいて、何かがおかしいと漠然と思ってはいた。でも、その違和感を言葉にすることはできなかった。

家では、キャンプフィールド先生が出した物足りない宿題もやってはいたが、わたしが主にしていたことは読書だった。読んで、読んで、読みまくった。午後になって弟が幼稚園から帰宅し、友だちが家にやってくると、外で遊ぶ時間になった。そして、その日の習い事の時間になるまで遊んだ。放課後は、ジョーイやいとこ、友だちとまったく同じ習い事に通っていた。日・月・木がヘブライ学校で、火曜日がガールスカウト、水曜日はピアノだった。車いすに乗っているのはわたしだけだったけれど、習い事のときに自分が他の子どもとは違うと感じたことは一切なかった。もちろん、ブラウニー〔ガールスカウトの小学校低学年部門〕に行くときに車いすを引きずり上げてもらったり、ヘブライ語教室でエレベーターまで行くときに、シナゴーグ〔ユダヤ教の礼拝のために設けた教会堂〕の裏口階段をゴミの中を通って降ろしてもらうことについては、たしかに時々気まずく思っていた。ある日、かわいそうな母はわたしの車いすを後ろに下げようとしてほうきにつまずいた。車いすは階段を転がり落ち、放り出されたわたしは唇を切ってしまった。どうして家にあるようなスロープを置かないのかな、と不思議に思ってはいたが、それ以上は深く考えなかった。わたしはその場に着いてしまえば、あとはみんなと一緒に工作をしたり、ヘブライ語を勉強したり、ユダヤ文化について学んだりして、それで大満足だった。

蒸し暑い夏のあいだ中ずっと通りで遊び、九月になった。みんなは学校に戻り、わたしは家に残された。そして、キャンプフィールド先生が課題を手にわが家のドアをノックし、ヘブライ学校、ピアノのレッスン、ブラウニーに行く日々が再開した。樹々が色づいて葉を落とすと、雪の季節がやってきて、通りを真っ白に覆った。ルースおばさん、アイビーおばさん、そしてご近所でガールスカウトのリーダーをやっていて、のちにわたしの算数の家庭教師になるマラムおばさんが、母とお茶をしにわが家へ来ていた。わたしはアーリーン、メアリー、パッチー、ベス、テディと外で遊んだ。ユダヤ教の祝日はシナゴーグに行った。日曜日はヘブライ学校に行って、そのあとはおじ、おば、いとこたちを訪ねるか、美術館や博物館に行っていた。

両親は演劇、バレエ、オペラのチケットを買うこともあった。父は若いときからこうした芸術が好きで、ドイツにいた頃は隣町の劇場まで時々何マイルも歩いては、劇場内に入り込めるようにチラシ配りをしていた。父は私たちが文化芸術に親しめるようにしてくれた。バスも電車も当時アクセシブルではなかったが、母か父のどちらかがわたしの車いすを折りたたんで車のトランクに積み込み、気軽に出かけたものだった。

土曜日には、ベーグル、サケの燻製、白身魚を、美味しいお菓子、卵、父が丹念につくったパストラミ〔香辛料を効かせた牛肉の燻製〕と一緒に食べて、素敵なブランチを楽しむこともあった。食卓で過ごす時間はまったく退屈ではなかった。父は議論を仕掛けて意見を交わすことが好きだった。当時、わが家は朝刊と夕刊を購読していて、父、母、兄弟、わたしの家族全員が、新聞か雑誌、本を四六時中読んでいた。わが家では、何かについて意見があるときは、その意見を貫き通すための準備をしておかねばならない。私たち家族は本当にいつも口論し、議論し、笑っていたので、近所の人たちにも窓越しに私たちの声がきっと聞こえていただろう。そして、また夏がきて、学校が終わると、通りに出て遊ぶ時期がやってくるのだった。

こんなふうにして、次男のリッキーも成長して歩き始め、長男のジョーイが一年生を終えて二年生になり、わたしは七歳から八歳になっていた。

もしこの時代に色づけをするなら、明るいピンクとラベンダー色にする。手ごわい段差や階段はあったし、入学拒否もされていたが、わたしは明るく、満たされた少女だった。

キャンディ屋さんに行った、あの日までは。

よく晴れた日だったと記憶しているが、もしかしたら曇りだったかもしれない。よく覚えていないのだ。覚えているのは、アーリーンとの会話に夢中になっていたこと。アーリーンがわたしの車いすを押し、キャンディ屋さんで何を買おうかとか、そのあとは何をしようかと話していた。レンガ造りのナグラー医師の家の前で、道を渡るために立ち止まった。わたしは母の診察についてきたことがあったから、そこがナグラー医師の家だと知っていた。アーリーンはわたしの車いすをくるりと回して歩道を降り、道を渡ると、車いすの後ろにある鉄製のバーに足をかけて車いすを傾け、歩道に上げた。そのとき、何人かの子どもたちが反対方向から私たちのほうへやってきた。彼らは歩道をゆっくりと歩いてきた。すれ違う際、アーリーンが道を空けるためにわたしの車いすを端に寄せた。知らない子たちだったし、自分たちのおしゃべりに夢中で気にも留めていなかった。だから、そのうちのひとりがわたしを見ようと突然振り向いたことにびっくりした。その男の子はわたしの前に立って、車いすに乗っているわたしをじっと見おろした。

「きみって病気なの?」

その子は大声で聞いてきた。

わたしはよくわからず、その子を見つめ返した。

「えっ?」

「きみは病気なの?」

その子はしつこく繰り返した。

その子の声が迫ってくるようだった。その言葉を振り払うように、わたしは首を振った。まだ混乱していて、声が出なかった。

「きみ・は・病気?」

その子は、まるでわたしが赤ちゃんかのように、一語ずつ、ゆっくりと尋ねた。

言われた言葉が頭の中で鳴り響くにつれ、世界は音を失っていった。この言葉以外、何も聞こえなくなった。

「きみ・は・病気……病気……病気……病気……病気?」

わたしは身を縮め、動揺して固まっていた。自分を何かで覆い隠してしまいたかった。この質問、この男の子のしつこい視線から逃れられるなら、何でもよかった。

「きみって病気?」

その子はしつこく聞いてきた。ほとんど叫んでいるに近かった。

ふと、わたしはナグラー医師の家の前にいることに気づき、顔が真っ赤になった。

この子はわたしがお医者さんに行くと思っているの? でもナグラー医師は「わたしの」先生じゃない、と怒りながら思った。必死で涙をこらえた。わたしは人前では泣けないし、絶対に泣いたりしない。わたしは病気ではなかった。意味がわからない。自分が病気じゃないことも知っている。でも、だとしたら、なんでこの子はわたしにそんなことを聞くの？

自分のことがよくわからなくなった。わたしって病気だったの？

その子の目に映る自分を見たら、光はどこかへ消えてしまった。そして、わたしの心の片隅から影が現れた。これまで表に出さなかった言葉、思い、小耳にはさんだ会話などが一気に降りてきて、スポットライトの強い光を浴びていた。

目をくらますような強い光と共に、わたしの人生におけるあらゆることの意味が、ひっくり返されていった。

わたしはこの学校にも、あの学校にも行けない。これもできないし、あれもできない。わたしは階段も上れない、ドアも開けられない、道を渡ることすらできない。

自分はたしかにみんなとは違っていた。でもそんなことはずっとわかっていた。そうじゃない。問題はこの世界が、わたしをどう見ているかだった。

みんなは、わたしのことを病気だと思っていたんだ。

病人は家で寝ているもの。病人は外で遊ばないし、学校にも行かない。病人は外に出ることも、何かの一部になることも、この世界の一部になることも期待されていないんだ。

そして、「わたし」自身も、この世界の一部になることも期待されていなかったのだ。

突然、わたしはこれが真実だと悟った。まるで何年も前から全身でそう知っていたかのようだった。自分以外のみんなはわかっていたのだと思うと、腹立たしく、恥ずかしかった。みんな、わたしには隠していたの？　羞恥心の塊が冷たい球体のようになって、おなかの底に沈んでゆき、そこから手足へと広がっていくようだった。

晴れていたか、曇っていたかも、覚えていない。覚えているのは、アーリーンがわたしを押して、キャンディを買おうとお店に向かい、おしゃべりをしていたことだけだ。

そして、一羽の蝶だったわたしは、毛虫になった。

その日の夜、家族には何も話さなかった。夕食のとき、弟が両親と大声で何かについて話していたけれど、わたしは黙っていた。食べ終わると、すぐに寝た。翌朝、起きて朝食を食べ、外で遊んだ。メアリー、アーリーン、パッチー、ベス、テディ、近所の子どもたちと大縄をした。座っていつも通りのおしゃべりをした。月曜日になると、弟は学校に行き、キャンプフィールド先生が家にやってきて、弟が帰宅するとヘブライ学校に行った。木曜日は、ピアノとブラウニー。これまでと何も変わらないのに、何かが違っていた。自分でもよくわからないし、言葉にはできないけれど、気持ちが変わってしまったことは自覚していた。あの日以来、あらゆることがこれまでとは違って見えた。

その頃になると、わたしが弟と同じ学校に通うことが許されない背景には、おかしな論理があることに気づいていた。学校にはたしかに階段があったけれど、シナゴーグでの礼拝に行くときは父がいつも二段の階段をひょいと担いでくれていた。なんで学校の階段を毎日担いでもらえないんだろう？　わたしには理解できなかった。近所の子たちと日々解決している類の、すごく簡単な問題に思えた。両親がわたしを学校に通わせたいと思っていることは知っていたが、両親は学区がわたしの入学に反対している「論理」については多くを語らなかった。そして、わたしも自分から聞くことはしなかった。話題にするには暗く、闇がありすぎて、わたし自身も触れたくなかったのだろう。

キャンディ屋の一件から間もなく、ついに母はわたしを入学させることに成功した。

そして、状況は一変した。

登校初日、わたしは朝早く目が覚めた。父は仕事に行く前に、頑張ってねとわたしにキスをしてくれた。朝の四時から五時の間だったと思う。父が出ていったあと、もう一度眠ることはできなかった。学校だ！　不安と期待で胸がドキドキだった。

ベッドの中でまどろみながら、両腕の向きを変えて、わたしの寝室と台所を仕切っているアコーディオンドアを見つめた。母が入ってきて着替えさせてくれたらいいのに、と思っていた。七時にバスが来るまで待てる気がしなかった。でも、家は静まり返ったままだった。枕に頭を沈ませて、天井を見つめながら深呼吸をした。念じれば母を呼べるかもしれない。ドアのほうを向き、目を閉じて全神経を集中させ、母が寝室に入ってくる様子を思い浮かべてみた。期待を込めて目を開いた。何も起こらなかった。あきらめて、ベッドに再び仰向けになって目を閉じた。わたしは待つことに慣れていた。

イェシーバーに入学拒否をされてからの三年間、母は他の方法を探したり、障害児の親の会に参加したりしていた。わが家は裕福ではなかったので、あり得る選択肢は公立学校に行くか、限りある家計に見合った何か別の方法を見つけるしかなかった。母はポリオの子どもを持つ親を探し、学校を調べ、ニューヨーク市教育委員会の人たちに会い、話をしてくれる人がいれば誰にでも会い、情報を集めていった。おかげで、わたしは「ヘルスコンサベーション21」という、学区内の学校で提供されていた障害児向けプログラムの待機リストに載ることができた。そして、ついに待機リストの一番上にわたしの名前がくると、アセスメント〔評価〕に呼ばれ、やっと入学することになった。待機リストに載せることも、アメリカ合衆国の公立学校に通う能力があるかを評価するという行為も違法だったはずだ。しかし、教育委員会は目をつぶっていた。さらに、選考は秋の遅い時期になってやっと実施されたため、入学が認められる頃には冬になっており、わたしは四年生の途中から入学することになる。九歳になっていた。

登校初日、母はわたしにピンクの花柄ドレスを着てほしかったようだ。起床、着替え、その他のあらゆることを母の介助に頼っていたので、母が選んだ洋服ではない別の服を着たくても、わたしには不利だった。いつもなら、母は服を適当に選んでクローゼットから引っ張り出し、わたしに着せ、同時に弟も起こして学校に行かせようと慌ただしかった。でもその日、母は時間をかけてわたしに服を選ばせてくれた。おかげで、わたしは自分が本当に着たかった洋服を着ることができた。わたしは、グリーンのドレスを選んだ。

母はわたしにまず青いタイツを履かせ、次に靴を履かせ、それから腰のコルセットと一体化した長い下肢用の補装具と靴をフックで固定した。そして、わたしを立たせ、ドレスを着せ、寝室を出てすぐ右のトイレにゆっくり歩いていけるように松葉杖を渡した。当時はひとりでトイレに行くだけの腕力がまだあったのだ。そして、母はわたしの長くて茶色い髪が輝くように、髪をとかしてくれた。わたしは車いすに乗ってひとりダイニングルームに向かい、母は弟のジョーイが起きているかを確かめに急いで上へあがった。ひとりで食卓について、ラジオで雪の話題を聞き流しながら、シリアルをひとすくいした。

ようやく、同い年の子たちと一緒に教室で勉強できる。遅くはなったけれど、まったく学校に通えないよりはマシだと思っていた。お皿に入ったコーンフレークをつついた。学校に通うってどんな感じなんだろう？　考えるだけで胃がひっくり返りそうだった。学校に通うということは、とてつもなく大きな変化だった。弟や友だちから「クラス」とか「学年」というものがあることは何年も前から聞いていたけれど、わたしは実際に教室の中にいたこともなければ、自分が何年生なのかを教えてもらったことすらなかった。でも、今はもう知っている。わたしは四年生になるのだ。まったく耳にしたことがない学校で、にはなるけれど。

知り合いの子は誰も「ヘルスコンサベーション21」にはいなかった。障害児向けのプログラムだから当たり前なのだが、それがどういう意味かちゃんとは理解していなかった。病院で障害のある子どもを見かけたことはあったが、長い時間一緒に過ごしたことはなかった。シリアルをちびちびとかじりながら、わたしはそんなことを考えていた。ひとりでバスに乗るのも不安だった。そもそもバスに乗ったことがなかった。見たことがあるバスにはどれも段差があったから、いったいどうやって乗るんだろうと不思議に思っていた。バスにどれくらいの間乗ることになるのかも知らなかった。母は、朝七時頃にバスが迎えに来て、学校には八時半頃着くはずだと言っていた。もしこれが本当なら、一時間半もバスに乗っていることになる。学校までは車で一五分の距離だったから、何か変だなと思っていた。

朝ごはんを完食するのはあきらめて、スプーンを置いた。

「ママー！　食べおわったよ！」

わたしは待ちきれずに叫んだ。

学校用のカバンに筆箱やノートを入れ、支度をしたかった。

母はバスが来ているか確認するために家の正面に出た。でも、バスの音に最初に気づいたのはジャーマンシェパードのラッキーで、すぐに吠え出した。バスが家の前の通りに入ってくると、母は台所のドアからわたしを押してスロープを下り、門のところまで行った。わたしも鉄製のハンドリムに手をかけて自分で車いすをこごうとしたけれど、寒かったし、コートが邪魔をしていた。路地まで来ると、母はバスが停まっている通りに続く、ご近所さん宅の私道を下っていった。母とわたしが、バスの運転手と係員が車いす用のリフトを降ろすのを待っていると、空はピンクとオレンジの縞模様に染まっていった。係員の名前はロイスだった。

待ちながらバスのほうを見ると、窓越しにわたしを見ている顔が目に入った。運転手がわたしをリフトに乗せ、ロイスがバスの中でボタンを押し、ゆっくりとわたしをバスへと運ぶ間、母は脇に立っていた。母はさっとわたしにキスをして、わたしがバスに乗り込むと、手を振った。

「ハニー、良い一日を！　学校から戻ってきたら、ここで待っているからね」と母は言った。ということは、犬のラッキーも家にいるということだ。そう思うとほっとした。運転手がドアを閉め、バスに乗り込むため前方へ行き、ロイスはわたしの車いすが動かないようにフックで固定してシートベルトもつけてくれた。

ようやくワクワクしてきた。わたしは車いすのまま乗れるバスに乗ってるんだ！

バスが速度をゆるめ、ロイスが学校に行く途中で他の生徒たちも迎えに行くことを教えてくれた。ロイスも運転手も、とても親しみやすかった。

わたしはひそかにバス内をチェックした。バスは普通の大きさで、車いす六台分のスペースがあった。わたしは二番目に乗車した生徒だった。先に乗っていた生徒は、わたしと同じ車いすの女の子で、こっちを見てほほ笑んではくれたが口数は少なかった。わたしは普段は外向的なのに、急に人見知りになってしまった。他の生徒たちも迎えに行き、そのうち何人かは車いすだった。

一時間半後、何回停まったかわからないが、バスは巨大な赤レンガの建物の前に到着した。正門には「P・S・219」と書いてあり、わたしはそれが「公立（P）学校（S）219」の略だと知っていた。四階建てで、一ブロック分がまるまる学校の敷地だ。同じ時間帯に、車いすで乗れるバスが他にも何台か停まっていた。

建物の外には子どもがたくさんいて、道を歩いていたり、階段に座っていたり、隅っこに二、三人ずつ集まって立っていたり、とにかくあらゆる方向からやってきた。わたしは「これがわたしの学校なんだ！」とうれしくなった。生徒たちを観察しているとベルが鳴り、外にいた子どもたちは大きな正面ドアへ一斉に向かっていった。

大人が何人か立っていて、私たちのバス、車いすで乗れる他数台のバスが駐車するのを待っていた。のちにわかることだが、この人たちが、登下校時やトイレのとき、リハビリに行くときに付き添う支援員だった。わたしは他の子たちがバスから次々に降りていく姿や、装具と松葉杖で階段を降りたり、リフトで降りていく様子に魅了されていた。最後にわたしの番がきた。待機していた大人のひとりがわたしの名前を聞き、自己紹介をして、教室まで押していってくれた。

教室の入口で、別の女性が私たちを出迎えてくれた。

「あなたがジュディね」

そう言って、その女性はほほ笑んだ。

「わたしはパーカー。あなたの担任です」

パーカー先生は、ふたり掛けの机にシェリーと紹介された女の子と一緒に座るようわたしに言った。偶然にも、シェリーはバスの中で見かけた女の子のうちのひとりだった。シェリーも車いすを使っていてポリオだった。教室には八、九人しかおらず、その全員が車いすに乗っているか、装具をつけているか、もしくは装具をつけて車いすに乗っていた。みんなの年齢にばらつきがあるように見えて、わたしは戸惑っていた。ここは四年生のクラスだったよね？　学校に通ったことは一度もなかったが、「学年」が一定の年齢を意味することは知っていた。弟のジョーイは五歳で幼稚園に行って、六歳で一年生になって、七歳で二年生になっていた。隣にいる車いすに乗った巻き毛の男の子は同い年くらいに見えたが、教室の隅に座っている茶髪をポニーテールにした背の高い女の子は、少なくとも一六歳か一七歳に違いなかった。

勉強は簡単だったのでほっとした。パーカー先生はとてもゆっくり話したし、先生から渡された課題の大半は、キャンプフィールド先生とすでに終えた内容の繰り返しだった。どれだけ難しいか心配していたが、わたしは課題を早く終えた。他の子たちはまだやっていた。そして、急に教室から連れ出される子たちがいることに気づいた。

「訓練よ」

シェリーに彼らがどこに行くのかと聞くと、彼女はわたしにそう耳打ちした。クラスメートたちは、理学療法、作業療法、言語療法を受けていた。

パーカー先生が「お昼になったので本を閉じましょう」と言ったとき、クラスメートの何人かは課題の一つが終わったところで、わたしは読書をしていた。私たちは別の部屋に移動して、小さなテーブルを囲んだ。サンドイッチを食べながら、周りの子たちの会話を黙って聞いていた。みんな仲良くしてくれて、時々誰かがわたしに質問した。わたしはまだ人見知りをしていた。上の階から、子どもたちが外に出て遊ぶ音、跳ね回る足音や誰かを呼ぶ声が聞こえたけれど、姿は見えなかった。その子たちのことが気になっていた。

昼食から一時間後、パーカー先生が電気を消して「お昼寝の時間ですよ」と言ったときは驚いた。四歳から、わたしは昼寝をしたことなどなかったが、他のクラスメートにならって目を閉じ、車いすのままじっと座ってみた。パーカー先生がようやく電気をつけ、課題を配り始めたときはうれしかった。わたしはすぐにその課題を終わらせて、また読書に戻った。

パーカー先生が教科書をバタンと閉じて「帰る準備をしなさい」と言うまで、まるで時間が止まっていたかのようだった。

これがわたしの登校初日だった。

その後の日々では、同じクラスのさまざまな障害種別の子ともすぐ友だちになり、居心地がよくなった。昼食を食べるとき、脳性マヒのクラスメートは何らかの介助が必要で、職員が介助をしていたが、わたしも友だちの介助をすることが楽しいと思うようになっていった。役に立てているという感覚がうれしかった。わたしは、それぞれの好みにあわせて細かいことも聞くようになった。どういうふうに食べたいのか？　どれくらいの速さで嚙んで、次の一口をいつ持ってきてほしいのか？　ポテトチップスは、サンドイッチを食べる前か、食べながらか、食べたあとか、いつがいいのか？　教室の隅にいた背の高いポニーテールの女の子、ジョアニー・ラパドゥーラは、わたしより年上で、思っていたとおり読み書きをよく知らなかった。ジル・キルシュナーという別の女の子も同じだった。彼女たちが字を読めるように手伝い始めた。

私たちはみんなで楽しんで、たくさん笑った。他の子と比べて発話がはっきりしない子もいたけれど、時間をかけて聞かなくてもいいだなんて、絶対に思わなかった。だって、みんな友だちだったから。

「上の階の子たち（上の階の学校に通う障害のない子たちを私たちはそう呼んでいた）」のことも徐々にわかってきた。上の階の子たちは、私たちとは違うのだ。あの子たちは、「公立学校２１９」に通う一般の子ども。私たちは、地下の「ヘルスコンサベーション21」に通う特殊学級の子ども。当時はそこまで理解していなかったが、私たちはずっと分離されたまま、まったく異なる日常を送っていた。

第一に、上の階の子たちは私たちよりもずっと長い時間を学校で過ごしていた。指定のカリキュラムに沿った教育を受け、午前八時半から午後三時まで約六時間分の授業を受けていた。学校で学びを深め、小学校から中学校、高校、理想的には大学に進学できるよう、教育の量と質が設計されていた。もっと言えば、上の階の子たちの学校は義務教育だった。学校は、子どもたちに知識と技術、価値を伝える手段だった——社会全体のために。アメリカでは、学校はとても重要な場所だと考えられてきたからこそ、一九一八年以降ずっと義務化されてきたのだ。

私たちを除く、すべての子どもに対しては。

教師も、校長も、ニューヨーク市教育委員会も、誰ひとりとして、特殊学級の子どもには勉強を期待していなかった。大半の人が、私たちが小学校、中学校、高校、大学へと進学することを期待していなかった。私たちに期待されていたのは「ヘルスコンサベーション21」に二一歳までいることで、そのあとは作業所に入ることになっていた。

わたしのクラスには、九歳から二一歳までの子どもがいた。クラスメート全員が昼食後のお昼寝を強要されていた。年上のふたり、茶髪でポニーテールのジョアニー・ラパドゥーラも、ジル・キルシュナーも同様だった。私たちは授業の途中で理学療法、作業療法、言語療法のどれか、またはその三つすべてに連れて行かれていたので、一日の授業時間数は合計三時間にも満たなかった。これが、一八歳のジョアニー、一九歳のジルが読み書きに不自由していた原因の一つだ。

私たちは、アメリカの教育制度を受けることを期待されていなかっただけではなく、実際には制度から排除され、地下に隠されていた。

でも、九歳のわたしにとっては「ヘルスコンサベーション21」はすべてが新しい世界で、もう毎日家でじっとしていなくてよいことが、ただただうれしかった。

わたしが学校に通い出したのは、ちょうど社会が変わり始めていたときだった。障害のあるわが子に対する親たちの期待が現状を動かそうとしていた。クラスメートの中には、どちらかというとわたしの両親のように、子どもには義務教育を修了し、大学に行き、職に就いてほしいと望む親を持つ子もいた。父と母は、娘が「ヘルスコンサベーション21」でほぼ何も学んでいないのではないかと当然心配していた。というのも、わたしは当時すでに高校生が読むような本を読んでいたし、自分のレベルに合った課題を明らかに必要としていた。でも、まったく学校に通えないよりは「ヘルスコンサベーション21」に行っているほうがマシだと両親は決めたのだった。

私たちは学校で楽しく過ごしてはいたが、クラスメートもわたしも、自分たちが教育不可能で、社会の本流には関係のない子どもたちとして扱われ、排除されていることを自覚し始めていた。長い間言葉にできずに抱え込んでいた想いを、私たちは初めて口にすることができた。わたしは、じろじろ見られるとどれだけ嫌な気持ちになるか、ひとりでクローゼットまで行けないために、自分が本当に着たい服ではなく母が選んだ服を着なければいけない悔しさなどを打ち明けた。新しくできた友だちも、みんな同じように感じていると知ったことは大発見だった。私たちは、なぜ上の階の子どもたちと異なる扱いを受けているのか、何時間もかけて理由を突き止めようとした。「お昼寝の時間」についても話した。ただただ勉強する時間を奪っているだけなのに、どうしてその時間を強制されるのか不思議だった。

私たちが「ヘルスコンサベーション21」で共に過ごした時間——排除に直面しながら結ばれた絆——は、意図せずして、のちの成功に必要なことを私たちに教えてくれた。社会から何と言われようと、私たちは誰しも貢献できる何かを持っていることを学んだのだ。スティーブはいつもジョークでみんなを笑わせていたし、ニールは算数が大得意だった。ナンシーは素敵な笑顔と強い心を持ち合わせた愛すべき友だちだった。私たちは同じような目標を共有し、似たような困難を抱えながら、大きくなるにつれ、描いた人生を実現するという夢に向かって互いを支え合うようになっていった。

今にして思えば、当時私たちが学び始めていたのは「障害の文化」と今日呼ばれるものだったとわかる。「障害の文化」は、見た目、考え方、信条、振る舞いの違いを理由に誰かを排除することなく、すべての人が持つ人間性を価値あるものとする文化を指す、ただの言葉に過ぎないかもしれない。仏教のようなものだ。子ども文化、と言ってもいいかもしれない。なぜなら、私たちは、教えられなくても子どもが自然とすることをしていただけだったから。たとえば、十分に聴き合い、本当の意味でお互いを理解するためにゆっくり時間をかけること。質問をすることつながること。楽しむ方法を見つけること。学ぶこと。

金曜日の放課後は、フリーダとリンダというふたりの新しい友だちと過ごすようになった。リンダはユダヤ人で筋ジストロフィーだった。一緒になって何時間でもしゃべった。でも、つながりが一番強かったのはフリーダだった。フリーダは一歳か二歳年下だったがまったく関係なかった。った。とても賢くて、明確に話す子だった。私たちは何でも話した。フリーダの両親もユダヤ人で、大虐殺を生き延びた人たちだった。戦時中はポーランドで下水道に隠れて暮らしていたそうだ。フリーダ一家は同じくブルックリンに住んでいて、フリーダの父親は労働組合員で社会主義者だった。そして、家の中では全員イディッシュ語〔世界各地のユダヤ人が用いる言語〕を話していた。フリーダとわたしがどちらかの家から出てきて、歩道で一緒に車いすをこいでいると、いつも通りじろじろ見られた。でも、無視する代わりにふたりでいつもしていたことは、振り向いてこう言ってやることだった。

「写真にでも撮れば。そのほうが、ずっと見てられるよ!」

そう言って、ふたりで笑い転げたものだった。

今になって振り返ると、当時学校に通い始めていなかったら、どうなっていただろうかと思う。キャンディ屋での一件があり、近所の輪の中にわたしの居場所はもうないと感じていたときだった。フリーダもわたしも社会の本流からは分離され、排除され、期待をかけてくれるのは両親だけだった。でも、私たちはめぐり逢えた。

「ヘルスコンサベーション21」に通い出してから初めて迎えた夏、わたしは障害児のためのサマーキャンプに参加した。母がこのオークハーストキャンプのことを他の母親から聞きつけ、両親はわたしを参加させてみることにしたのだった。これが、その後十年にわたって続くキャンプとの付き合いの始まりだった。

初期の頃のキャンプの思い出の一つは、劇でピーターパンを演じたことだ。緑の帽子をかぶって、緑のブーツを履いた。サラがウェンディ役だった。サラは脳性マヒで言葉が出てくるのに時間がかかったけれど、その分セリフは長く、胸に迫るものになった。サラはウェンディを完璧に演じていたから、どれだけ時間がかかろうと誰も気にしていなかった。ジューンは装具をつけ松葉杖をついた、いたずらな妖精ティンカーベルだった。わたしがピーターパンを演じながらとても大きな声できれいに歌うと、みんなが耳を傾け、キャンプ中が静まり返った。子ども時代のこと、自立と自由に対するわたしの憧れがテーマの歌だった。わたしはピーターパンが抱える自立への渇きを魂で感じていた。というのも、わたしも同じ気持ちをおそらく初めて抱いていたからだった。それは、新たな感情だった。

キャンプの中で、私たちは人生で初めての自由を味わった。キャンプは、親に着替えさせてもらい、親が着るものや食べるものを選び、友だちの家に送ってくれることから自由になれる場所だった。こうした自由は、障害のない子がそうであるように、本来なら成長するにつれ自然と手に入るものだ。でも、私たちはバリアだらけの世界に生きていたから、そうはならなかった。親を愛してはいたけれど、私たちは親からの自由を渇望していた。

キャンプで初めてボーイフレンドができた。エステバンというプエルトリコ出身の男の子だった。筋ジストロフィーでわたしと同じような車いすに乗っていたけれど、自分でこぐことはできなかった。私たちはふたりとも誰かに押してもらわないといけなかった。エステバンはもじゃもじゃの茶色い巻き毛で、私たちはふたりで話すのが好きだった。映画祭の夜、エステバンは膝に置いていたわたしの手をとって握った。私たちは座って、手をつないで、映画を見ていた。

キャンプで私たちが感じた自由は、単に親からの自由を意味するのでも、生活のために親の日常的な支援を必要とすることからの自由を意味するのでもなかった。

それは、自分の存在が負担になっていると感じなくてよい自由――キャンプの外の人生では常につきまとうこの感情からの自由に、私たちは酔っていたのだ。

この夏、母はわたしを聖書学校に入れた。ユダヤ教徒の子どもなのに変だと思われるかもしれないが、聖書学校はわたしが他の子どもたちとのつながりをつくる教育的活動（わたしが学校に通う前、母が常に求めていた類のもの）になるかもしれないと母は考えた。ここでは、歌やゲームなど聖書学校が夏季プログラムでやるようなことはすべてやり、わたしも気に入って楽しんでいた。ただ、一日の中で一部だけ、ほんのわずかな時間、地下で行うプログラムがあった。もちろん地下には行けなかったから、わたしはそのプログラムには参加できないということを意味した。両親もわたしも、こうしたバリアを受け入れることには慣れていたので、母はそのことについて特に何も言わなかった。一日の中で参加できないこのごくわずかな時間を、私たちは受け入れていた。でも、牧師はとても優しい人だったので、「僕がおぶって地下までいきますよ」と言ってくれた。わたしは当時まだ小さくて軽かったので、彼にとって大したことではなかったのだろう。ところが、母はその申し出を断った。その必要はない、娘は他の子どもと一緒に地下に行かなくても大丈夫ですから、と伝えた。

半生をかけてわたしの前に立ちはだかる障壁を壊そうとした母が、わたしを参加できるようにするための申し出をいったいなぜ断ったのか？

それは、わたしが重荷になることを、心配したからだった。

母は、わたしを参加させることを苦痛に感じ始めた牧師が、「やはりここまでする必要はなかった」と考え、もう通って来なくてもよい、と判断する可能性を心配していた。母は、わたしが排除されないように闘いつつも、それをやりすぎて結果的にわたしが排除されないよう、繊細な位置取りをしていた。聖書学校では恵まれていた。牧師は、他の子たちが何かをしているときにわたしだけ参加していないのはおかしい、と考えるタイプの人だった。だから、母にその必要はないと言われても、わたしをおぶって階段を昇り降りしてくれた。そのことを、母が本当はとても喜んでいたことを、わたしは知っている。

でも、忘れてはいけない点は以下のことだ——母は、わたしのニーズが重荷になったときのことを心配していた。だから、わたし自身も、自分の存在自体が、わたしのニーズが、誰かにとっての重荷なのだと考えるようになっていた。その考え方を、なんとなく受け入れてしまっていた。

母は必ず主張を通す人だったが、一方で「ここは押さないでおこう」という領域があった。たとえば、牧師にとってわたしをおぶって地下に行くことは面倒だろうし、本当はそんな義務はないし、いずれにせよ他の子たちも地下にそんなに長い間いるわけではないのだから、娘は行けなくても仕方がない——だから、このことについて言うのはやめておこう、といった具合だ。この場合、牧師がいい人だったからなんにせよやってくれたが、結局のところ、親は自分の子どもが重荷になることを望まないものだ。それは、親が私たち子どもに対して、参加できない状況には適応し、受け入れなさいと求めることを意味していた——そして、私たちはそれができるようになってしまう。自分たちが参加できるかどうかは、そこに「いい人」がいるか次第だ、ということを受け入れていた。

「ヘルスコンサベーション21」への入学も同じことだった。通うことが義務づけられ、自動的に入学が許可される通常の学校とは違っていた――つまり、まず適性検査にかけられた。そして、あれこれ所見を書かれ、このプログラムへの入学を許可するかどうか投票まで行われるのだ。入学を認めないケースはさすがになかったと思う。それでも、向こうからすれば別に入学させる必要もなく、排除しようと思えば簡単にできるのだという暗黙の了解が常にそこにはあった。

でも、キャンプだけは全然違った。キャンプは、私たちのためにあった。私たちのニーズを念頭に置いて設計されていたし、親は子どもがキャンプに参加するためのお金を払っていた。参加できるかどうかは、誰かの善意次第ではなく、当然のことだった。何かしたいとき、どこかへ行きたいとき、誰かにお願いしなくては、と心配しなくてもよかった。着替えさせてもらうため、トイレに行くために他人にかける手間を考え、罪悪感に悩む必要もなかった。キャンプの指導員たちはこういったことをするために賃金をもらっていた。そのことが、世界を一変させた。なぜなら現実では、それをする義務のない人たちに、お金も払わずに何かをしてほしいと頼むことは、親切心に頼ることになるからだ。そして、親切心だけでは長続きしない。好意に甘えるということは、自分がしたいことを手伝ってもらうために、他の誰かが何であろうと今していることを一旦止めてもらわねばならないことを意味する。それはいつも、邪魔をしているような、侵害しているような気持にさせられた。

キャンプでは、自分は何が必要で、一回にどこまで頼んでよいかを心配しなくてよかった。一回に頼みすぎないように、自分のニーズを重要な順にひそかにランク付けする必要もなかった。もし世界が完全にバリアフリーなら自分にもできるとわかっていることなのに、でも実際はアクセシブルではないために「できません」と誰かに言われたときの、あのひどい感情も味わわずに済んだ。

キャンプは、もし社会が私たちを受け入れたらこんな感じなんだろうな、と思うような場所だった。

第二章　不服従

不安で心臓がバクバクし、手汗で鉛筆が滑り落ちそうだった。「誰しもいつかは試験に慣れないといけないんだから」と自分に言い聞かせた。

「でも、一四歳で、じゃないよね」と、心の奥底でもうひとりのわたしが言い返した。

一九六一年、わたしはシープシェッドベイ高校にいた。母は、障害児の母親グループと学区に働きかけ、ニューヨーク市内にある五つの区すべてに、車いすでアクセスでき、支援員がいる学校をいくつもつくらせていた。わたしは、「公立学校２１９」の「ヘルスコンサベーション21」から高校へ進学した初めての生徒だった。

わたしは人生で初めて、本物の期待、本物の成績、本物の試験と向き合っていた。落ち着くために深呼吸をした。試験勉強をしていなかったわけではない。むしろ何週間も勉強してきた。二五名の生徒が集中し静まり返った教室内で、時計の分針が大きく音を刻んでいる。時計を見上げた。残り三〇分。

おしっこに行きたい。ランチのとき、サンドイッチと一緒に水を飲んだのがいけなかった。トイレ介助を頼める人がいないとわかっているときは水分調整をするようにしていた。でも、この日は朝食のときに水分をとらなかったから大丈夫だろうと思っていた。とんだ間違いだった。あぁ。

「トイレに行きたい」という切実な衝動を振り払い、頭を後ろに倒して記入を続けた。最後の一文を書き終えると、ちょうどベルが鳴った。教室は一気に動き出した——教科書をバタンと閉じる音、バッグのジッパーを閉める音、椅子を引く音。みんなの弾んだ声が一斉に耳に入ってきた。

「おいスコット、試験はどうだった?」

「キム、ちょっと待って!」

「ジョン、放課後にアメリカンフットボール行く?」

そのなかで、わたしは鉛筆をいじくりながら静かに座っていた。試験への不安は、ベルが鳴るたびに感じるいつもの自意識に取って代わられ、廊下のほうに向かざるを得なかった。近所の高校はバリアフリーではなかったので、わたしはブルックリンからシープシェッドベイまで一時間半のバス通学を余儀なくされていた。シープシェッドベイはニューヨーク市の端に位置する典型的な漁師町だ。子どもたちは、港で泳ぎ、野球をしながら小さな集団の中で一緒に育っていた。でも、わたしには知り合いは誰もいなかった。

それなのに、今わたしは次の教室への移動を誰かにお願いしなければならないのだ。

大声で頼みごとをせずに済むよう、教室の騒ぎがおさまるのを静かに待つ。内心では孤独だったが、周りからはそう見られたくなくて、カバンの中をのぞいて探しものをしているふりをした。教室がやっと静かになった。誰が残っているかな、と教室を見渡した。視線の先で本を片付けていたのは、七時間目の数学のクラスが一緒の女子生徒だった。いつも良い質問をする子で印象に残っていた。何ていう名前だったっけ？ 必死で思い出そうとした。サラだっけ？ ステラ？ サリー？

「あの、すみません。ごめんなさい。あの……もしよかったら……次の教室までの移動を手伝ってもらえませんか？」

緊張でなかなか言葉が出てこなかった。

「いいよ！」

その子は顔を上げてわたしを見ると、さっと明るくほほ笑んだ。ちょっと明るすぎるくらいの笑顔だった。

「わたし次は英語。三一二教室。あなたはどこに行くの？」

「ウソ！ わたしは二〇七教室。歴史のクラス。一つ下の階だ。通り道じゃなかったね、ごめんなさい。あなたを遅刻させないといいんだけど、あの、えっと、行く途中でトイレに寄ってもいいかな？」

顔が真っ赤になった。すごく気まずかった。

「もちろん！」

その子は元気よく言って車いすの後ろに回り込むと、教室の外へとわたしを押し出した。廊下に出ると、まっすぐ前だけを見てその子に名前を尋ねた。サリーだった。これは当時わたしがやっていたテクニックの一つだ。この子だけに集中して周りを一切見ないようにすれば、みんながしゃべって仲良くしている様子を見て、仲間外れにされた気持ちにならずに済んだ。

シープシェッドベイ高校に入るまで、わたしは「ヘルスコンサベーション21」でずっと学校生活を送り、夏休みはキャンプで過ごしていた——つまり、障害児の世界に閉じこもっていた。障害のない子たちの荒波に突然放り込まれ、わたしはうろたえていた。障害のない生徒たちは、教科書を抱えて、廊下をものすごい速さで移動し、互いにしゃべってわめき散らし、ふざけ合ったり、放課後の予定を立てたりしていた。わたしにはそのどれもできなかった。バスで一時間半かけて通学し、それ以外の時間は教室に押し込められていたので、他の子たちのように日中に空いた時間を見つけて遊ぶ余裕などほとんどなかった。それに、みんなの会話に入っていける自信もなかった。自分から話をすることさえできなかった。第一、車いすに乗ったわたしの顔はみんなのお尻の位置にあったから、みんながかがみ込んでしゃべることを思いつかない限り会話そのものが難しかった。第二に、人生で初めて進学校に入り、良い成績を取らなければという重圧でわたしはリラックスできずにいた。

何よりも、障害のない子たちが教室内で仲良くし、ふざけ合うときのやり方が、わたしには馴染みのないものだった。まるで、自分はこれまでまったく異なる文化の中で違う言葉を話して生きてきたかのようだった。「一般の世界」から隔てられ「障害者の世界」にいたために、二つの世界の間には大きな溝ができていて、今になってわたしはそこに橋をかけなければいけなかった。まるで、ふたりのジュディを生きないといけないような気持ちにさせられた。「ヘルスコンサベーション21」での閉ざされた数年間のおかげで、障害者の世界では自分の居場所を見つけ、圧倒的な安心感を抱いていた。でも、一般の世界ではいつも心もとなかった。自分が住む地域で一般の世界も経験してきたつもりだった。でも、高校で出会った子たちは、同じ通りに住む幼なじみや、ヘブライ学校やブラウニーなど大人が運営する活動にいた子たちとは違い、車いすに乗った子と接することに慣れていないようだった。

わたしが感じていた限りでは、彼らはわたしのことを「一緒にいたら楽しい普通の十代の女の子」として見ていなかった。そして、男の子に興味を持つ年頃になると、自分が彼女候補としては見られていないことにも気づいた。

わたしが誰かと付き合うなど、あり得ないと思われていた。わたしは「肢体不自由」で、男の子が思わず振り返ることなどないのだと、はっきりと、または遠回しに、よく言われた。自分はまるで性を持たない存在として見られているようだった。クラスメートがわたしを見ているときは、わたしの車いすを見ているだけだと感じた。それ以外にはあり得なかった。わたしは無視すらされていないことに、見て見ぬふりをされるうちに気づいていた。みんなはわたしの存在すら認めていなかった。無意識のうちに、わたしはいないものとされているようだった。

でも、キャンプ以降、わたしは女の子として扱われるときの気持ちを知っていた。

キャンプでは、「病気の子」として見られることはなく、ダンスすること、デートすること、競技場の裏で男の子とキスすることからも遠ざけられなかった。「絶対に結婚できない身体の不自由な女の子」と見られることもなく、母親になることに疑問がはさまれたことすらなかった。「君に振り向いてくれるような男の子なんていないよ」などとは誰ひとり言わなかった。キャンプでは、パーティーをして、大音量でロックをかけて、イチャイチャするために暗がりに消えもした。キャンプの指導員は若くて面白い人たちだった。私たちがエルビス・プレスリー、チャビー・チェッカー、バディ・ホリー、サム・クック、シュレルズのマネをして歌って踊ると、ギターをかき鳴らしてくれた。私たちは『ビキニスタイルのお嬢さん』とか、ビッグ・ボッパーの『シャンティリー・レース』の歌詞を全部覚えていて、よそでは絶対やらないような感じで踊り狂った。キャンプは、自分たちがどう見られているかを気にしなくてよい唯一の場所だった。

とはいえ、私たちヒューマン一家は、バリアを受け入れるなと教えられていた。私たちは前に進み続けた。だから、片道一時間半の行き帰りの送迎バスの中や特殊学級で、わたしは障害のある他の生徒とも友だちになった。学年全体で九、一〇人もいなかったが、みんなで一緒にいると、障害のない子たちと一緒に過ごす教室での時間に向き合う力が湧いてきた。家に帰ると、幼なじみたちはもう近所では遊ばなくなっていた。みんなはソーダショップへ出かけるとか、映画を見に行くとか、わたしにはできないことをするようになっていた。次第に、わたしは人とのつながりを求めて電話に依存するようになった。孤独から救ってくれたのは電話だった。

「結婚できるなんて絶対に期待するな」と言われ続けた結果、面白いことに（別に面白くはないのだが）、わたしは学校でいい成績を収めるように仕向けられていった。

多くの女性が「○○さんの奥さん」という名の学位を取得するため、つまり配偶者を見つけるための一つの手段として大学進学を勧められていた時代、わたしが受け取ったメッセージはまったく逆のものだった。わたしは、結婚して自分の面倒を見てくれる夫を見つけることを当てにできない。母からは「自分の生活費は自分で稼げるようにならないとダメよ。高卒でそれは無理だから、大学まで行かないとね」とよく言われた。それは恵まれたことでもあった。両親は大学に行っておらず、近所に大卒の人はほとんどいなかった。それに、わたしは女性が高校卒業後も教育を受けることを期待されない時代の女性だった。メアリーも、アーリーンも、従姉妹たちもほとんどは大学進学を考えていなかった。

とはいえ、わたしを勉強熱心にさせたのは、結婚できる可能性について周囲から受け取ったメッセージだけではなかった。両親にとって、教育はいつでも最重要事項だった。両親の考えでは、彼らの仕事は働いて私たち子どもを養うこと、私たち子どもの仕事は学校に行って良い成績をとること、だった。

だから、高校生の間は一度もデートをしなかった。電話で話をするか、勉強をしていた。実際、勉強をすごく頑張ったので、わたしは卒業式で賞をもらうことになった。

シープシェッドベイ高校は生徒数が多く、卒業式をするには手狭だったので、会場はブルックリン大学になった。

壇上で受賞するわたしの姿を見ようと、私たち家族は父の運転でブルックリン大学に向かっていた。わたしは後部座席で顔をほころばせずにはいられなかった。自分のことが誇らしかった。あれだけの孤独な時間、羞恥心、厳しい勉強、試験への不安、失敗することへの恐怖がありながらも、なんとか持ちこたえたのだ。母は後部座席にいるわたしを振り返って見つめながら、ほほ笑んでいた。母も父も誇らしい気持ちでいることが伝わってきた。あらゆる「ノー」を突きつけられ、あらゆる人から「ダメです、ジュディはここには入れません」と言われながらも、あらゆる闘いを経て、わたしはついに高校を卒業しようとしていた。卒業後は、ロングアイランド大学（LIU）に通うことにもなっていた。

できる限り大学に近い場所に駐車場を見つけ、父は車を停めた。弟のジョーイが車のドアを開け、弟ふたりが歩道に出ていく間、わたしは父がスロープを使って車いすを道路に降ろすのを待っていた。花柄のドレスに卒業生用の黒いマントを羽織り、長い髪を肩の下までおろして、わたしは良い気分だった。おじとおばが母を見つけ、歩道で集まっておしゃべりをしているのが見えた。

ブルックリン大学にある巨大な講堂は満杯だった。帽子とマント姿の卒業生たちに腕を回して抱き合い、にっこり笑って、祖父母を交えて記念撮影をする家族もいた。小さな弟や妹たちが、人込みの中で追いかけっこをしていた。父はその中を注意深くすり抜け、わたしをステージへと連れて行った。受賞予定の生徒は壇上に着席し、呼ばれたらすぐ前に出て、全員の前で表彰される段取りになっていた。

「すみません……ちょっと通してください……すみません……通してください」

父とわたしは講堂をゆっくり進んでいった。母、兄弟、おじ、おば、いとこたちは、席を見つけるべく散らばった。車いすからはよく見えなかったが、父は講堂の左端へ向かっているようだった。前に進むにつれ人はまばらになり、壇上に続く階段が見えた。すぐ問題に気づいた。スロープがなかった。

「お父さん、スロープがない……」

わたしは、こみあげる不安を抑えるように言った。

「うーん、ステージの裏にないかな?」と言いながら、父は近くにいた係員に尋ねた。

「すみません、ステージに上がるためのスロープはありませんか? 娘は賞を受け取ることになっているので、壇上にいないといけないんです」

係員の返事を待つ間、心臓の鼓動が速くなるのがわかった。お願い、お願い、お願い……どうかスロープがありますように。この大観衆の前で担がれて舞台に上がるなんて嫌だった。父がわたしの車いすを一生懸命ひとりで壇上にあげる姿も見たくなかった。

係員は、わたしを見つめながら、肩をすくめてこう言った。

「ありません、申し訳ないですが。スロープはないです。階段だけです」

わたしの心は一気に沈んだ。父は横でとても静かにため息をついた。

何かを決心したように、父はわたしの車いすを階段の横に引き寄せた。

「大丈夫だよ、ハニー。いつもどおり持ち上げるね」

父はそう言って、わたしを車いすごと担いでステージへの階段を上り始めた。わたしは恥ずかしさと必死に闘った。どれだけ多くの人がこの格好悪い登壇を見ているか、考えたくもなかった。息を吸って、顔を上げて、まっすぐ前を見つめた。

だから、壇上にいる校長の存在には、彼が父に向かって叫ぶまで気づいていなかった。

「ヒューマンさん！ ちょっと待ってください。ジュディはそのまま最前列にいさせてください。ステージに上がる必要はありません」

「何だって？」

父は信じられないという表情で、階段の途中で立ち止まった。

「問題ありませんよ。喜んで担ぎますから」

「いいえ。その必要はありません」

校長は首を振った。

父は戸惑い、不服そうな表情を見せた。自分の顔が熱くなっていくのがわかった。消えてしまいたかった。

「あの……」父は校長に言った。

「そんな大変じゃないので。車いすをステージに上げるだけですし。二分もかかりませんよ」

校長は父を見つめた。そして、頑として「ダメです」と言った。

「ジュディはステージに上がらなくていい。前列に座らせなさい」

もう明らかだった。校長は、壇上にわたしを置きたくないのだ。吐きそうだった。

「お父さん、家に帰ろう」とわたしは言った。

「ここにはいたくないよ」

目が涙でいっぱいになった。

父は肩をいからせ背が高くなったように見えた。硫黄島で戦い、パープル・ハート（名誉負傷勲章）を授与された元海兵隊員のようだった。

「わたしがジュディを担いで、階段を上って、ステージに上げます」

父は、一言ずつはっきりと、ゆっくり、怖いくらい穏やかな声で校長に告げた。

「ステージの上で賞を受け取るためです。他の生徒たちと同じように」

わたしは固まったまま、校長を見上げた。この人はいったい何と答えるのだろう……？

長い間、校長は黙っていた。そして、しぶしぶ認めた。

「ステージに上げなさい」

わたしは涙が止まらなかった。恥ずかしくてたまらなかった。

「お父さん」父に声をかけた。

「家に帰りたい。家に連れて帰って」

「ダメだ、ジュディ」

父はきっぱり言った。

「君は家には帰らない。ここに残るんだ。ステージに上がって、賞を受け取るんだ。一生懸命、頑張ってきたじゃないか。これは君の賞だから。君はこの賞に相応しいんだ」

父はそう言って、ステージの上で車いすを押し、所定の位置へとわたしを連れて行った。深呼吸をして、心を落ち着けようとした。そうだ、父は正しい。これはわたしの賞だし、わたしはこの学校の生徒なのだから。そんなふうにはとても感じられない、もうひとりのわたしがいるとしても。わたしはヘアバンドをまっすぐに直して、涙をぬぐった。

父がわたしの横に立つと、校長は私たちのほうへ歩いてきた。

「彼女をここに連れてきなさい」

校長は、受賞する他の生徒たちが並ぶ列の背後のスペースを指さしていた。校長は父の主張をしぶしぶ認めたように見えたが、わたしを後方に座らせようとしていた。わたしの姿が見えないようにしたかったのだ。

父は怒っていた。歯を食いしばり口を真一文字に結んでいた。でも、父は校長が指示した場所へと車いすを押していった。わたしは、我慢した涙をもう一度こらえないといけなかった。

「頑張って、ハニー。みんなで見ているからね」

わたしの頭にキスをして、父は去っていった。壇上から参列者を見渡した。この人たちの前で、わたしは絶対に泣かない。

「わたしは、この学校の生徒だ」

静かに、自分に言い聞かせた。

校長がわたしの名前を呼び、他の受賞者たちの背後まで来て、わたしに賞状を渡そうとした。わたしは車いすをゆっくり動かし、舞台の前方へ出ようとした。でも、少し前に出たところで校長がわたしの進路をふさぎ、賞状を手渡してきた。わたしは校長の目を正面からまっすぐ見据え、「サンキュー」と言ってやった。誰にも聞こえていなかっただろうけれど。


その年の九月、わたしはロングアイランド大学（ＬＩＵ）に通い始めた。ブルックリンの実家から車で約二〇分の場所にあった。

ＬＩＵで言語療法を専攻することにしたが、言語療法士になりたかったわけではなかった。わたしは教師になりたかった。問題は、教育学を専攻すると奨学金が打ち止めになる懸念があり、そうしようと思えなかったことだ。もとは第一次世界大戦後に傷痍軍人の就職を支援するために設立されたプログラムを通じ、米国職業訓練局がわたしの学費を負担してくれていた。職業訓練局、通称「リハ局」は障害者の就職支援をしていた。リハ局が考える「障害者でもなれる職業」について、友人たちはわたしに警告していた。

「教師になりたいなんて、リハ局に言ったらダメだよ」と友人たちは言った。

「教師になりたいなんて言ったら、「車いすの先生なんていないから無理ですよ」って言われるだけだから」

つまり、自分が勉強したい分野で働いている自分と似たような障害の先輩がいない限り、リハ局はお金を出さないということだ。だから、わたしはリハ局が「容認しうる」専攻を選ぶしかなく、「言語療法」が出てきたのだった。そして、教師になるためには別のルートを見つけなければならなかった。

運の良いことに、当時は一九六〇年代、戦後ベビーブームの影響で教師の需要が非常に高まっており、教育委員会は教育学の単位が多少足りない人間でも採用していた。わたしが教育学を副専攻すれば、有資格者とみなされる可能性はあった。わたしは言語学と演劇を（ミュージカルが大好きだったので）専攻し、教育学、言語学、ミュージカルの授業を履修した。リハ局との面談では「言語療法士になりたい」と話し、教育への想いについては一言も話さなかった。それに対してリハ局は一連のテストを課し、わたしがソーシャルワーカー向きの性格だと勝手に結論づけたうえで、ソーシャルワーカーにしようとした。しかし、両親が「待った」をかけた。

「あの、娘は言語療法士になりたいんですよ。言語療法士をやらせてあげてください」

障害のある言語療法士はすでにいたので、リハ局は折れるしかなかった。

残念なことに、わたしの行く手を阻む障害物は、リハ局だけではなかった。ニューヨーク市教育委員会は、車いすユーザーの教師を採用したことがなかった。それに、わたしが小さいときから感じてきたように、車いすユーザーに対してかなりうがった見方を持っていた。そのときが来ても、教育委員会はきっとわたしに教員免許を出さないだろうと思った。先手を打つべく、わたしはアメリカ自由人権協会（ＡＣＬＵ）に電話をした。

「教師になりたいのですが、車いすユーザーの教師は聞いたことも、会ったこともありません。どうすればよいか、ご助言をいただけませんか？」と聞いた。

「そうですね、とりあえず必要な単位をそのまま取り続けてください。問題が起きたら、そのときにまたお電話ください」という返答だった。これが、大学一年生のときのことだ。

＊

わたしは大学寮に住んでいた。ＬＩＵのキャンパスは小さく、主要な建物が三、四棟あるくらいだった。キャンパス外から通う学生が大半だったが、わたしはキャンパス内で暮らせば在学中により多くの経験を得られると思っていた。それに、当時はニューヨークのバスも電車も車いすでは利用できなかったから、実家から通うのはとても無理だったと思う。わたしはすでに小中高で何年も「通い」を経験していたし、それが高校時代に同級生たちからの疎外感を味わった原因の一つだった。大学では同じ思いをしたくなかった。

住んでいた寮の建物は入口に二段の階段があり、スロープはなく、トイレにも一段の段差があった。そして、わたしはまだ電動車いすを持っていなかった。つまり、毎日、トイレ、寮、教室に行くたびに、誰かに頼んで階段を上げてもらい、目的地まで押して行ってもらわないといけなかった。知り合いに頼むことが多かったが、たまに見ず知らずの人にも頼んでいた。幸いにも小さいキャンパスだったので、アクセスが不十分な場所も狭いエリアに限られていた。それがＬＩＵを選んだ理由の一つでもあった。そして、こういった類のお願いをすることに、もちろんわたしは慣れていた。

とはいえ、寮でひとり暮らしをするにあたっての一番の課題は、朝晩ごと、装具の着脱、着替え、ベッドの移乗を手伝ってもらうことだった。入学前の夏、前年度ＬＩＵに入学していたキャンプの友人が、介助をしてくれそうな女子学生とつないでくれた。それが生涯の友だちとなるトニとの出会いだった。トニは一年生のときにルームメイトになった。彼女はニューメキシコ出身で、マンハッタンのアップタウンにあるバーナード大学に通っていたが、部屋数が足りず、ＬＩＵの寮に振り分けられたのだった。

ただ、トニは日中そばにいなかったので、介助は朝晩だけだった。そして、たいていそうなったのだが、夜に用事があるとトニの帰りは遅くなった。要は、トイレや授業に行くために頼れる人をたくさん確保しなければならなかった。

同じ階の人たちと親しくなり、必要なときは助けてくれる寮生もいた。誰に頼めばよいか、わたしはある種のレーダーで見分けられるようになっていた。「ほぼ確実に断らない人たち」、「罪悪感からではなく単純に「もちろんいいよ」とすぐ言ってくれるタイプの人たち」を、一瞬で見分けることができた。一方で、「絶対に頼まない人たち」と「どうしても必要なときにだけ頼む人たち」もいた。その人たちについては、どっちに転ぶかわからない――「いいよ」と言うかもしれないし、いとも簡単に一瞬で断られるかもしれなかった。こういう人たちに頼むのは本当に嫌だった。というのも、もし「トイレに連れて行ってくれますか?」といったお願いをすれば、絶対に気まずくなるからだ。

　頼むことには慣れていたが、頼むことが「好き」なわけではなかった。わたしがひとりで教室移動をしたり、段差を一段上がることは物理的に不可能であるにもかかわらず、「頼みごとをする」ことはあたかも「自分ひとりでは何かを十分にできない」かのように感じていたからだ。トイレに行きたくなったとき、周りに誰も助けてくれる人がいなかったらどうしようかと心配だった。そうなったら、どうすればいいの? わたしはトイレに行かざるを得ない状況を避けるために何でもやり、できる限り水分をとらないようにしていた。そして、いつも計画ばかり立てていた――何を飲もうか、トイレに行かないといけなくなったら誰が助けてくれそうか、その人たちにテストの予定などがあって介助ができなくなることはないか、などと考えてばかりいた。実際、今でもトイレに行けなくなる状況を回避するために、ある程度同じようなことをしてはいる。でも、当時はこうして戦略を立てる力、お願いできる力に頼りきっていた。

振り返ってみると、こうした状況のせいで、わたしが本来持っていたはずの社交性は抑圧されていたと思う――つまり、こんなに頼みごとばかりしないといけない状況になければ、わたしは当時もっと外向的だったと思う。そこで、わたしは見ず知らずの人たちと交流せざるを得ない環境に自分を追い込んでみた。キャンプ仲間がシラキュース大学の女子学生社交クラブに入っていなかったら、そんなところには絶対行かなかったと思う。彼女は女子学生社交クラブのＬＩＵ支部に入るように勧めてきた。社交クラブの建物には階段があったので、建物に出入りをする際は担いでもらわないといけなかった。でも会員になるということは、一日のうち何時間かは出かけて受付に座っていなければならず、参加しなければならないこと、やらなければならないことがあることを意味した。

それでも、わたしはたいてい孤独だった。同じ階に住むアイリーンやロイス、他にも何人か友だちはいた。それはそれで良かったが、わたしが完全に輪の中に入れたことはなかった。みんなが狂ったようにデートするような年頃、環境でありながら、わたしは誰とも付き合っていなかった。キャンプや障害者コミュニティの中ではロマンチックな関係も経験していたが、大学では違った。実際、大学時代に学内で知り合った人とデートをしたことは一度もなかった。

あるとき、週末の夜ひとりで部屋にいると、誰かがドアをノックした。週末はいつも実家に帰っていたが、なぜかこの週末は寮にいた。

男子学生が立っていた。見たことはあったけれど、知らない子だった。

「やぁ！」

彼は明るい声で言った。

「突然ごめんね、どうかな、と思って、あの……トリプルデートに行く予定だったのに、ひとり女の子が来られなくなっちゃったんだ。彼女の代わりに今晩来られそうな子、誰か知らない？」

言葉を失ったまま、わたしは入口にいた。吹きつける風にすっかり打ちのめされていた。ほんの一瞬だけ、わたしの身体のあらゆるパーツが、まったく違う言葉を聞けることを期待していたのだ。彼が誘いに来たのは、じつはわたしだった、という展開を願っていた。そして、「うん！わたし空いてるよ！　よかったらぜひ！」と返事することを。

でも、その男子学生は、トリプルデートに今からでも参加できる子をわたしが知っているか、「誰でもいいから」知っているか、期待を込めて、一切悪気なく聞いていた。彼の目に映る自分の姿を想像して、「ううん、ちょっと思いつかないな」と答えるのが精いっぱいだった。ドアを静かに閉めて、空っぽの部屋のほうを向いた。頭の中がぐちゃぐちゃで、胸を締めつけられるような悲しみで、何も感じられなかった。ただ普通の人として見てもらうためにはどうすればいいのか、わからなくなっていた。

心の奥底では、「障害のない人たちの世界で完全に受け入れられる日がくるかも」という望みを少しずつ捨て始めた自分がいた。

わたしは、障害のある学生たちのほうへ引き寄せられていった。ＬＩＵの良さの一つは、障害学生のコミュニティがあることだった。私たちは、大学がもっとアクセシブルになったらいいよね、とよく話していた。寮の入口、トイレの入口にある階段は、控えめに言っても、あまり便利ではなかった。ただ、アクセシビリティの問題をどう扱うかについて、全員の意見が一致していたわけではなかった。学内の機関紙では「障害のある学生はそもそもLIUに通わないほうがよい。アクセシブルではない環境にいることが、彼らの心理的なトラウマになってしまう」という心理学部長の言葉が掲載されていた。

今なら、排除（特にわたしが経験していたあのレベル・頻度での排除）の経験こそよっぽどトラウマになると言える。当時は、排除されることも日常の一部で特別なことではないと感じていたが──それでも、常に排除に対処しなければならない状態は確実にわたしに影響を与えたし、それが痛みを伴わないことなど決してなかった。自分が排除されている、特に自分の人生を誰かに決められていると感じると、私たちは周囲に対して怒ったり攻撃的になったりしがちだ。ただ、面白いことに、取り残されたときでもわたしはそうした反応をしなかった。恐らく、わたしは自分の人生を自分で決められないとも、私たちには何も変えられないとも、思っていなかったからだろう。排除されるのは自分に欠陥があるからだと、自らを責めることもなかった。この世界で永久に取り残されるとはまったく思っていなかったのだ。

この頃から、直面するバリアに対する私たちの解釈は、親たちとは違ったものになっていった。親の世代にとって、障害といえばフランクリン・ルーズベルト大統領だったが、彼はポリオによるマヒを公の場で隠し続けていた。車いす姿や、介助されている姿を写真に撮られることを決して許さなかった。そして、障害を、個人が打ち勝ち、克服しなければならない何かのように語った。私たちはこれに異を唱えた――私たちは、自分たちの問題を医学的な問題だとは捉えていないし、障害が「治れば」それでいいとは考えていなかった。不十分なアクセシビリティは、私たち個人の問題ではなく、社会の側に問題があるのだと考えるようになっていた。私たちの見方では、障害はいつ何時誰にでも起こり得るし、よくあることなのだから、社会は当然この厳然たる事実を踏まえてインフラや制度をデザインすべきだと考えた。私たちは公民権運動と共に育ってきた世代だ。わたしが八歳のときにローザ・パークスがバスで白人専用座席を譲ることを拒否し、大学に入学した一九六四年に公民権法が成立した。すべての人が社会に平等に参加できるようにすること、それは政府の責務でしょう?

わたしは、どんどん政治的な活動にのめりこんでいった。自分の殻が破れ、より多くの人と出会うようになると、本来持っていた社交性が開花していった。

わたしは学生自治委員に立候補し、当選した。

「そうじゃない」と電話に向かって言った。わたしは、実家のダイニングルームで、電話機の隣に置かれた病院用ベッドに寝そべっていた。

「授業料値上げ反対闘争をするなら、学長に会う前にもっと味方を増やしておかなきゃ」

委員長は「賛成」と言うと、「委員会全体で戦略会議をしない？」と提案した。

委員長にさよならを言って、スピーカーボタンを押し、電話を切った。

「ママ、手が空いたら体の向きを変えてくれない？」とわたしは母を呼んだ。委員長と話した内容を軽くメモしておきたかった。ベッドに仰向けになっているより、身体の向きを変えてもらって、うつ伏せになったほうがずっと書きやすかったのだ。

大学三年生の冬、わたしは肩から膝まで全身ギプスをはめられていた。その前に、長かった髪は短く切られ、ドリルで頭に穴を四つ開けられ、そこに医者が冠のような金属製のギアを四本のねじで固定した。全身ギプスには大きな金属の輪っかが二つついており、両親や友人はそれを使ってわたしの身体の向きを変えていた。脊椎がこれ以上彎曲しないよう、新年早々に脊椎を結合させる手術を二回していた。回復には時間がかかった。実家のダイニングルームには六月までいることになっており、そのときはまだ二月だった。

その前年、三年生の書記係に立候補し落選していたのだが、わたしの手術後、当選者が辞退した。友人の助けを借りて、わたしはダイニングルームから再びそのポジションに立候補し、当選していた。言うまでもなく、わたしは常に電話で話していた。家でまったく身動きが取れなかったにもかかわらず、委員長とは上手くやっていた。

ＬＩＵの学生自治会は、入学した頃とはかなり違ったものになっていた。一年生の頃、自治会は女子学生・男子学生の社交クラブによって運営されていた。しかし、ベトナム戦争が物事を一変させていった。この二年間で戦争は拡大し、三年生の十一月時点で、毎月四万人が徴兵されるほどになっていた。多くの死者が出たが、負傷して帰国する兵士の数はそれよりも多かった。反戦運動が広がり、他の多くの大学でもそうだったように、ＬＩＵでも学生運動が盛り上がっていた。学生運動が学生自治会の関心に火をつけ、学生自治委員会は反戦運動に活発な学生（わたしもそのうちのひとりだった）によって乗っ取られていた。

「ありがとう、ママ」

母が台所から出てきて身体の向きを変えてくれるとそう伝えた。

母もまた、より活発に運動するようになっていた。母はわたしの教育に関しては常に偉大な運動家であったし、シナゴーグでは常連ボランティアとしてランチ会やイベントを企画していた。母は今や町内のことにも関わるようになっていた。たとえば、黒人の一家が引っ越してくるという、一部の白人にとっては好ましくないできごとがあり、「この地区の評判が落ちる」と不平を言う白人がいれば、母はその黒人家族を擁護してはっきり意見した。母は、人びとが違う角度から物事を見られるように手助けをしていた。隣人の大半は白人で、本当の意味で人種の割合に変化が現れるのは何年もあとになってからだったが、郊外からの移住者たちに対する白人の攻撃に母は早くから異を唱えていた。もちろん、母はそれを母なりの穏やかな方法で実行していた。

わたしはというと、反戦運動関連の活動と学生自治委員会の仕事に夢中になっていた。そして、身動きが取れず家のテーブルにいながらも、とれる限りの授業をほぼ履修していた。「エクゼキュトーン」と呼ばれる電話のような機械を友だちが教室から教室へと運んでくれたおかげで、わたしも授業を聞くことができた。質問をしたいときは、参加の意思を教授に知らせるためにボタンをひと押しするだけでよかった。皮肉なことだが、学校にいたときよりもダイニングルームの定位置からのほうが、一般社会に参加しやすいと感じることが時々あった。もちろんキャンパスにいられないことは寂しかったが、車いすを押してもらったり、トイレに連れて行ってもらうことを常に心配することなく人とつながり、授業を受けられることにはある種の自由があった。さらに、三年生の書記係であることが、「通常の」世界でわたしに明確な役割を与えてくれた。おかげで会議やイベントにもみんなと同じように参加し、受け入れられ、仲間に入っている、という気持ちになれた。これらすべてがあいまって、わたしは予期せずして「居場所」という感覚を得ることができた。

大学四年生になると、教師志望で友だちになったばかりのトニーと放課後塾を始め、そこにより多くの時間を割くようになった。卒業後に向けて子どもに教える経験を積むため、トニーとわたしは子どもの宿題を手伝うプログラムを始めた。フォート・グリーン地区から来る子どもたちと接しながら、自分には子どもと仲良くなる素質があることに気づいた。一緒に座って、概念の説明や算数の添削をしながら、子どもたちと話し、子どもたちの生活について知ることが楽しかった。一方で、月日が経つにつれ、卒業し教員免許を取得する時期がきたら、いったいどうなるんだろう……という不安はますます膨らんでいった。教員免許を取得するためには、必須科目の履習に加え、健康診断を受け、自分が健康であること、感染病等を持っていないことを証明しなければならなかった。

ニューヨーク市教育委員会の建物はリビングストーン通り一一〇番地にあり、真鍮の表札がかかった正面の二重扉まで階段が五段だけあったが、そのときはわざわざ段数を数えはしなかった。二五段か、一〇段か、二段だったかもしれないが、どうでもよかった。わかっていたのは「段差がある」ということだけで、そのつもりで行くまでだった。幸いなことに、トニーがわたしのミッションのために喜んで同行を申し出てくれた。階段の下でポーズをとりながら、トニーがこちらを見ていた。

「準備はいい?」とトニーが聞いた。

わたしはうなずいた。準備はできていた。

「いくよ!」

トニーはわたしに向かってほほ笑むと、車いすの黒いハンドルを握って後ろにくるりと向け、階段を引きずり上げ、建物へ後ろ向きに入っていった。

その頃、手動車いすを電動化する「モトレッテ」という装置をちょうど手に入れたところだった。モーターの電源を入れ直して、私たちはロビーへと入っていった。ロビーはとても広く豪華で、政府の建物とは思えなかったが、眺めている時間はなかった。受付に進み、カウンターにいた制服姿の男性を見上げた。

「ジェームズ医師との面会で来ました」

「三階の三一二号室へどうぞ。こちらに記名をお願いします」

男性は、つまらなそうに言った。

木製パネルに埋め込まれたエレベーターのボタンは、いつも通りわたしには届かない位置にあり、トニーが来てくれたのはこのためでもあった。トニーがボタンを押し、エレベーターが来るのを待った。エレベーターはゆっくりキーキー音をたて、上の階からゴトゴトと降りてきた。目を閉じて、深呼吸をした。トニーにもわたしの緊張は伝わっていたと思う。この健康診断が何ごともなく終わるとは思えなかった。口頭試験・筆記試験には合格していた——この診察が、教員資格とわたしの間に立ちはだかる最後の関門だった。子どもに危険が及ぶような健康上の問題があるかを診るだけのお決まりの検査のはずだった。ただの健診のはずだった。教師になる人は全員が受ける健診で、わたしの健康状態は良好だった。自分が望んでいることは理に適っていることもわかっていた——わたしの望みは、ただ教えることだけだった。

それでも不安で胃が締めつけられた。「公平に扱ってもらえるはずだ」と自分に信じ込ませようとしても無理だった。これまでの人生で、学校関連のことで簡単にいったこと、慣例どおりにいったことなど、一度もなかった。

アームレスト〔肘置き〕をぎゅっと握りしめ、医者がし得るあらゆる質問を考えてみた。

エレベーターのドアがすーっと開いた。わたしが中に入ると、トニーは三階のボタンを押した。

エレベーターはゴトゴトと音を立てて上がっていき、二階を通過し、停止した。ドアがゆっくりと開いた。トニーとわたしはそっと廊下に出て、三一二号室を探した。わたしが車いすを操作して部屋に入っていけるよう、トニーは重いドアを押さえて開けておいてくれた。

「ジェームズ医師との面会で来ました」

わたしは受付にいた女性に告げた。

女性は書類の束をめくり、顔を上げた。

「ジュディ・ヒューマン?」

「そうです」

「こちらでお待ちください」

わたしは受付の横に進み、自分を落ち着かせようとした。緊張しすぎて、雑誌に目を通すことも、トニーに話しかけることもできなかった。受付の隣のドアが開き、年配の女性が顔を出した。

「ジュディ・ヒューマン?」

女性は部屋を見渡しながら、わたしを呼んだ。身長は平均程度、短い白髪をなでつけた一〇年前のヘアスタイルだった。引きつった、控えめな笑みを浮かべ、実用的な靴を履いて足音すら立てなかった。

「はい、わたしです」と言って、その女性のほうへ向かった。彼女は手を差し出し、わたしのまっすぐな茶色の髪、前髪からフットレストに乗せている厚底靴までをじろりと見おろした。

「医師のジェームズです」

彼女は小さな診察室にわたしを案内しながら言った。そして、部屋の隅にある茶色い木製デスクに座った。

最初は、概ね想定していた範囲の健康診断だった。ジェームズ医師は、採血をして、心臓の音を聞き、一般的な問診をした。すべて通常どおりだった。少しだけ安心した。次にポリオの既往歴について質問された。わたしは生後一八カ月でウイルスに感染し、その後一カ月ほど具合が悪かった。鉄の肺〔首から下を気密タンクに入れる人工呼吸器の一種〕に三カ月入れられ、四肢マヒになった。歩くことはできず、手と腕がわずかに動く程度だった。

医者の質問は、次第により鋭く、厳しくなっていった。ポリオに関する二〇年前の治療歴を聞く頃には、せん索好きののぞき魔のようになっていた。わたしはポリオ感染後に受けた二回の手術とリハビリテーションの詳細を説明し、質問に答えながら、どんどん不快な気持ちになっていった。何かがおかしいと感じ始めていた。一線を越えるのは、時間の問題だった。

はい、五歳まで入退院を繰り返していました。六歳で膝と股関節の腱を伸ばす手術をして、つい最近は脊椎の結合手術もしました――これら一連の質問は、わたしが小学二年生に教室で英語を教えることで児童に健康被害を及ぼすかどうかとは、まったく関係がなかった。

「はい、はい、そうね。両腕を上げて」医者は続けた。わたしは、肘を車いすのアームレストにのせて、肘から先をできるだけ高く上げようとした。わたしは腕を上げられないので、医者にもそう伝えた。この指示と教師になることの間に何の関係があるのか、理解に苦しんだ。

わたしが歩いていたことがあるか、医者は知りたがっていた。わたしの不安はピークに達した。頭の中で、いつもの警告アラームが鳴り始めた。明らかに、適切な質問・関連する質問の範囲を超えていた。

「ええ、脊椎を結合する前、立つために装具と松葉杖を使っていたことはありますが、歩いていたことはありません」

わたしは通りを歩いて渡ったようなことはなかった。

すると、医者は実務的な口調（「息を吸って吐いて」と言ったときとまったく同じ口調）で、「では、どうやってトイレに行くか見せてちょうだい」と言った。

想定外の要求が、わたしの胃を一撃した。

こんなこと間違っている、まったくもって不適切だ。怒りのあまり熱い涙がこみあげてきた。こんなことが起きてはならない。

でも、実際には、目の前でそれは起きていた。

わたしに何が言えただろうか？　くるりと背を向けて、部屋を出て行ってしまいたい衝動と闘っていた。

わたしに、答える以外の選択肢はなかった。

何年にもわたり、ぶしつけな視線や、個人的な事柄にまで踏み込んだ質問にも感情をコントロールしてきただけあって、冷静な表情を保つ力には磨きがかかっていた。わたしは、なんとか一定の平静さを保っていた。

「そうですね」

声をうわずらせながら、わたしは答えた。

「もし他の先生たちも同様に、どうやってトイレに行くか児童に見せなければいけないなら、当然わたしも従います。でも、そうでない限りは、自分でどうにかなります、とだけ言っておきましょう」

なかなかの切り返しに自分でも少し驚いた。自分の口から反論が出てくるとはまったく思っていなかった。

医者はわたしから目をそらすと、一言も発することなく、歩行についての話題に戻っていった。

「どういうふうに歩くのか、もう一度教えてちょうだい」

自力歩行をしたことは一度もないのだ、と改めて説明を試みた。二歳から車いすで、ひとりで立ち上がったり座ったりしたことはなかった。わたしは歩けないのだから、教室内で装具と松葉杖を強要するほうが、わたしにとっても児童にとっても危険だと繰り返し訴えた。電動車いすがあれば、移動上のどんな問題も解決できた。

わたしの説明は、医者には届かないようだった。ジェームズ医師は短いメモを手元のフォルダに書き込み、音を立ててフォルダを閉じると、もう一度診察に来るように言った。次は装具と松葉杖を持って来て、歩く様子を見せてちょうだい、と。

診察は終わった。

涙も出てこなかった。怒りで胸がいっぱいだった。ひどい目に遭うかもと心配はしていたし、ACLUに電話もして、起こり得るあらゆる結果に備えたつもりだったが、こんなことが起きるなんてまったく思っていなかった。想像できる一線を越えていた。ショックを受け、うんざりしていた。

完全に孤立した気分だった。医者はわたしに何でもさせることができ、何でも言いたいことを言えるのに、わたしには対抗する術がなかった。そこには、ルールもなければ、守られるべき一線もなかった。

差別されるとは、こういうことなのだ。

待合室に戻り、涙と怒りをこらえ、いつもと同じ声の大きさとトーンを保ちつつ、トニーに帰ろうと告げた。

エレベーターの中で何が起きたかを話した。トニーは激怒してくれたが、他にどんな言葉を言えただろう？　こうした類の扱いが、わたしの日常生活では珍しくないことをトニーは知っていた。ロビーを出て、トニーがわたしを階段から引きずり下ろすときも、私たちは黙ったままだった。でも、わたしの心の中では、ある一つの問いがかけめぐっていた――わたしはあきらめるのか？　それとも、やり続けるのか？　あきらめるか、やり続けるか？

ジェームズ医師から要請された追加健診に、わたしは助っ人を連れて行った。障害の問題に詳しく、診察の間になされる医者の質問の証人となれる人が必要だった。そうすれば、自分が弱い立場にあると感じずに済んだ。わたしはセオドア・チャイルズ博士が適任だと考えた。ＬＩＵの障害学生プログラム長で、ＮＡＡＣＰ（全米黒人地位向上協会）で活発に活動している会員でもあり、かつ第二次世界大戦の退役軍人だった。博士は、差別について直接経験があり、この状況に理解を示してくれる親切で知見のある男性で、何よりも喜んで力になってくれた。

もう一度、トニーは五段の階段を器用に持ち上げてくれた。もう一度、トニーはエレベーターのボタンを押し、わたしとチャイルズ博士と共に診察室に向かった。もう一度、私たちは茶色のソファーのそばで座って待った。小さな待合室にやってきたジェームズ医師の顔に、今回は笑みがなかった。そして、わたしがチャイルズ博士の同席を求めると拒否し、博士もトニーと一緒に診察室の外で待つように主張し譲らなかった。わたしの心は一気にざわついた。

診察室に入ると、見知らぬふたりの男性が部屋にいるのが見えた。ジェームズ医師は、わたしの健診のために医者をもうふたり呼んでおきました、と言った。

何の説明も雑談もなく、三人がかりでわたしの診察をはじめ、再び行き過ぎた質問の集中砲火が始まった――ポリオの診断、治療歴、マヒの状態について。そして、またもや彼らの前で歩いてみせるように言われた。わたしは、松葉杖も装具も持ってこないと決めていた。医者たちにそう告げると、ジェームズ医師が何かを書き留めるのが見えた。

こちら側からでも、彼女の走り書きが読めた――「反抗的」。

この狂った審判の最中に、ジェームズ医師がふたりの男性医師のほうを向いてこう言った。

「彼女は漏らしてしまうことが時々あるんです」

「何を言ってるんですか？」

信じられない気持ちで、わたしは言った。

ジェームズ医師は、わたしを無視した。

混乱して、頭が働かなかった。言葉がまとまらず、全身をかけめぐっていた。

こんなこと、あってはならない。あっては……ならない。ダメだ……あってはならないのだ……絶対に。

でも、本音を言えば、わたしはただ泣いてしまいたかった。

わたしは二二歳で、小学二年生を教えたいだけだった。

こんな扱いに対処するための訓練やワークショップなどあるのだろうか？

常に病人として、人間以下に扱われ続ける人に対して、あなたなら事前にどんな助言をするだろうか？

三カ月後、結果通知が郵送されてきた。ニューヨーク市教育委員会は、わたしには教える能力がないという決定を下した。何の驚きもなかった。

不合格の理由は――「両下肢マヒ及び脊髄性小児マヒによる後遺症」。

わたしは、歩けないという理由で、子どもに対する脅威だと正式に判定されたのだ。うつす病気を持っているわけでもないのに、どういうわけか、感染源だとみなされた。

わたしがどれだけ頭が良かろうと、能力があろうと、良い成績を収めようと、豊富な経験を積もうと、関係なかった。教育委員会にとっては、そのどれも重要ではなかった。

わたしは歩けなかったから、二年生を教える資格があるとはみなされなかった。

教育委員会はそう結論づけ、郵便受けに届いた紙切れ一枚にその結果を印刷したのだった。

第三章　闘うか闘わざるべきか

教育委員会と闘わねばと思ってはいたが、不安が大きく、どうすべきか揺れていた。権利を求めて自分のために立ち上がるかどうか、決断を迫られるのは初めてだった。自分のために闘うことを考えるとさまざまな感情が押し寄せ、親が自分のために闘ってくれていたときとはまったく違うことに気づいた。まるで顕微鏡の下に置かれ、丸裸にされたような気分だった。それに、教える能力が自分に実際あるのかもまったく自信がなかった。

まだやってもいないことへの権利を公然と求めて立ち上がるなんて、本当にわたしにできるだろうか？　わたしにその権利はあるのだろうか？　ものすごく大勢の人から注目され、こう思われることになる――「車いすの女性が教えられるの？」と。この闘いに勝ったとして、いざ教壇に立たせてみたらひどい教師だったという結末になったら？　公衆の面前で教師失格の烙印を捺されることになる。わたしが上手に教えられなかったら、「やっぱり障害者が教えるなんて無理だ」と思われるのではないか？　それは、みんなの夢を潰してしまうことにならないか？　もし障害のある先生が何千人もいれば、そのうちのひとりがひどい教師でも誰も気づかないだろう。でも、障害のある教師はわたし一人で、そのわたしがしくじったら……。世間の障害者に対する見方にどんな影響を与えてしまうのだろう？　考えるだけで気持ち悪くなった。

同時に、責任も感じていた。障害のある仲間たちが、わたしのために集まってくれた。私たちは教員免許が認められない可能性を予測していたので、実際にそうなるやいなや、闘うべきだと勇気づけてくれた。わたしの事案が一つの事例になり得ることを全員が理解していた。私たちの問題について、世間の意識を高めることができるかもしれない。わたし自身もそう信じてはいた。でも、正しいことだからといって、実際に行動することが簡単になるわけではない。自分がどうすべきかわかっていたが、そのことを考えるたび、全身に湧き立つ強い恐怖心が和らぐわけではなかった。

でも、わたしが闘わなかったら、誰がやるの？

ＡＣＬＵ（アメリカ自由人権協会）に再び電話をかけた。

電話に出た男性に、「三年前に電話をした者です」と伝え、そのあと何があったかを説明し、面談の予約をお願いした。

ところが、その男性は事務所に来る必要はないと言ってきた。

「電話で情報をもらえれば十分です。裏付けになる書類を何でもいいので送ってください。それを見て、こちらからまたお電話します」

数日後、その男性から連絡があった。

「申し訳ありません、ヒューマンさん。あなたの事案を検討した結果、差別は起きていないと判断しました。あなたは医学的な理由で教員免許を認められなかったのであって、これは差別には該当しません」

言葉も出なかった。医者がわたしにしたことが、差別とはみなされない？

「歩行能力がない」ことを理由に教員免許を認めないことが、どうして「差別ではない」と言えるの？

車いすに乗っていれば、十分に動き回れる。必要なら、子どもを膝に乗せて安全に避難させることもできる。わたしは全試験に合格し、全授業で良い成績を収め、トニーと一緒に立ち上げた学習室のおかげで、さまざまな年齢の児童たちと定められた実習時間数よりはるかに多くの時間を過ごしてきた。

この三年間、ずっとＡＣＬＵが頼りだったのに。教員免許を取る過程で何か起きたらどうしようと不安になるたびに、「もし雲行きが怪しくなっても、ＡＣＬＵが助けてくれる」と自分に言い聞かせていた。公民権運動はわたしのインスピレーションの源だった。公民権運動のおかげで、直面しているバリアの原因は私たちにはないという見方、つまり社会のあり方が問題なのだということを、わたしや障害のある仲間たちは学ばせてもらっていた。それなのに、今ＡＣＬＵは、障害を持っているわたしに原因があると言っているのだ。ショックで言葉が出てこなかった。

わたしはＡＣＬＵのこの担当者を説得するために知恵をしぼった。問題は、頼れる手段がないことだった。一九六四年の公民権法において、障害は対象外だった。公民権法は、人種、肌の色、宗教、出自を理由とした差別に終止符を打つことを企図していたが、障害については一言も触れられていなかった。根拠として持ち出せる法律もなければ、引用できる判例もなかった。もしわたしが公民権法の対象だったら、この電話を切って、公民権法によって創設された雇用機会均等委員会に電話することもできただろう。でも、当時は障害者の権利擁護団体もなかった。残された唯一の選択肢は、障害者に対する差別はたしかに存在するということを電話口の男性にわからせることだった。悔しすぎて、本当は泣きたかった。でも、なんとか自分を落ち着かせた。この男性にわたしの話を聞いてもらわないと。

もう一度、説明を試みた。

「お願いですから、訪問して話をさせてください。医学的な理由で職業への適性を否定することは、まさしく差別だと説明できます。まるでわたしが健康診断に落ちただけかのように記録して終わりにしないでください」

「申し訳ありません、ヒューマンさん。あなたの事案について慎重に検討を重ねた結果です」

わたしは憤慨していたが、心の奥底では深く傷ついていた。

あのACLUからも、扉を閉ざされてしまった。

どうしてわたしは、自分を拒む扉を常に叩き続ける羽目になるのだろう？

ACLUの対応が、わたしに闘う決意を固めさせた。

ACLUでさえ教育委員会の行為がなぜ差別か理解できないのなら、わたしに起きたできごとを世にぶっ放すまでだ。わたしの事案を使って、一点の曇りもなく明らかにすべきことがある。それは、教育、雇用、交通機関など、私たちがただただ自分の人生を生きようとするだけで直面するバリアは、一回限りで終わる個人の問題ではないということだ。

それは、リハビリの対象となる医学的な問題でもない。私たち自身の存在は「医学的な問題」ではない。ポリオによって破壊されたわたしの神経細胞が回復し、再び歩けるようになることなどあり得ないし、それはわたしの目指すところではない。ベトナム戦争から帰還した障害のある退役軍人たちは、失った手足が伸びてくることも、脊椎が治癒して再び歩けるようになることもない。筋ジストロフィーの友人は、筋ジストロフィーと共に生まれた事実を変えることはできない。

事故、病気、遺伝的要素、神経疾患、そして加齢は、まさに人種や性別と同じように、人間の属性の一つに過ぎない。だからこそ、学校、雇用主、市議会が、政策、建物、バスなどを私たちが参加できない形で設計することは、私たちの権利を侵害していることになる。そして、政府には私たちの権利を護る責務がある。

でも、現実は違う――政府がその責務を果たそうとすることなどまずない――政府が私たちをこれ以上無視し続けることはできない、という状態にまで持っていかない限りは。

「教育委員会に対して訴訟を起こす」というアイデアは、考えるだけでも恐ろしく、どうすればいいのかもさっぱりわからなかった。何から始めればよいかさえ知らないし、弁護士の知り合いもいない。わたしの知人は、肉屋や警察、教師や消防士といった人たちだった。どうやって弁護士探しに取りかかればいいのか？　教育委員会の決定が公民権の問題だとわかってくれる弁護士など、いったいどうやったら見つけられるのか？　ＡＣＬＵでさえ理解できなかったことを理解できる弁護士などいるのだろうか？

私たちは広報に力を入れることにした。学生時代からの知り合いで、ジャーナリズム専攻だった障害のある男の子が、『ニューヨークタイムズ』で非常勤の地方特派員をしていた。彼に電話をして、教育委員会の決定について話をした。翌日、アンドリュー・マルコムという名前の記者から電話があり、インタビューを受けた。一週間後、「車いすの女性、教師になるため告訴」という記事が出た。一九七〇年のことで、わたしは二二歳だった。

その日、わたしはブルックリンのウィロビー通りにあるアパートにいた。ルームメートのロリが新聞をとってきてくれた。

「ジュディ！　ジュディ！」ロリが顔の前で新聞をひらひらと振っている。

わたしが教育委員会から教職に就く権利を否定されている旨の記事が掲載されていた。驚いて口をポカンと開けた。記事が出るかもとは思っていたが、仰天した。大々的に取り上げられていたのだ。

翌日、『ニューヨークタイムズ』はわたしが教職に就くことを支持する社説も掲載してくれた。

その日の午後、一本の電話があった。電話口の男性はロイ・ルーカスと名乗った。ジェームズ・マディソン法律センターの弁護士で、『ニューヨークタイムズ』の記事を読んだこと、公民権に関するプロジェクトを実施中で、ぜひわたしにインタビューをしたいと、感じよく、控えめに伝えてくれた。

公民権に詳しい弁護士がわたしに電話をかけてくれている？　これは天の恵みだ。ロイがわたしに質問している間、わたしもロイを面接することにした。質問の内容や話し方で、ロイが賢く鋭い人だとわかった。電話を切る直前、わたしの弁護士になってくれるかと尋ねた。ロイは快諾してくれた。わたしは興奮して電話を切ると、歓声をあげた。

ロイ・ルーカスからの電話は青天の霹靂で、奇跡のようだった。

これが実際にとてつもない奇跡だったことをわたしが理解したのは、ずっとあとになってからのことだ。このあと、ロイは中絶の権利について全米で最も卓越した弁護士のひとりになっていく。あの有名な「ロー対ウエイド事件」を最高裁で論じた弁護団にロイは比較的早い段階で加わり、一九七三年に中絶が合法化された。ロイはニューヨーク大学法学部の三年生だったが、婚姻関係にある夫婦が避妊具を利用する権利が憲法上のプライバシー権として認められていることが、女性の妊娠中絶の権利に関する法的論争にも拡大適用できると論じた最初の人間になった――そして、これがロー対ウエイド判決の法的根拠になったのだ。ロイはわたしに電話をかけるちょうど六カ月前、ニューヨーク初となる中絶の権利に関する訴訟を起こしていた。

結局ロイはその後四年間にわたり、全米中のほぼすべての中絶訴訟に関わることになるのだが、彼はあらゆる公民権の問題に関心を持っていた。ロイは障害者にも権利があると根本的に信じており、私たちがやっていることは正しいことで、絶対に必要なことだという強い信念を持ってわたしの裁判を引き受けてくれた。

翌日、父とおじが営む肉屋のお客さんだったエリアス・シュヴァルツバートという男性も代理人になることを申し出てくれた。法廷での代理人探しにどう取りかかればよいのかと無力感に襲われていたはずが、気づけば弁護団ができていた。このことからも、自らの直感に従い、どんな問題も解決できると信じていれば、物事は上手くいくことがわかる。

メディアによる一斉攻撃がついに始まった。『ニューヨークポスト』が『ニューヨークタイムズ』に加勢し、わたしを支持する社説を掲載してくれた。『ニューヨークデイリーニュース』は「ポリオでも、教師どころか大統領にだってなれる」という見出しの記事を載せた。次から次に取材の電話があり、全米中で続々と記事が掲載された。

これらの取材を受けながら、わたしはプールの底に投げ込まれたような気持ちだった。人前で話した経験は皆無だった。でも、驚いたことに、食卓を囲み家族で議論していたときの経験が役に立った。父は、静かで控えめだったわたしの傾向を変えようと鍛えてくれた。恐れることなく、突き進むことを教えてくれた。口をはさむんだ！　自分が言いたいことを伝えるためなら何でもするんだ！　と。

それでも、『トゥデイ』という番組のプロデューサーから電話で出演依頼を受けたときは、とても不安になった。制作側は、ボブ・ハーマンという米国特別教育局の役人とわたしの討論番組をやりたがっていた。それを聞いて、わたしは凍りついた。とても自分にできるとは思えない。でも、すぐにこう思い直した。「よし、どうにかする。何をすればいいのかまったくわかっていないけど、とにかくやってみせる」と。自分の中にある恐怖心は完全には消えていなかったが、それでもなんとかなったし、次のチャレンジがやってくるたび、ただただ前に進んだ。

その間も、新しい記事が次々と掲載された。道で知らない人に呼び止められて励まされたり、その人たちの経験を聴くことが増えていった。「わたしも差別された経験があるんだ」とある男性は言った。「父はわたしが生まれてからずっと職に就いたことがありません」と別の女性は教えてくれた。そして、「ぼくの妹は障害があるからって学校に行かせてもらえないんだ」と悲しそうに教えてくれた男の子もいた。全米中から手紙が届いた。何人かの女性下院議員がニューヨーク市に手紙を書き、教育委員会がわたしに教職を認めない理由を質問してくれた。全米教員連盟もわたしへの支持を表明し、ニューヨーク市長のジョン・リンジーもわたしの主張を支持する旨の手紙を試験委員会に送り、この件について「思慮深く、心ある再検討」を要請してくれた。

メディアへの露出はますます増えていった。雑誌『ニューヨーカー』の表紙にもなった。わたしは誰にも口をはさませず、譲歩もしなかった。

ある記者には、「偽善的な社会から名ばかりの教育を与えられ、そのあとは存在を葬り去られて終わりにさせられるようなことを、私たちは許しません」と答えた。

『トゥデイ』に出演している間、わたしはエンジン全開だった。気の毒なボブ・ハーマン。ボブは必ずしもわたしの主張に反対していなかったが、わたしは執拗にボブを追い詰めた。もはやこれはわたしだけの問題ではない。みんなの問題でもあるのだ。たしかに、わたしは教師になりたい。でも、これはわたしが耳にしてきた誰かの兄弟姉妹、父親、母親、いとこ、話してくれた人自身に関わることだ。どうして彼らがこうした問題に直面しているのか、誰も聞く耳を持たず、何の変化も起きていない。ダムはもう決壊している。無視され、あしらわれ続けたあの年月を経て、関心を集めて道を正すチャンスが私たちにやっと到来したのだ。私たちには、できることがあるはずだ。

教職に就ける可能性が出てきていたが、わたしが本当に望んでいたことは、車いすユーザーが教師になれない理由などどこにもないということ――私たち自身がなりたいと望み、決めたものになれない理由など、どこにもないということ――を世間に示すことだった。

わたしはこのとき、人生で初めて、誰かと一緒に運動をすることで自分がどれだけ力づけられるかを知った。自分ひとりでは変化を起こせないと気づいたとき、本当の意味で物事は動き出す。自分の家族をみても、最初からみんな運動家だったわけではない――自分のためだけではなく、みんなのためになる事柄を求めて闘うことの中にこそ、強さを見出せた人たちがいる、ということだと思う。

『トゥデイ』に出演したあと、いくつかのできごとが矢継ぎ早に起きた。ロイは教員免許を認めない理由を確かめるため教育委員会に電話し、教員免許の取得を否定されてから約三カ月後の一九七〇年五月二十六日、私たちは連邦地裁に提訴した。求めたのは、試験委員会の手続きに対する違憲判決、教員免許の授与、そして七万五千ドルの損害賠償だった。『ニューヨークタイムズ』は五月二十七日付の記事で、この裁判を「連邦裁判所に提訴された公民権訴訟としては初めての裁判」と表現し、試験委員会の「訴状を検討中」というコメントを掲載した。

『ニューヨークタイムズ』の記者は、教育委員会と試験委員会の委員たちの「ジュディについては気の毒に思っているが、委員会としては火災発生時などに生徒の安全を確保しなければならない」という意見を報じた。

何かあるたびに厄介者として扱われることには、吐きそうなほどうんざりしていた。でも、とても重要な学びを得つつあった――組織は何かやりたくないことがあると、それを「安全面の問題」にして議論を有利に運ぼうとする。そうすれば、穏やかで、妥当な主張に聞こえるからだ。安全面への配慮が、どうしたら誤ったこと、差別になるのか？　というわけだ。「安全」を持ち出されると反論は難しくなる。誰もが安心していたい――それは、人間の基本的なニーズなのだ。

「わたしには電動車いすがあります」とわたしは記者に伝えた。

「みなさんが一般的に歩く速度よりも、速く移動できますよ」

＊

あっという間に、公判の日がやってきた。

弁護団に付き添われ、車いすで法廷へと入っていった。両親と弟たちもすぐ後ろをついてきてくれた。わたしは判事席の正面に座り、ロイとエリアスが隣に座る。判事席にはまだ誰もいない。ロイから、担当判事は地裁初の黒人女性だと聞いていた。ワクワクして、彼女に会えるのが待ち遠しかった。部屋の反対側では、教育委員会の代理人たちが書類をめくり、ヒソヒソ話をしている。その隣はプレス席で、すでに何名かの記者がいた。電動車いすの音がして振り返ると、仲間たちと一緒に入廷するフリーダと目が合った。みんな笑顔で手を振ってくれた。期待で胸がいっぱいになり、じっとしているのがやっとだ。

判事が入廷すると、立てる人は起立し、車いすの私たちはまっすぐ座り直した。判事が着席するよう合図をしたあと、わたしは彼女から目が離せなくなった。コンスタンス・ベーカー・モトリー判事は背が高く、くっきりとした頬骨が彼女を堂々と見せていた。でも、わたしを魅了したのは彼女の外見ではなく、その存在感だ。法廷には彼女のエネルギーが満ちあふれている。神様みたいだった。

「ワォ！　ワォ！　ワォ！　すごい！」繰り返し頭に浮かんでいたのは、それだけだった。三年半前にＡＣＬＵにかけた最初の電話を思い出していた。そして、教育委員会と闘うことを自分がどれだけ恐れていたか、最後にACLUに電話をかけた直後に感じた傷と怒りを思い出していた。

私は今、時代を象徴するできごとの真っただ中にいる。ニューヨーク市教育委員会を提訴していて、判事席には初の黒人女性判事が座っているのだ。この瞬間を実現するために思いがけず扉が開いたことは、ロイ・ルーカスからの偶然の電話とあいまって、すべて運命だったように感じた。

公判はあっという間だった。

ベーカー・モトリー判事は、試験委員会と教育委員会からの出席者に対し、別案件のために退廷するが、この訴訟に対する自分の熱意を見誤らないように、と驚くほど穏やかな声で告げた。

「わたしはこの訴訟に全力で取り組むつもりでいますので」と判事は切り出した。

「問題解決のためにすべきことはしておくよう勧めます」

簡潔な言葉で、判事は自らの考えを明確に伝えていた――この件について再考しなさい、さもなければどうなるかわかっていますね――。学区の責任者たちは、ほとんど反論もせず降伏した。

わたしの健診をやり直すことを承諾したのだ。

三度目の健診は、取るに足らないものだった。診察室に入ると、若い女性の医師がいた。彼女は基本的には机に座ったまま書類を埋めていき、こう言った。

「申し訳ありませんでした。こんなことは、決して起きてはならなかったのです」

ニューヨーク市教育委員会は、敗色が濃厚になるや和解に乗り出し、わたしは教員免許を手にすることができた。

年を取ってから、わたしは担当判事がコンスタンス・ベーカー・モトリーであったことがいかに幸運だったかを理解した。彼女が公民権運動において果たした役割を、当時のわたしはまったく知らなかった。モトリー判事は、コロンビア法科大学院で学位を取得した初の黒人女性であり、一九五〇年にのちの「ブラウン対トピーカ教育委員会裁判」の訴状を起草した人物だった。NAACP（ブラウン側の全米黒人地位向上協会）弁護団で唯一の女性でもあった。深南部で公共交通機関における人種差別撤廃を目指した「フリーダム・ライダーズ」や、白人専用大学への入学を訴えた無数の原告代理人も務めていた。そして、ニューヨーク州上院議員に選出された初の黒人女性となり、その後、連邦裁判官に選出された初の黒人女性となるのだ（わたしが彼女に出会ったのはこの時期だ）。

すべてのできごとに理由があるのか、わたしにはわからない。でも、あの場にモトリー判事がいたことは、この世のものとは思えない何かしらの力が働いたようにしか思えなかった。公民権訴訟の多くは、その主張に激しい敵意を持つ連邦判事に割り当てられていた。もし別の判事が担当していたら、わたしの訴訟はまったく異なる結果に終わっていたかもしれない。

人生を変える偶然が重なったストーリー。その理想的な結末は、「そして、わたしは教員免許を得て、教職に就き、その後もずっと幸せに暮らしました」になるだろう。でも現実は違った。わたしは教職に就けず、他にもいろいろなことが起きた。

注目を集めた公開裁判で教育委員会の誤りを証明し、盛り上がったかに見えたが、誰もわたしを雇おうとはしなかった。大半の学校はアクセシブルではなかった。そして、わたしが有名人になってしまったからか、差別なのか、もしくはその両方なのかはわからなかったが、多くの、本当に多くの校長から返ってきた返事は、「そうですね、数カ月前だったら採用していましたが、急なことで空席がありません」というものだった。

わたしの取材を続けてきた記者たちから電話があり近況を伝えると、就職が決まらないわたしの現状について一連の社説が出始めた。

最終的に、母校の校長から誘いを受け、「公立学校219」に戻ることになった。一年目は担任を持たず、他の教師がやりたくないことをほぼ何でも教えていた。最終的に、「ヘルスコンサベーション21」にいる障害のある子どもと、通常級にいる障害のない子どもの両方を教えることになった。障害のある子もない子も、障害のある先生は初めてだった。一年目を終えると担任になり、さらにその後二年間、教師を続けた。

裁判をしていた年、そして教師になった初年度は、わたし自身とわたしの主張に関する記事が一年中ずっと出ていた(少なくとも月一回は)。多くの人がわたしに気づき、道で声をかけてくるようになった。車で道を走っていた人たちは停まってクラクションを鳴らし、わたしが近づいて挨拶できるようにしてくれた。「おめでとう！　これからも頑張って」と言うだけの人もいた。一方で、差別の経験談もたくさん耳にした。

あのとき、もし自分の中にあった恐怖心と不安に屈していたら、今とはまったく違う結果になっていたと思うと怖くなる。騒ぎ立てることはしたくないと問題をやり過ごしていたら、いったいどうなっていただろう？

まず、自分が教壇に立つことができるかさえ、まったくわからないままだっただろう。何よりの問題は、自分が何者であるか、自分に何ができるかについて、社会に言われたことを受け入れる羽目になっていたことだ。裁判に負けていたとしても、提訴したことでわたしの人生はやはり変わっていたと思う。なぜなら、わたしは立ち上がって、わたしのことを勝手に決めるな、と社会に向かって言えたことになるのだから。わたしは、自分が信じることのために、闘っていた。

勝訴したという事実が、自分たちを取り巻く問題への見方を再確認させてくれた。つまり、障害者は間違いなく差別を受けていて、時間をかけて闘えば、私たちにも勝ち目はあるということだ。

のちに、ニューヨーク州は視覚障害や身体障害のある人たちを教職から排除してはならないという州法を成立させた。

裁判後のもう一つのできごとは、仲間たちと権利擁護団体、障害者のために、障害者自身によって運営される団体の立ち上げを決めたことだった。

わたしに電話や手紙をくれた人たち全員に私たちは連絡をとり、第一回の会合に招待した。場所はＬＩＵ（ロングアイランド大学）だった。百人以上が参加し、報道関係者もいた。当時、公共交通機関がまったくアクセシブルではなかったことを考えれば、この人数が関心の高さを表していた。

当初、新しい団体の名称は「行動する身障者たち（Handicapped in Action）」だったが、すぐに「行動する障害者たち（Disabled in Action 以下ＤＩＡ）」に変更した。私たちは「ハンディキャップ」という言葉が好きではなかったからだ。わたしは駆け出しの団体の初代代表となり、あらゆる障害種別の当事者で構成される理事会もできた。私たちは、作業所と施設の完全閉鎖、公共交通機関のアクセシビリティ、障害に関連するニュースを公民権の問題として報道していなかった『ニューヨークタイムズ』への抗議など、ありとあらゆる問題に取り組んだ。他団体とも協働し、たとえばスタッテン島にあるウィローブルック州立学校（数千人の知的障害者を収容していた劣悪な施設）の問題に取り組み、ベトナム戦争から帰還した障害のある退役軍人とも連携した。

世間があなたを三級市民として見ているとき、まず必要なのは、自分自身を信じること、そして、自分には権利があると知っていることだ。

次にあなたに必要なのは、共に反撃をする仲間たちだ。

第四章　飛び立つ恐怖

ブルックリンのウィロビー通りにある自宅寝室で、わたしは机に向かっていた。目の前には、リハビリテーション法案に対し議会が提出した何ページにもわたる修正案があった。

一九七二年、わたしは二五歳だった。週末は教師業から離れ、障害関連の政策に没頭していた。ニューヨーク市長室の障害者施策担当局長で友人のユニス・フィオリートが、障害者の教育、職業訓練、雇用を支援するこの新しい法律について電話で教えてくれた。覚えている読者もいるかもしれないが、米国職業訓練局（通称「リハ局」）はＬＩＵ（ロングアイランド大学）でのわたしの学費を支援してくれた。私たち障害者にとって重要なプログラムだったが、その運営方法には多くの懸念があった。ユニスは全盲なので、まず電話越しに法律の文言を部下に読み上げさせたあと、わたしが週末に読めるように法案を郵送してくれたのだった。

コップ一杯の水を口にしながら、職業訓練とサービスに関する条項をゆっくり読み進めると、五〇四条項に差しかかった。

「ちょっと、ちょっと待って」

コップを机に置いた。

「何かの間違いじゃないよね？」

その一文を再び読み、眼鏡を取って目をこすり、もう一回その文章を読み直した。

最初に読んだ通りだった。信じられなかった。紙を見つめて、何度も何度もその箇所を読み返した。


アメリカ合衆国において、第七条（6）で定められた障害のあるいかなる個人も、単に障害のみを理由として、連邦政府からの財政援助を受けている施策や事業に参加することから排除され、恩恵を享受することを拒否され、差別されてはならない。


この文章は、これまで私たちが受けてきた取り扱いがまさに差別だったことを認めていた。心が一気にざわつき、何が起きているかを必死で理解しようとしていた。

私たちが言い続けてきたことを、ついに理解してくれた議員がいる。入学拒否、教員資格を認められないことなど、私たちが日常的に直面するこれら無数の障壁は、何一つとして医学的な問題として片づけることはできないし、片づけては「ならない」ということを。

期待が膨れあがった。

議会には、私たちが直面している現状を勉強するだけで終わらせず、行動に移す気概のある人たちがいる。この条項がもたらし得る意味の大きさににわかに気づいて息をのみ、わたしは思いをめぐらせた。

入学拒否なんて経験せずに済んでいたら？　頭の中に植えつけられたこの自己不信を抱えずに生きてこられたなら？

心の奥深くに埋めたはずの、戸惑い、傷、恥といった感情がつるを伸ばし、顔をのぞかせようとしていた――子どもの頃からずっと引きずってきた感情だ。いつも「どうして」なのかわからなかったから。どうして、わたしは弟や友だちと一緒に学校に行けなかったの？　わたしは、ずっと、わからなかった。

今、やっと答えを手にした。「差別」だったのだ――そんなものは存在しないと毎回言われ、そんなつもりではなかったとか、理解していなかったとか、どうすればいいかわからなかった、と水に流されてきたけれど――。

この法律の姿が、少しずつ見えてきた。法の対象は、連邦政府から予算を受けた機関に限定されていた――それでも、教育、一部の雇用形態、住居、交通機関など、私たちが直面してきたことの多くが対象になる。

ＤＩＡ（「行動する障害者たち」）と協力団体が一緒になれば――私たちはこれに取り組める。闘いは始まっていた。

私たちの声が、ついに届くのだ。

一九六四年当時、公民権法の場合は、法律の成立時はもちろん、法案が提出されただけで、その過程や成果を歓迎する声明、スピーチ、記事が世の中にあふれていた。読者のみなさんは、五〇四条項も障害者の公民権法として、同様の期待感をもって迎えられたと思うかもしれない。ところが、このリハビリテーション法案に公民権条項があることはまったく話題になっていなかった。この法律は公民権法だ、その形式や形態、何らかの理由からそうみなされる、とは、わたしが知る限り誰も言っていなかった。驚くべきことだったかもしれないが、わたしは驚かなかった。自分たちの問題が無視されることに慣れすぎていて、最初から期待していなかったのだ。

あとになって、五〇四条項は誇るべき数人の上院議員による水面下の工作の成果、つまり、もとは障害者雇用に重点を置いた法案に、（公民権法を改正することなく）公民権条項を忍び込ませる方法を、上級スタッフに見つけさせた成果だったことを知った。

読み終えて内容を完全に消化するやいなや、わたしはすぐDIAの理事たちに電話をかけ、何をすべきか議論した。当時メンバーは八〇名程度だったが、とても活発に活動をしていた。作業所の閉鎖、アクセシビリティの向上、テレビにおける否定的な障害の取り上げ方の三点について、それぞれ部会をつくり、明確な目標を定めていた。私たちは法案の審議状況を追いかけ始めた。五〇四条項がどんな形で出てこようと、放っておくつもりはなかった。

法案は下院を通過したが、ニクソン大統領が拒否権を発動し、未署名のまま大統領の机の上に放置されていた。拒否権の問題に関心を集めるため、私たちはデモ行動をすることにした。ニクソンは再選に向け立候補中だったため、格好のターゲットになった。マンハッタンにある連邦政府ビルに五〇名程度で押しかけることから抗議運動を始めた。残念ながら、そこでは何も起こらなかった。警察以外に私たちに関心を払う人はおらず、現れた警察から要求は何かと尋ねられた。警察にニクソンの選挙対策本部の場所を聞くと住所を教えてくれ、対策本部は市の中心を通るマディソン・アベニューにあることが判明した。

私たちは対策本部へと車いすを走らせ、マディソン・アベニューのど真ん中へと突き進んでいった。四車線すべてを封鎖すると、車やトラックが私たちに向かってクラクションを鳴らした。ちょうどラッシュアワーだった——大変なときに来てしまった。そこで、一車線だけ占領することにしたのだが、それでも大渋滞を引き起こすには十分だった。誰も取材に来ていなかったが、夕方の交通情報で報道された。

私たちは大統領選の前日にもデモをすることにした。

ベトナム戦争の退役軍人も仲間にすべく、私たちはボビー・ミュラーに連絡をした。ボビーは「米国ベトナム退役軍人」という組織を立ち上げており、下半身マヒだった。

「とうとう自分よりぶっ飛んでいる人間に出会ったよ」

ニクソンの選挙対策本部を目指してタイムズスクエアを一緒に行進しながら、ボビーはわたしに言った。退役軍人は若く、男性で、歴史的に英雄視されていたため、政府も退役軍人には私たちとは異なる視線を向けていた。障害のある退役軍人がわずかでも私たちのデモに参加してくれたら、メディアにもう少し取り上げてもらえるかなと期待していた。実際、多少はその通りになった。

これが、教員免許を取得してから数年間のわたしの日常だった。平日、わたしは学校で教壇に立ち、DIAのためにできることをやっていた。週末になると、会議を開き、仲間を集め、デモをしていた。

＊

ある日、家にいると電話が鳴った。壁かけの黄色い受話器を台所でとった。昼下がり、ダイニングルームと台所には陽が差し込んでいた。わたしは二七歳になっていた。

「ジュディ」

その男性はまるで毎日わたしに電話をしているような口調で言った。

「エド・ロバーツです。カリフォルニアのバークレーからかけているんだ。君の噂はたくさん聞いているよ。こっちに引っ越してきてほしい。僕たちが一緒になれば、すごい変化を起こせると思うんだよね」

「ちょっと待ってください。なに？　どうして？」

驚いたが、わたしは笑顔だった。必要とされるのは気分が良かった。でも、この人いったい誰？声をあげて笑ってしまった。突然電話をかけて、予想もつかないようなことをお願いする――いかにもわたしがやりそうなことだった。さすがに国を横断して引っ越してこいと頼んだことはなかったが（少なくとも、その時点では）。

「ニューヨークのＤＩＡで君がどんな活動をしているか聞いているよ」「バークレー（にあるカリフォルニア大学）の公衆衛生・市・地域計画学部が障害のある学生を探しているんだ。君にぴったりだと思うけど」

エドは続けた。

「それで、僕の目標は君に自立生活センター（ＣＩＬ）に関わってもらうことだ。今僕たちがやっている活動に加わってくれるリーダーを探しているんだ」

ＣＩＬについて、なんとなくは聞いたことがあった。

「うーん」とわたしは言った。

ＣＩＬは、世界でもいまだ類をみない組織なのだとエドは説明した。ＤＩＡと同様エンパワメントに焦点を当てているが、障害者が自立した生活を送れるように政策的な運動とサービス提供の両方を行う。エドは話を続け、自分はポリオで、使えるのは指二本だけだと言った。エドは鉄の肺の中で眠り、電動車いすを使っていた。カリフォルニア大学バークレー校に通う初の重度障害者で、キャンパス内で暮らす許可を得るため大学事務局と闘わなければならなかった。そして、鉄の肺の重さに耐えられる建物がなかったために、大学病院の空き病棟に暮らすことを余儀なくされた。そのあとわりとすぐ、他にも車いすユーザーの学生がバークレーにやってきてはエドの「学生寮」に引っ越してきた。学生たちは「進む四肢マヒ者たち」と名乗り、身体障害のある学生のためのプログラムをバークレーで創設していた。障害のある若い運動家が主なメンバーだった。

わたしはバークレーで修士号を取るというアイデアと、「自立生活センター」という響きに一瞬で魅了された。教師としてわたしは修士号を取得する必要があった。コロンビア大学に合格はしていたが、ブルックリンからマンハッタンのアップタウンまでどうやって通学するか悩んでいたところだった。

とはいえ、ニューヨークから離れることを考えると恐怖に襲われた。家族介助とルームメイトに介助料を払うことで、起床、着替え、就寝、トイレ介助について継ぎはぎの支援体制をつくり、アパートでのひとり暮らしを成り立たせていた。この支援体制を捨てることを考えるだけで、深い穴の中に落ちていくような気分になった。

「自分はニューヨークを離れられないと思う」エドにそう伝えた。家族から離れて暮らしたいかもよくわからなかったし、築きあげてきた支援体制だけは絶対に捨てたくなかった。

「ジュディ、それこそ僕たちがここでやっている活動の意味だよ」

エドはバークレーでできる自立生活のすべてを話してくれた。カリフォルニア州は障害者の介助者費用を負担してくれるので、わたしがニューヨークでしているようにルームメイトや友人に頼らなくてよかった。そして、ＣＩＬは、自立生活に必要なことにアクセスする方法を教えてくれるコミュニティそのものだった。たとえば、アクセシブルなアパートはどう探すか、必要なときにどこで車いすを修理すればいいか、実際にどうやって介助者を募集し雇用するのか、そのどれもわたしには経験がなかった。エドの話を聞いているうちに、引っ越せるかもしれないと思えてきた。少しずつ、自分の中の恐怖心が薄れていった。

エドには「考えてみる」と伝えた。

電話を切った。わたしに本当にできるんだろうか？　エドからの電話のことを、家族にも友人にも相談して、起こり得るすべての可能性を考えてみた。これは、とんでもないチャレンジになる。ＤＩＡを辞め、家族や友人みんなから離れるだけではなく、素晴らしいボイスレッスンの先生ともお別れになる。彼のもとへ一〇年間ボイストレーニングに通っていたので、先生との別れを考えるとすごく寂しかった。

最終的に、応募を決め、カリフォルニア大学バークレー校公衆衛生修士課程への入学が決まった。そのままリハビリテーション学部の奨学生に選ばれ、修士課程の学費を払ってもらえることになった。友人のナンシー・ダンジェロに自分の考えを話した。ナンシーも引っ越しに乗り気になったので、一緒に行くことにした。もしナンシーが一緒に来てくれなかったら、実行できたか怪しかったと思う。

カリフォルニアに到着すると、エド、ＣＩＬの職員、バークレーの障害学生プログラムの人たちが助けてくれた。アパートを見つけてくれ、カリフォルニアでの最初の数日間の面倒を見てくくれる人が空港に出迎えに来てくれた。自分が介護給付対象者だとわかったあとは、専属の介助者を探した。バークレーでは介助の仕事に敬意が払われており、介助者探しはそこまで大変ではなかった。

わたしが望む特定のやり方で、特定の時間に介助する、という明確な業務内容を希望する人たちを面接し、雇用できるのは、不思議な、でも素晴らしい感覚だった。朝夕の介助者を雇用し、金曜や土曜の夜にいつもの介助者が来られなくなった場合の補助要員として、もう一名を確保した。

その結果、いつ起きて、いつ・何を食べ、いつ寝たいかを、自分の都合で決められるようになった。土曜の夜も、どうやってベッドに移乗するかに頭を悩ませることなく、出かけられるようになった！　バークレーはコンパクトな街だったので、自分ひとりで動き回る自由も手に入れた。弟や父に車で送ってもらうことに依存しなくても、友だちの家に行けるようになった。人生で初めて、車いすのまま乗車可能な車を持っている友人ができた。エドもそのひとりだった。

ＣＩＬは私たちのアパート内にあり、人びとが集まり活動が生み出される土壌になっていた。そこで発展しつつある運動に参加したいと、仲間たちが全米中からカリフォルニアに集まってきていた。私たちのあとを追ってニューヨークから来た仲間もいた。

経験したことがないような出会いの嵐だった。根っから外向的なわたしにとって、これがどれだけ良かったか、言葉を尽くしても足りないくらいだ。わたしはＣＩＬの理事になり、バークレーの障害学生プログラムにも関わり、障害運動家のコミュニティにどっぷりと浸かっていった。

バークレーのキャンパスでは、目に見える障害がある学生は、修士課程にわたし一人だった。読者のみなさんは、いったいその中でどうやっていたのかと不思議に思うかもしれない。実際は、驚くほど上手くやっていた。

担当アドバイザーとなったヘンリック・ブルーム教授との研究を通じ、障害者に関するわたしのアイデアや目標はまったく理に適っていると思えるようになった。健康と生活の質のためには、医療的ケアだけではなく、健康的な生活を送るため必要となるより広範な一連のニーズ、たとえばアクセシビリティ、住居、教育、雇用なども考慮すべきだ、という概念にブルーム教授は賛同してくれた。そして、「六〇歳以上のための診療所」という、単なる診療所以上のことをやっている組織の理事にわたしを推薦してくれた。理事としてわたしが行ったことの一つは、障害は加齢により生じる自然な現象だという考え方を伝えることだった。だからこそ、人は年をとれば障害と共に生きることになるという現実を考慮し、みんなが地域で活動的でいられる環境をつくるべきなのだ。

わたしが大半の時間を過ごしていた建物「ウォーレン・ホール」には、残念ながらアクセシブルなトイレがなく、キャンパスを横断して障害学生プログラムの建物まで行くことを余儀なくされていた。面倒だったし、一日のうち一定の時間をそのために取られていた。それでも、バークレーのキャンパス内を気軽に動き回れる点はすごく良かったし、クラスメートたちのことも大好きだった。

バークレーに来てまだ一年も経たない頃、再び電話が鳴った。そのとき、わたしは台所で裏庭を眺めていた。

「ジュディ、リサ・ウォーカーと申します」と電話の向こう側の声が告げた。

「ハリソン・ウィリアムズ上院議員の上級法務スタッフをしています。私たちの事務所をお手伝いいただけるか、ぜひお話させていただきたいのですが」

リサからの電話には驚かなかった。ワシントンDCのラルフ・ネーダーのもとで働いていた友人のラルフ・ホッチキスから数週間前に電話があり、ウィリアムズ上院議員の法務アシスタントに推薦してよいか聞かれていたからだ。わたしは修士号を取得するうえで必須となる六カ月間の実習先機関を探しているところだった。フルタイムの仕事だったが、バークレーが通信教育で単位取得を認めてくれるなら素晴らしい機会だと思った。だから、関心があること、推薦しても構わない旨を伝えていた。

リサはわたしに応募するように言った。

わたしの心は舞い上がった。

議会において、ウィリアムズ上院議員は障害施策に熱心に取り組む重要な議員のひとりだった。上院の雇用公共福祉委員長でもあり、わたしが強い思い入れを持つ二つの分野、障害者雇用と教育について実質的な変化を起こせる人物だった。一方で、わたしはバークレーでの生活が大好きだった——でも、面白いことに、ニューヨークを去るときに感じていたような恐怖は、このときには感じなかった。カリフォルニアに引っ越した経験のおかげで、自立生活をする自信が一気についていた。

応募をすると、すぐに採用された。わたしは、再び引っ越した。

＊

DCでの生活は、バークレーの生活に比べ制限が多かった。DCには、CILがバークレーでつくり上げてきたような介助者の紹介制度もなく、介助者の確保は至難の業だった。移動はさらに大変だった。公共交通機関がまったくアクセシブルではなかったからだ。カリフォルニア州のリハビリテーション局には通勤費用の助成制度があったので、わたしは車と運転手を借り上げて自由に移動ができた。アクセシビリティの欠如と介助者不足が原因で人付き合いも難しくなっていたが、幸運だったのは大統領直轄の障害者雇用委員会で働く友人のダイアン・ラテンと一緒に住んでいたことだった。わたしは寝室、ダイアンは居間のソファーで寝ていた。ダイアンは賢く、はっきりものを言うタイプで、鮮やかな長い赤毛の持ち主だった。わたしよりずっとワイルドで、そこが大好きだった。障害者にとってどんな未来が望ましいか、私たちは同じビジョンを持っていた。

国会議事堂では、リサ・ウォーカー、そしてニック・エデスという上院雇用公共福祉委員会の上級スタッフとよく一緒に働いた。リサとニックは障害分野において大きな役割を果たしていた議会スタッフだ。ふたりとも運動家との関係を強化したいと考えていて、リサがわたしに連絡をしてきた理由はそこにあった。

ウィリアムズ上院議員事務所は、わたしを五〇四条項チームに配属した。五〇四条項については、あの短いパラグラフを初めて読んだ日から、ずっと動向を追っていた。わたしがカリフォルニアにいたときに、ニクソン大統領は五〇四条項を含むリハビリテーション法にようやく署名した。ちなみに、わたしがDCに来てすぐ、ニクソンはウォーターゲート事件で追い込まれて辞任する。このことが五〇四条項に大きく影響した。というのも、私たちは再び新しい政権にロビーイングをして、ギアを上げさせなければいけなくなったからだ。

五〇四条項をどのように解釈し施行すべきかを一連の連邦政府機関に伝える施行規則がなければ、リハビリテーション法は歯抜けも同然だ。つまり、次のステップはジェラルド・フォード大統領下の新政権に施行規則をつくらせることだった。その作業は保健教育福祉省（HEW）に下りてきた。わたしは一連の委員会に同席するなかで、そのことを明確に理解するようになった。

ウィリアムズ上院議員事務所は、その他の主要な課題や法律にも関わっていた。障害児に質の高い教育をどう保障するかという議題もあり、わたしは意見を求められた。

なんと！　幼少期のあの傷だらけの経験を、子どもたちの人生を変える法律の立案に役立てられるなんて！　ワクワクする仕事だった。わたしは丁寧な調整を心がけたが、筋は曲げなかった。

「養護学校は閉鎖し、障害児を通常学級に入れるべきです！」とわたしは訴えた。「障害児が本当の意味で学びを期待されるようになるために、私たちにできることは何でしょうか？」わたしは運動のど真ん中にいた。これまでの経験や運動的な考え方のおかげで、自分には他の人にはない知識と専門性があることが徐々にわかってきた。

のちに「障害のある個人教育法（ＩＤＥＡ）」となる「全障害児のための教育法」の起草にも関わった。この法律は、障害のある子どもに可能な限り制限を受けない環境を保障し、通常校から分離された学校を閉鎖し、障害のある児童生徒に質の高い教育を保障するための説明責任を課すものだ。もちろん、こうした仕事にはつきものの日々の雑務（返信を書く、備品の準備など）もたくさんやっていた。それでも、わたしの考えや意見はいつも大切にされていた。おかげで、自分の役割が価値あるものだと思えるようになった。

幅広くさまざまな障害者団体（脳性マヒや筋ジストロフィーの団体、ろう者、視覚障害者、認知障害のある人たちや、その他にも多くの団体）の人たちとも出会った。議会スタッフ、運動家、ロビイストなど、今まで会ったことがないあらゆる人たちとつながりができた。それが、物事を始めるうえでの豊かな土壌となっていた。五〇四条項が私たちにとって意味のある形で着実に施行されるように、「障害のあるアメリカ人連合」の共同設立も手伝った。

飛行機の一件があったのはこの頃だ。

それは一月の曇った寒い日で、わたしはクイーンズにあるラガーディア空港でＤＣに戻る飛行機を待っていた。休暇で実家に帰省していたのだ。飛行機に搭乗する際の手伝いと見送りのため両親も一緒だった。両親との別れに気分が落ち込み、フライトも憂うつだった。わたしは飛行機が嫌いだった。気分を落ち着かせるために、エリカ・ジョングの『飛び立つ恐怖』を機内で読もうと買っていた。ちょうどその二年前、一九七三年に出版された本だ。

ゲートに進みながら、バッグからチケットを取り出した。カウンターの女性にチケットを手渡すと、なぜか彼女は動きを止めた。

「本日どなたかご一緒の方はいらっしゃいますか？」

わたしは苛立ちながら、彼女を見つめた。

「いません。ひとりです」

「申し訳ありません、お客様。おひとりでの搭乗は認められません」彼女は少し見下したような態度で言った。

障害者の搭乗を禁止する規則など存在しないことをわたしは知っていた。ちょうどそのとき、膝の上に置いたバッグの中には、運輸省が新しく提案中の規則のコピーが偶然入っていた。議員事務所の仕事に役立つよう読み返そうと、「やることリスト」に入れていた。わたしはすでにそれを読み終えており、自分のような人間がひとりで搭乗することを制限する内容が提案されていることも知っていた（私たちの事務所はその条項に反対していた）。だからこそ、現行の規則にはそれらの制約条項はまだ存在しないこともよくわかっていた。

上司を呼ぶように伝えると、彼女は別の女性職員を呼んできた。ところが、その女性がすぐに一人目の女性の味方をしたので、次にこの二人目の女性職員の上司を呼ぶように言った。最終的に男性職員が現れ、「ご搭乗になれます」と言った。当時の規則では、父が機内まで来てわたしの移乗を手伝うことが許されていたので、父が介助をした。ゲートにいた女性職員たちに対し強気に出たものの、自分が少し震えているのがわかった。

こういうこと（映画館で通路をふさいでいると言われたり、レストランで店長があからさまに私たちの存在を迷惑がったり）が起きるとき、わたしはいつだってその瞬間は強くなれる。でも、そのあとはいつも動揺し、怒りがおさまらないのだった。本を取り出して、気持ちを落ち着かせようとした。

離陸を待っていると、パイロットから当機は待機中、つまり離陸態勢に入っていない旨のアナウンスがあった。

客室乗務員がわたしのほうへ歩いてきた。待機中の原因は自分かもしれない。

「お客様、申し訳ありませんが、おひとりで搭乗することは認められていません。緊急事態にお客様のお手伝いをしてくださる方がご一緒でない限り、当機から降りていただくようにお願いせざるを得ません」

わたしは客室乗務員にほほ笑みかけた。

「緊急事態になったら」わたしは切り出した。

「飛行機からの脱出に手伝いが必要なのはわたし一人ではありませんよね」

客室乗務員の笑顔がこわばった。そして、わたしの横に座っていた男性に声をかけた。

「お客様、緊急の際にこちらの方をお手伝いしていただくことは可能でしょうか？」

男性は快諾した。でも、わたしはそれを遮った。

「いいえ、結構です」と男性に言った。

「緊急事態になれば、みなさんは対応に追われ、わたし以外にも多くの乗客を手伝う必要が出てきますよ。わたしだけが特別ではありません」

客室乗務員の顔からは笑みが消えていた。

「お客様、お医者様に機内に来ていただき、おひとりで旅行ができることを証明していただくことになります」

周りの乗客が振り返り、わたしを見ていた。

「そうですね」わたしは穏やかに伝えた。

「乗客全員に対して健康診断をするというなら、異存はありません」

気づくと、他の客室乗務員も集まってきて小さな輪ができていた。そのうちのひとりが前に出てきて、わたしにこう言った。

「お客様、申し訳ありません。当機から降りていただきます」

「いいえ」

わたしは、きっぱりと、語気を強めて言った。

「降りません」

機内の乗客全員がわたしを見ていた。

客室乗務員たちが背中を向けた。ひとりが飛行機から出ていき、その他の客室乗務員はキャビンドアの周りに集まってヒソヒソ話をしていた。

数分後、二名の空港警察官が機内にやってきた。わたしの座席に向かってまっすぐ歩いてくる。

「あなたを逮捕します。席を離れてください」

見た目も声色も本気だった。でも、わたしの頭にあったのは、「ワォ！ すごいことになった！ ついにわたしを逮捕することにしたわけだ。こういう差別があると訴える材料に使えるかも！」ということだけだった。

そして、わたしは飛行機から降ろされた。空港に戻ると、身分証明書の提示を求められた。わたしは運転をしないので一般的な身分証明書を持っておらず、クレジットカードを渡した（ちなみにそれは真新しいカードだった。というのも、アメリカではまさにこの年、一九七五年まで女性は自分のカードを申請することができなかったからだ）。これではダメだと言われたので、上院の身分証明書を手渡した。それを見せた途端、彼らは固まった。

「上院に、お勤めですか？」

「はい、そうです」

彼らは顔を見合わせていた。

「どなたのもとで、お勤めですか？」

「ハリソン・ウィリアムズ議員です」

彼らの顔色が変わった。もう怖さは感じなかった。

「ニュージャージー州選出の、ハリソン・ウィリアムズ？」

「そうです」

空港警察官は、ニューヨーク州とニュージャージー州両方の管轄下にある。

「あの、今回は釈放とさせていただきます」

そうなると思ってた！　最終フライトから降ろしておきながら、今わたしは空港内にいるというのに、逮捕する度胸すらないじゃないか！　ニューヨークでラジオ番組をやっているマラキー・マッコートに電話をかけることにした。彼と妻のダイアンには障害のある娘がいて、障害者の権利擁護に非常に熱心だった。少なくともこの件について取材してくれるメディアがあるかもしれない。マラキーのおかげで、翌日にはこのできごとを伝える一本の新聞記事が出た。

わたしは航空会社を提訴した。法廷に向かうと、判事はわたしが過去にも頻繁に訴訟を起こしており、すべて意図的に仕組んだのではないかと言った。要するに、訴訟を放り投げ、差別ではないと言ったのだ。でも、わたしが頼れる法律などなかった。上訴をしたが、一審に差し戻された。五百ドルの賠償金にもならない裁判だと判事は言ったが、最終的にはより大きな額で和解した。

DCに来て一年半が過ぎようとする頃、再び電話が鳴った。エドだった。

「ジュディ、ジェリー・ブラウン知事が僕にカリフォルニア州のリハビリテーション局長にならないかと言ってきた。バークレーに戻って、CILの副所長になってもらえないか?」

こうして、わたしはバークレーに戻った。まだ若く、二七歳だった。

バークレーに戻って正解だった。CILで新しいポジションに就くと、DCでの経験が運動をするうえで大いに役立つことがわかった。わたしには、新たな情報、ネットワーク、戦略上のアイデアがあった。

私たちは、五〇四条項の動向を変わらず追っていた。フォード政権下でHEWが施行規則を起草し、パブリックコメントに付していた。私たちがDCで共同創設した組織「障害のあるアメリカ人連合」が支援を結集し、コメントを提出、フィードバックをした。記者たちはこれを「障害者たちのロビーイング」と呼んだ。全米中の関係機関が同様の動きをした。

施行規則の確定には、フォード政権下のHEW長官であるデイビッド・マシューの署名を残すのみだった。ところが、長官は署名を遅らせていた。

問題は、五〇四条項をこっそり法案に紛れこませたために、フォード政権が施行規則をパブリックコメントに付すまで、影響を受ける大学、病院、その他どの機関も、五〇四条項にまったく関心を払っていなかったことだった。そして、施行規則を読み、その意味するところを理解すると不快感を示した。総じて、組織は変化を好まない。変化は時間とコストを要するからだ。とりわけ、建物、事業、教室などを障害者のために変更調整する際に要する資源の必要性は理解されなかった。高くつきすぎる、不公平な財政負担だ――そもそも、いったい何名の障害者が実際に大学に行くのか、事業（A）、（B）、（C）に何名が参加できるのか？　と反論してきた。

これこそが、私たちのジレンマだった。私たちの国があまりにもアクセシブルではないために、障害者は外出して何かをすることが困難だった――それが、私たちを「見えない存在」にしていた。そうなると、私たちは簡単に軽視され、無視される。私たちを受け入れることを関係機関に義務づけない限り、私たちは締め出され、見えない存在のままになる――そして、私たちが締め出され、見えない存在になっている限り、誰も私たちが本来持つ力を見ようとはせず、あしらわれて終わるだけなのだ。

関係機関は五〇四条項を骨抜きにしようと、ロビイストを使って圧力をかけていた。そして、よくあることだが、政府は有力者たちの圧力に屈して、署名を遅らせていた。

私たちは支持を求めてデモ行進をし、ロビー活動で攻め返し、政府に対する訴訟も起こした。しかし、私たちがやったことのどれにも、反対勢力の力を上回って政府に署名させるほどの力はなかった。

一九七六年後半にはジミー・カーターが大統領選で勝利したが、施行規則はまだ署名されていなかった。

私たちは、再び新政権に働きかけることにした。選挙期間中、ジミー・カーターはフォード政権下で起草された施行規則を「自分の」ＨＥＷ長官に署名させることを公約としていた。私たちはギアをもう一段上げて頑張ることにした。

ところが、一九七七年四月、カーター政権下でＨＥＷ新長官となったジョセフ・カリフォノは、施行規則に署名するつもりなどまったくないようだった。

第II部

一九七七年
バークレー・カリフォルニア

マルドナド（保健教育福祉省地域局長）に詰め寄るジュディたち

第五章　とらわれて

引き出しから下着を何着か取り出し、歯ブラシと一緒に介助者のキャロルに手渡した。

「カバンに入れてもらっていい？」

車いすにかけてある黒いバックパックにキャロルの手が届くよう、わたしはくるりと後ろを向いた。キャロルは朝の一連の介助（わたしをベッドから車いすに移乗させ、シャワー、トイレ、少しメイクをして、着替え）に慣れていた。

「どこか行くの？」

キャロルはわたしの歯ブラシと下着をリュックに詰めながら軽く聞いた。わたしが事務所で過ごす日に余分に下着を持っていくことなど普通はないことを、キャロルは知っていた。ＣＩＬ（自立生活センター）の副所長として、たしかに出張は多かった。ワシントンＤＣによく行っていたし、全米中で講演をしていたけれど、この日は出張の予定がないことも、キャロルは知っていた。

キャロルとわたしは良い関係だった。一日の中で親密な時間を共有するふたりとしては、とても仲良くやっていた。でも、この日は少し距離を置いた。

「今日はデモが少し長引くかもしれないの」

わたしは大きな銀縁の眼鏡をかけながら、わたしの上着のジッパーを上げているキャロルにさらりと伝えた。想定通りにいったら、数日間は家に戻れない可能性があった。

わたしは拘留されるかもしれなかった。

キャロルと別れ、家の前の歩道を進んだ。いつもと同じように、バークレーのひんやりとした朝を感じながら通りを見渡した。CIL職員のポールがバンで迎えに来ているはずだったが、少し早かったようだ。ひとりの時間を利用して、頭の中を整理した。

「障害のあるアメリカ人連合」の直近の理事会で、議長のユニス・フィオリートと、新しく事務局長に就任したろう者のフランク・ボーは、カリフォノHEW（保健教育福祉省）長官が施行規則に署名する気がない点に懸念を示した。私たち全員が苛立っていた。カリフォノが遅らせれば遅らせるほど、施行規則を骨抜きにする変更が加えられる可能性が高かった。カリフォノが署名するよう、より強い圧力をかける必要があった。「フォード政権下で約束された四月五日までに施行規則が署名されなければ、全米でデモが行われることになる」という動議を採択した。

そして、HEWに対しさらなる警告を与えるため、声明も発表した。

今日が、その四月五日だった。

私たちは、全米各地にある一〇個のHEWの建物を標的にした。すなわち、DCにある本省と、アトランタ、ボストン、ニューヨーク、ロサンゼルス、デンバー、シカゴ、ダラス、フィラデルフィア、サンフランシスコの九つの地域事務所だ。

わたしがサンフランシスコでのデモを企画する責任者だったので、CILが中心的な役割を果たすことになった。まず、デモを組織化するための委員会を立ち上げた。「五〇四条項を護る会」と名づけ、委員長はキティ・コーンにお願いした。キティは筋ジストロフィーの車いすユーザーで、コミュニティの動員に卓越していた。イリノイ大学在学中に反戦運動に関わってトロツキー派になり、上流階級の親を泣かせていた。CILではコミュニティ事業担当のスタッフだった。五〇四条項デモのため、キティとわたしは密に連絡を取り合って動いた。

CILは何年もかけて力を蓄え、その頃には「基地」になっていた。運動家を育て、他の人権団体のデモに参加し、彼らの主張を支持することで連帯を築き、介助制度についての運動を成功させ、アクセシブルな公共交通機関を求め、エドと一緒に全米にCILを増やしていった。四月五日に向けた体制づくりは、私たちがこれまですでにやってきたことの延長線上にあった。

ところが、デモの計画を進めるうちに、キティとわたしは不安になった。私たちはふたりとも、これまでの人生で何度も無視されてきた。そのメカニズムもわかっていた。政府は、時間稼ぎをして世間の関心が薄れるのを待ちながら、非常に巧みに懐柔し、行動しているふりをするものだ。今回は絶対にそうさせまいと、私たちは決意を固めていた。これは「わたしの目の黒いうちは絶対に許さない」類の正念場だ。だから、抗議デモのレベルを粛々ともう一段上げることにした。

それが、バックパックに下着一式を余分に詰め込んだ理由だ。

「おーい！　元気？　準備オッケー？」

すっかり物思いにふけっていたので、ポールがＣＩＬのバンを横づけしてくれたことに気づかなかった。ポールは運転席から飛び降りると、バンをぐるりと回ってわたしがいる歩道側へやってきた。

「これまでにないくらい準備万端だよ」

わたしがバンのリフトに乗り込むと、ポールは運転席に戻ってリフトを作動させるボタンを押した。車はアシュビー通りを下って行った。

「いい天気になりそうだね」

高速に入るときにわたしがそう言うと、ポールは車線変更に集中しつつ頷いた。バンはオークランド市とベイブリッジのほうへ南下しながらスピードを上げた。

バンがベイブリッジを渡ると、雲の中からサンフランシスコの高層ビルが現れた。ポールがベイブリッジから二番目の出口で高速を降りると、もう街の中だった。人がたくさんいて、歩道を歩いたり、おしゃべりしながら、信号を待っていた。彼らが道を渡るとき、まったく無意識に段差を越えていく様子に時々目を奪われた。というのも、わたしにとっては、たった一二インチ〔約三〇・五センチ〕の段差ですら完全な行き止まりを意味したからだ。

ポールは、国連広場五〇番地にあるサンフランシスコ連邦政府ビルの向かいの駐車場にバンを停めた。連邦政府の大半の出先機関がこのビルに入っていた。御影石でできた六階建てのビルはまさに壮観だった。古典的装飾様式で建てられ、細やかな彫刻がほどこされた重要な建築物だった。歩行者向けの大きな広場に面したビル正面には、正面玄関に通じる装飾アーチがついた三つの入口があった。

デモの準備は始まっており、ＣＩＬチームがフル稼働していた。ビルの前でキティがど真ん中に座り、仮設ステージを組み立てる男性たちに指示を飛ばしていた。キティは車いすで動き回って大声で指示を出しており、茶色い巻き毛で隠れたキティの顔が熱を帯びて輝いているのが遠くからでもわかった。

キティはデモに向けて準備体制を整えてきた。渉外、メディア対応、そのほか当日必要となるすべてのことに関して、各班を率いるリーダーを任命していた。メアリー・ジェーン・オーウェンは弱視のメンバーで渉外担当だった。キティは協力を要請する団体名が書かれた長いリストと配布用ポスターの束をメアリー・ジェーンに渡した。そこから先は、彼女が全団体に連絡し「ビラの配布を手伝っていただけませんか？　賛同団体に加わっていただけませんか？」と尋ねる大変な作業を担った。キティは自らメディアに連絡をしていた。ろう者のスティーブ・マクランドは、手話通訳者や音響の位置を決めていた。デモのための細かい作業を進めているグループもあった。

様子を見ていると、ふたりの男性がバンの後ろからマイクと音響機器を取り出し、テーブルが設置されている辺りに運んでいった。スティーブ・マクラランドが指示を出し、音響スタッフたちに手話で話しているのが見えた。ジョー・クインという手話通訳者がスティーブの横に立ち、スティーブの素早い手の動きに合わせて話していた。ジョーは背が高く、両端をとがらせた口ひげが特徴的で目立っていた。十名ほどのメンバーが、ものを運んだり、組み立てたり、しゃべったりしながら、広場を慌ただしく行ったり来たりしていた。白杖で歩いている人たちもいれば、手話通訳者を使って手話で会話をしている人もいて、残りは車いすユーザーだった。メアリー・ジェーンと一緒に歩いてきたのは、わたしの彼氏のジム・ペチンだった。くせ毛の黒髪で、飛行士用ゴーグルをかけていた。

デートの約束もなくひとりぼっちの夜を過ごしていたＬＩＵ（ロングアイランド大学）の寮時代から、わたしは長い道のりを歩んできた。ニューヨークから初めてバークレーに引っ越してきてからの四年間で、自分はかなり魅力的なのかもしれない、と幸いにも思えるようになっていた。ためらうことなく性の革命に飛び込み、何人もの男性と付き合った。ジムはベトナム戦争にヘリコプター狙撃部隊として一四カ月従軍していた退役軍人だった。この戦争のあらゆる側面に疑問を感じるようになり、帰国後は非常に熱心に反戦運動に関わっていた。ベトナム戦争によって何千、何百もの退役軍人が障害者になって帰国していた。ジムは「剣から農具へ」という団体を共同創設して障害のある退役軍人を支援し、ＣＩＬが新設した法律アシスタント部門のコーディネーターにもなっていた。当時ジムに障害はなかったが、のちに糖尿病を発症し、枯葉剤に起因する健康問題も抱えることになった。

キティは広場の反対側でわたしの視線に気づき、笑って「こっちに来てみて」と手招きした。キティのほうへ向かうと、ビルの角には人が集まっており、通りに停車したバンから六人の車いすユーザーが続々と降りてきた。一週間ほど前にキティとわたしがつくったチラシを握りしめている人もいた。

わたしのアパートの食卓で、夜遅くまで私たちはデモのスローガンを考えていた。短くて、みんなの心をとらえるスローガンが必要だった。キティはプラスチックの小さな文字を型から切り出すためのナイフを握っていた。それにしても、複雑な課題をみんながデモに繰り出したくなるような数単語に落とし込むには、どうしたらいいんだろう？　私たちは完全に行き詰り、途方にくれかけていた。変化って、本当にこんな感じで起こるもの？　誰かの家の食卓で、深夜にスローガンのアイデアを出し合って、型からガタガタの小さいプラスチックのアルファベットを切り出すことから、すべてが始まるの？

私たちはなんとか心を落ち着かせて、ようやくスローガンを思いついた。

「障害のある人たちへ――政府が私たちの公民権を奪い去ろうとしている！」

広場に続々と人が集まる様子を見て、「すごい、私たちのスローガンはよかったのかも」と思った。

雲一つない晴天だった。わたしはジャケットを着ていたけれど、参加者の多くは半袖だった。

太陽がみんなの顔を照らしていた。

スピーカーたちの話を壇上で聞いていたら、人の多さに気持ちが高ぶってきた。二百、いや三百人はいるかもしれない。さまざまな障害種別、さまざまな人種の参加者が一定程度いる様子を見て、とてもうれしく思った。

最初のスピーカーは、アフリカ系アメリカ人で、グライド・メモリアル教会の共同創設者であるセシル・ウィリアム牧師だった。ひとり、またひとりと、スピーチが続いた。公民権運動のリーダーで、のちに下院議員となるトム・ヘイデン。フェミニストのシルビア・バーンスタイン。ブラックパンサー[*1]からの参加者——全員が次のスピーカーへとエネルギーをつなげていった。アフリカ系アメリカ人、フェミニスト、労働組合、ゲイコミュニティ、その他の権利擁護グループをこれまで支持してきたことが実り、今度は彼らがお返しに私たちを応援してくれたことがとてもうれしかった。聴衆は盛り上がり、スピーチが終わるたびに盛大な拍手を送っていた——聴こえる人は手を叩き、ろう者は両手をあげて顔のあたりでひらひらと手を振っていた。ジョー・クインはステージの上でスピーカーの横に立ち、手話通訳をしていた。

＊1 ブラックパンサー党。一九六〇年代後半から一九七〇年代にかけてアメリカで黒人民族主義運動・黒人解放闘争を展開していた急進的な政治組織。

キティが車いすをマイクの正面につけ、スピーチを終えたときだった。彼女がシュプレヒコールの口火を切った。

「五〇四に署名しろ！　五〇四を修正せずに署名しろ！　五〇四を修正せずに署名しろ！」

参加者の数はどんどん増えているように見えた。みんな手を叩き、シュプレヒコールをあげ、ろう者もあわせて歌っていた。

わたしがスピーチをする番だった。

マイクに向かって車いすを進めた。上着には「五〇四に署名しろ」と書かれたステッカーをつけていた。心臓がバクバクしていた。

聴衆が歓声をあげた。静かになるまで少し待った。

何百という顔が、期待に満ちた目でわたしを見つめていた。

話を始めた。

「わたしは五歳のとき、学校に行く権利を否定されました。学校がアクセシブルではなかったからです。四年生になりやっと通学が認められましたが、一八歳の同級生はまだ読み書きができませんでした」

「五〇四条項の施行規則が署名されれば、私たち障害者の完全かつ平等な社会参加を阻む壁を取り壊す、歴史的、象徴的な一歩になります」

「この数年間」

わたしは声を詰まらせ、下を向いた。聴衆は静まり返っていた。

「私たちはルールに則って動いてきました」

深呼吸をして、自分を落ち着かせた。

「私たちは、「障害のあるアメリカ人連合」を創設しました。DCでの会議に参加し、草案にコメントし、全米中の関係機関と話し合いました。ジミー・カーター政権は施行規則に署名する、修正を加えずに署名する、と聞いていました。私たちは大統領を信じました」

「今、カリフォノ長官は意図的に物事を遅らせています。彼を信じる理由などありません。私たちがここに集まっているのは、「いい加減にしろ」と言うためです」

「ルールに則って動き、言われた通りにすれば、私たちもアメリカン・ドリームに仲間入りできると、あまりにも長い間、信じてきました」

「私たちは、あまりにも長い間待ち続け、あまりにも多くの妥協をし、我慢をしすぎたのです」

「私たちは、もうこれ以上我慢しない。一切の妥協もしない」

「これ以上の差別を、私たちは許さない」

わたしはそこで一度口をつぐんだ。そして、ほんの一瞬だけ聴衆のほうを見て、拳をつきあげ、シュプレヒコールを始めた。

「五〇四に署名しろ！　五〇四に署名しろ！　修正を加えることなく！　五〇四を修正なしで署名しろ！」

聴衆は声を轟かせ、コールをし、叫び、拳をあげ、手をあわせ、喝采した。わたしも少しだけ一緒にコールをして、舞台袖に回った。気づくと、エド・ロバーツが後ろにいた。

「素晴らしいスピーチだったね」

そう言って、エドはニッと笑った。わたしもニッと笑顔を返した。

次はエドの番だった。エドはリクライニングできる車いすに乗って語りかけ、介助者が代わりにマイクを持ちエドの顔に向けた。わたしの記憶では、エドは次のような話をした。

「わたしは一四歳でポリオにかかりました。病状が悪化した際、医者は母にこう言いました。『息子さんが死ぬことを願ったほうがいいですよ、もし生き延びても植物人間になるだけです』と。回復しても、人生は一変していました。ずっと、死にたいと思っていました。食べることを拒否し、死のうとしました。でもそこで、死にたくないと気づいたのです」

茶色い髪が風になびき、エドはとてもハンサムに見えた。エドは鉄の肺から出て、独特の「カエル呼吸法」を使い、何語か発する毎に肺に息を吸い込んでいた。エドの隣には手話通訳者のジョー・クインがいて、両手を動かしていた。

「そして、わたしは今みなさんの前に『アーティチョーク』として立っています。外はトゲトゲしていますが、中には大きなハートを持っています」

「わたしを見て、みなさんが『できることは何か』を見出してくれることを願っています。他の人たちには『何ができないか』しか見えないのですから」

「そして、みなさんに伝えたい。私たちは人生でずっと、何ができて何ができないかを他人に決められてきました。でも、これだけは知っていてほしい——ここで私たちがやろうとしていることは可能だ、ということを」

「私たちにとって何が正しいかを決めるのは、私たちだ」

エドが一言放つたびに、広場全体が揺れているようだった。

「で、私たちが今求めているものは？」とエドが問いかけた。

歓声が轟いた。シュプレヒコールだ。

「五〇四に署名しろ！ 五〇四に署名しろ！ 修正は加えるな！ 五〇四を修正なしで署名しろ！」

わたしはジェフ・モイヤーを探した。彼が最後のスピーカーだった。ジェフはギターを片手にステージによじ上った。聴衆の前に立って、黒髪を輝かせ、格好良すぎるサングラスをかけて、弱視のジェフが歌い始めた。聴衆が曲にあわせて揺れていた。

「♪ Keep your eyes on the prize, hold on, hold on…*2

（獲物から目をはなすな、そのまま、そのままで……）」

---

*2 *Keep Your Eyes on the Prize* 公民権運動において影響を与えたフォークソング。

聴衆も加わって大声で歌い、ろう者も手話で歌っていた。みんなで手をつなぎ合った。エネルギーが沸きたった。

わたしは数秒だけその雰囲気に浸ると、車いすをジェフの後ろへとゆっくり進めた。約束した言葉を放つときが近づいていた。

歌が終わった。静寂が広がり、静かな広場に恵みが降り注いでいた。

ジェフが横にどいた。わたしはマイクの前に車いすをつけた。そっとジョー・クインに合図をし、マイクを近づけてもらった。そして、誰も動き出さないうちに、わたしは前に乗り出し、マイクに向かって叫んだ。

「さぁ、ＨＥＷへ行こう！　そして、連邦政府が私たちの公民権を奪うことなどできないと教えてやろう！」

わたしは向きを変えると、連邦政府ビルの入口に突進した。

瞬く間に大行動となった。

みんながわたしのあとに続いた。歩ける人は階段を上っていった。視覚障害者は手動車いすの人を押し、車いすの人が方角を伝えた。電動車いすの人たちは階段の右側にあったスロープを駆け上がった。

ビルの中では、中庭に人びとがなだれこんでいた。誰かがエレベーターのボタンを押した。すぐに一杯になった。エレベーターはゆっくりと上がり、二階を過ぎて、四階に到着した。外に出ると、別のエレベーターからも廊下に人が吐き出されていた。一帯は人であふれかえっていた。車いすを押す人や、杖にもたれかかる人、白杖を持っている人もいた。

わたしは慎重かつ素早く廊下を進み、「保健教育福祉省　地域局長」と書かれた部屋の前に行った。ろう者の男性が、わたしが車いすで細い入口を通れるよう、少し横にずれてドアを押さえてくれた。白い机に座っている受付係のところに行った。

「ジョー・マルドナド局長と話し合いに来ました」

わたしが受付の女性に伝えると、彼女は警戒した表情を見せた。

キティが後ろからやってきて「ワォ！」と言った。

「あぁ、こんなにたくさんの人が来てくれたなんて」

私たちはふたりとも感激していた。

名前を記入すると、受付係は何かを察したように左側の扉へと向かった。私たちの後ろでは、さらに多くの人がロビーになだれこみ、車いすで座りこんだり、壁にもたれかかったりしていた。

受付係が戻ってきた。

「今からマルドナド氏がみなさんにお会いします。こちらへどうぞ」

キティとわたしは向きを変え、受付係に続いて廊下を進んでいった。私たちのすぐ後ろには、メアリー・ジェーン・オーウェン、ジム、スティーブ・マクラランド、ジョー・クイン、メアリー・ルー・ブレスリン（もうひとりの重要な動員係）、アン・ローズウォーター（法律関係の研修を一緒にやっていたDCのコンサルタント）がいた。

わたしは立ち止まり、振り返った。

受付エリアにいた大勢の参加者たちに呼びかけ、ついて来るように身振りで示した。かなりの人数でマルドナドの部屋に入った。

「一緒に来て」

ジョー・マルドナドは小柄な男性で、巻き毛の白髪頭だった。私たちが部屋に入ると、彼は立ち上がって「お座りください」とぎこちなく勧めた。私たちのほとんどがすでに座っていることを理解できていないようだった。

「ご用件は何でしょうか？」

マルドナドは、押しかけた人数の多さに、明らかに動揺していた。

「私たちは、リハビリテーション法第五〇四条項施行規則の検討状況について聞くためにやってきました」

わたしは大きな声で言った。

マルドナドは警戒した目つきでこちらを見ながら、当惑した様子で椅子にもたれかかっていた。明るい色のスーツは肩回りがきつそうで、白い水玉のネクタイがぶら下がっていた。わたしの背後には、さらに大勢のデモ隊が部屋に詰めかけていた。

部屋中が回答に注目し、静まり返っていた。

「五〇四条項とは、何のことですか？」とマルドナドは聞いた。

わたしは驚き、言葉を失った。なんだって？ 本気で言ってるの？

「一九七三年に制定されたリハビリテーション法第五章第五〇四条項です。連邦政府からの予算を受けている関係機関や事業において、障害者に対する差別を禁止する条項です。HEWには本条項の施行規則を最終化する責務があります。この施行規則についてDCで何が起きているか、まったく何もご存じないのですか？」

わたしの声が廊下まで響きわたり、デモ隊全員に届いていることを願った。

「申し訳ありませんが、わたしは五〇四条項についても、施行規則がどうなっているかもまったくわかりません」

マルドナドは顔を真っ赤にして繰り返した。

彼の眉間には皺が何本もできていた。

「五〇四条項の担当職員と話をさせてもらえませんか？」とわたしは聞いた。

マルドナドは不快な表情になった。

「言っているでしょう。私たちから伝えられる情報はありません」

「わかっています。でも、あなたの部下とお話させていただきたいのです」

最初、マルドナドはこの要求を拒否する素振りを見せた。しかし部屋を出ていくと、二名のHEW職員を連れてすぐに戻ってきた。わたしはこの職員たちに施行規則のことを尋ねた。

ふたりとも、まったくもって何のことだかわからないようだった。

わたしは再び説明した。声には強い怒りがにじみ出ていた。ジョー・クインがわたしの後ろで手話通訳をしていた。

フロアにいる全員が聞いていた。

しかし、これが現実だった。マルドナドも職員も、わたしがいったい何を話しているのかまったく理解していなかった。

激しい怒りが全身を駆けめぐっていた。マルドナドにとっては、これは単なる仕事かもしれない。でも、その仕事には影響力がある——マルドナドの事務所にいる全員、そして数百万人に影響することだ。それを理解していなかっただと?

氷のような冷静さで、わたしはマルドナドを質問攻めにし、集中砲火を浴びせた。なぜあなたたちは施行規則を骨抜きにしているのか。どのような修正を加えようとしているのか。なぜあなたの省は修正提案をする際に障害コミュニティの声を聴いていないのか。施行規則はいつになったら世に出るのか。

マルドナドは、今にも机の下に逃げ隠れそうだった。

でも、同情などするものかと思った。わたしは身を乗り出した。

心臓の鼓動が高まっていった。

今だ。今こそやるんだ。

わたしはマルドナドの目をまっすぐ見すえた。

「五〇四条項は、私たちの人生に不可欠です」

激しく、堂々とした口調でわたしは言った。背後で、みんなが息を呑むのがわかった。

「確約されるまで、私たちはここを動きません」

自分の内側から、言葉があふれ出てきた。絶対的な確信が、全身に広がっていた。

「あんたたちには、わからない。あんたたちには、どうでもいい」

背後でみんながシュプレヒコールをあげていた。

マルドナドが私たちを睨んだ。もしかしたら、私たちの背後で部屋を埋め尽くしている人たちに気づき、私たちを長いこと睨めば全員を追い出せると思ったのかもしれない。マルドナドは立ち上がると、部屋を出て行った。

キティとわたしは互いに顔を見合わせた。キティに身体を寄せて、そっと聞いた。

「わたし、どうだったかな?」

キティの意見がいつも聞きたかった。さっきと同じくらい感情が強く迫ってきて、まるで幽体離脱をしていたような、何が起きたのかよくわからないような感覚だった。

「あんた、マルドナドを八つ裂きにしてたわよ」とキティは笑っていた。

あとになって知ったのだが、私たちがマルドナドと話している間、ＨＥＷの女性職員三名は、ロビーにいるデモ隊に会議用のクッキーと飲み物を配り歩いていたそうだ。まるで、私たちが社会科見学か何かにでも来たかのように。
どう考えても、ＨＥＷのもてなし方は甘かった、ということだ。

第六章　占領軍

夜になり、マルドナド局長と職員が帰宅するやいなや、キティとわたしは建物内の正面受付前にみんなを集めた。とても重要な局面だったが、用意したスピーチがあるわけではなかった。わたしは心を込めて話した。

「政府が五〇四条項の施行規則に署名するまで、どうか私たちと一緒にこの建物に残ってください！」「ここに残ることを検討してください。今はここが私たちの持ち場です」

長い間、誰ひとり言葉を発しなかった。

障害者にとって、「泊まり込む」という行為は、サンドイッチと歯ブラシをリュックに放り込めば準備完了、といった単純な話ではない。私たちの多くは、介助者だけではなく、医薬品や、カテーテルのように交換を要する器具が不可欠で、床ずれを防ぐための体位交換も必要だ。当然、大半の参加者は介助者を連れてきておらず、食糧はおろか、歯ブラシすら持ってきていなかった。

それでも、ひとり、またひとりと手が挙がり、一緒に残ると申し出てくれる人がでてきた。大声で支援を申し出てくれた人たちもいた。ありがたいことに、数名の介助者が一緒に残ってくれることになった。

最終的に、七五名が一緒に残ってくれることになった。

キティとわたしはチームを再編成するため、意気揚々とマルドナドの部屋に向かった。メアリー・ルー、メアリー・ジェーン、アン、ジムも一緒だった。あとは、パット・ライト（介助のことでわたしを助けてくれた友人）と、ジョニ・ブレブス（キティをデモに送ってくれた友人）も一緒だった。ジョニは生粋のブルックリン育ちだ。ジョニはキティをデモに送るだけで、まさかデモが泊まり込みに発展するとは思っていなかったが、最終的には一緒に残ると申し出てくれた。

ジョニとアン以外は、全員が五〇四条項のために立ち上げた委員会のメンバーだった。立てこもりの選択肢について内々で話したことはあったが、この規模での直接行動になるとは誰も思っていなかった。

私たちは互いを見合っていた。次にすべきことは？　頭の中を考えが駆けめぐっていた。

「みんなに食糧を行き渡らせる方法を考えないと」

キティが言った。

「他の地域での抗議活動はどうなっているかな？」

ジムが続けた。

「記者会見の準備も考えたほうがいいね」

わたしもつけ加えた。

私たちは、準備にとりかかった。

その間、建物内ではデモ参加者が互いに自己紹介をし、建物内の探索に出かけていた。大きな窓がついたHEW（保健教育福祉省）の部屋は小さく、〔デモ隊の侵入によって〕ソファーや絨毯があちこちに散乱していた。ちょうどよい大きさの会議室があり（オレンジ色の毛羽立った絨毯が敷いてあった）、デモ隊はこの部屋をすぐに占拠した。みんなでテーブルの周りに集まって、しゃべったり笑い合ったりしながら、リュックからアメやお菓子を引っ張り出して分け合っていた。

建物の中は多幸感であふれていた。自立した生活ができない間は、反逆する機会もめったにないのだ。

マルドナドの部屋から他の地域のデモ隊に連絡を取ると、喜ばしいことにデンバーとロスもHEW地域事務所からの立ち退きを拒否しており、ワシントンDCでも本省ビルに仲間たちが立てこもっていることがわかった。DCは約五〇名、デンバーは七名、ロスは二〇名。私たちは連邦政府の四つの建物を同時に占拠していた。

DCの仲間たちが、抗議活動に対するカリフォノ長官の反応について最新情報をくれた。建物からの立ち退き拒否を受け、カリフォノはデモ隊に会うためだけに出張先から急遽戻ってきた。カリフォノはよほど動揺していたのか、オフィスのコーヒーテーブルの上に立って声明を発表した。施行規則には署名する予定である――ただし、五月中になる。施行規則を検討するための時間がもう少しだけ必要だ――。

聞いた瞬間、キティが激怒した。

「これから「検討」する、本当にそんなことを言ったの?」

「信じられない」とわたしは言った。

ブロンドの髪をかきあげながら、パット・ライトが冷静に言った。

「カリフォノは、事態をよくのみ込めていないようだね」

この三年間、施行規則は検討され、コメントを受け、修文されてきた。カリフォノがそれでもまだ検討が必要だと(しかも私たちの意見も取り入れず)言う以上、私たちと一緒に取り組む気などないことは明白だった。わたしが自分たちの行動はこれでいいのかと少しでも迷った瞬間に、施行規則は消えてなくなってしまう。私たちに相談なく、私たちの生活を左右する決定を下す人たちにはいい加減うんざりだった。

DCチームの情報では、カリフォノはHEWにデモ隊を残して帰宅したものの監視を続けるよう命令しており、食糧や薬を建物の中に一切持ちこませるなという特殊な指示を出していた。仲間たちが言うには、それ以降、DCチームはひとりコップ一杯の水とドーナツ一つで耐えていた。聞いた瞬間、わたしはカリフォノの作戦を理解した。兵糧攻めだ。

DCチームとの電話が終わった。次の議題は、建物内に残ったデモ隊の生活をどうするかだった。キティがデモに向けて準備していた班体制がすでに機能していた。私たちは、その班体制の形を少し変えて、終わりが見えないなかで大勢の障害者が建物内で生活するためのシステムをつくることにした。食糧調達班、医薬品班、メディア・広報班が必要なのは明らかだった。また、私たちと連帯しパートナーとなってくれる協力団体との渉外を担う班も必要だった。今こそ、さまざまな権利擁護団体に連帯してもらう必要があった。

加えて、障害種別を超えて団体間で連絡を密に取り続ける必要もあった――視覚障害者、聴覚障害者、認知障害がある人たち、そして障害児の親たちだ。

「この抗議活動はあらゆる障害種別の人に関係する」ということは私たちにとっては当たり前だったが、その考え方を理解すること自体が、世間にとって大きな変化の一つだった。私たちの親は、子どもの障害種別に応じて団体をつくっていた。視覚障害のある子どもがいれば視覚障害児の親と連帯し、筋ジストロフィーの子どもがいれば筋ジストロフィー児の親の会、といった具合だった。親たちにとって、障害とは自分の子どもに特有の問題か、ある特定の学校における方針を意味し、より広い意味での政治的課題ではなかった。私たちは、ローザ・パークスやマーティン・ルーサー・キング牧師[*1]、そして、グロリア・スタイネム[*2]や全米農業労働者組合の影響を受け

*1 プロテスタントバプテスト派の牧師、公民権運動家。ローザ・パークスの逮捕に抗議してモンゴメリー・バス・ボイコット運動を指導し成功を収める。さらに南部キリスト教指導者会議を結成、非暴力主義を掲げて公民権運動のリーダーとなった。
*2 アメリカのラディカル・フェミニズム運動の活動家で著述家。

て育った世代として、自分たちが強力な体制に立ち向かう弱小集団であることを自覚していた。私たちの中で声を一つにできない限り、勝ち目は絶対にない。

最後に、私たちはレクリエーション班を加えた。こんなに大勢の人が一つの閉ざされた空間にいるということは？　息抜きの時間もきっと必要だ。

食糧をすぐ手配すべく、私たちは二つの協力団体――ディランシー・ストリート財団（麻薬依存症者と前科者向けの社会更生プログラムを実施）と救世軍――に電話をし、翌日分の食事を提供してもらえるかを聞いた。両団体とも了承してくれた。

細々した手配については当面の目途が立ったので、次に警察との衝突が起きた場合の対応を協議した。一九七〇年代当時、公民権運動の抗議活動中に起きた暴力行為を私たち全員がニュースで見てきた。私たちは小さな空間にいる大人の集団だった。

ＨＥＷの警備員は建物内の秩序を保つよう命令を受けていた模様で、外にいたデモ隊の目の前で正面玄関を施錠した。マルドナドの退勤後には、スーツ姿でサングラスをかけ、ＦＢＩかシークレットサービスのような格好をした男たちがビルの中に入ってきた。抗議活動による混乱が続くなか、話をする相手を探していた彼らはジョニに話しかけた。彼女を選んだ理由は、障害者には見えず、デモの責任者だと思ったからかもしれない。いずれにしても、ジョニはより多くの仲間を建物内に入れさせるため、男たちの障害に対する恐怖心をとても上手に利用してこう言った。

「あのね、トイレに行ったり、床に寝たり、床から起き上がったりする人たちの介助をあなたたちが手伝わない限り、もっと多くの介助者がこの建物内に必要になるからね」

男たちはすっかり動揺し、建物内に入る人のリストを提出するようジョニに言った。ジョニはそれに乗じて、外に締め出されたデモ隊をできるだけ多く中に入れた。さらに、介助者たちも呼ばせて中に入れた。

私たちは、HEWの警備員との間の正式な連絡係としてジョニと他三名のメンバーを任命した。誰が連絡係かすぐわかるよう、腕章をつくろうとジムが提案した。ジョニたちは「監視係」と呼ばれることになった。

朝の三時になって、私たちはマルドナドの部屋から出てきた。デモ隊のみんなはどうにか寝場所を見つけていた。頭とつま先が当たりそうになりながらも、みんなあちこちで床の上に大の字になっていた。体位交換のために起きている介助者もいた。

夜明けまでの数時間に寝るための場所を探した結果、ジムとわたしはドアの裏にある貨物用エレベーターの外で、キティとメアリー・ジェーン・オーウェンは会議室の外にあるクローゼットで寝る羽目になった。メアリー・ルー、パット、ジョニ、アンは、結局どこで寝たのだろうか。

翌朝、わたしはハッとして目覚めた。「ここはどこ?」硬い床の感触で思い出した。ジムを見るとまだ寝ていた。腕時計を確認する。朝六時。三時間も寝ていなかったが、驚きはしなかった。わたしは昔から早起きだった。

ジムをつついた。起きて、メディアの報道ぶりを確認したかった。

「身障者の占領軍がサンフランシスコ連邦政府ビルを占拠」という見出しがついていた。ジムとわたし、キティ、パット、メアリー・ジェーン、その他の幹部チームのメンバーがマルドナドの机の周りに集合した。目の前には新聞各紙が広げられ、マルドナドの部屋にあった小さなテレビがついていた。私たちの立てこもりデモは、ベイエリアのあらゆる新聞、テレビ、ラジオで報道されていた。

「すべては、ここフルトン・ストリート五〇番地にある連邦政府ビルの外で午前中に開かれたあるイベントから始まりました。午前中にその抗議集会が終わるとすぐに、障害者たちがビルに侵入し始めたのです」

私たちは、まるで他国の占領軍のように報道されていた。世間は度肝を抜かれていた。私たちのことを闘士として考えたことなどなかったのだろう――というよりは、私たちのことなど考えたこともなかったのだ。嫌味で言っているわけではなく、本当にそうだったと思う。日常生活の中で、社会にとって私たちは概して「目に見えない集団」だった。

考えてみてほしい。あなたが学校で私たちに出会わなかったなら、それは私たちには入学が認められていなかったからだ。職場で私たちと出会わなかったなら、それは私たちが物理的に職場にアクセスできないか、雇ってもらえないからだ。いつも使っている公共交通機関で私たちに出会わないなら、バスや電車がアクセシブルではないから。レストランや劇場でも、同じ理由で私たちの姿を見ることがないとしたら――だとしたら、日々の生活の中のいったいどこで、あなたは私たちと出会っていたのだろうか？

どこだったかと言えば——おそらく、テレビの中だ。『クリスマス・キャロル』での「身障児」のティム坊やも記憶にあるかもしれないが、チャリティ番組で見る障害者のイメージが一番強く残っているのではないだろうか。当時、ジェリー・ルイス[*3]が筋ジストロフィーの人たちのためにテレビで寄付を募っていた。「脳性マヒ連合」は、脳性マヒの人たちのために。「イースター・シールズ」という団体は、より広く障害者全般のために——等々。どのチャリティ番組も、視聴者の同情、むしろ哀れみを引き出すという明確な目的のもと、病弱に見える子どもを見せ物にしていた。これらの番組による「病気で可哀そうな障害者」というイメージが、多くの人の考え方（障害者が社会に出てこられない原因は、障害者の健康状態にある）をつくり上げてしまった。私たちは、無力で子どものような存在とみなされ、哀れみを感じさせ、病気を治すために寄付を募る対象だった。こんなふうに反撃を加えるような人たちではなく。

今こそ、私たち自身の手で私たちの物語を伝えるときだった。連邦政府ビルを占拠しておいて、その理由を誰にも話さずにいるわけにはいかない。

＊3 コメディ俳優、脚本家、映画監督。『底抜け』シリーズで人気を博す。筋ジストロフィー患者支援のために創設したチャリティ番組は、日本の『24時間テレビ』のモデルになったと言われている。

私たちはプレスリリースを書き、午後にＨＥＷの建物内で記者会見を行うと発表した。その日の午前中、マルドナドやＨＥＷの職員はオフィスに戻ってこなかった（噂では、ビル内の別の場所で働いているとのことだった）。そこで、広報班は局長補佐室の隣の小さな部屋にあったコピー機とファックスを乗っ取り、その部屋を「報道局」にした。声明文をメディアに送り、受信確認のため記者たちに電話をかけた。自分たちを取り巻く課題や抗議運動がそこまで注目されないことには慣れていた。しかし、さすがにここまでやると一定の報道がされていた。この勢いを失いたくなかった。

階下では、デモ隊が寝袋や衣服を取りに行ったり、診察に行ったり、家族と連絡をとるため出入りすることを警備員が許可していた。

医薬品を保冷するため、キティはマルドナドの部屋にあったエアコンに上から段ボールをかぶせてテープでとめ、即席の保冷庫をつくった。そのあと、私たちは朝のうちに解決しなければならない問題にとりかかった。

正午頃、記者会見のため記者たちが続々と現れた。大会議室を記者会見用の部屋として準備していた。デモ隊のみんなも集まってきた。メディアが建物に入ってきたら抗議ソングを歌うようみんなに伝えていた。公民権運動と私たちを結びつけて考えてもらうためだった。幹部チームは部屋の前方に集まった。ジョーの手話通訳と共に、わたしは予定通りブリーフィングを始めた。最初に、言葉の使い方をメディアに教育した。

「「不具者」とか「身障者」、「つんぼ」や「おし」といった言葉を使わないでください」と記者に告げた。

「これらは古い言葉で、今日許される表現ではありません。私たちはそういった存在ではありません。私たちは、「障害者」です」

続けて、五〇四条項と施行規則に関する自分たちの立場を説明した。記者たちは聞きながらメモ帳に走り書きをし、テレビカメラを回していた。

私たちの権利と差別について記者たちに教えられるなんて、本当にうれしかった。

「率直に言えば」と、わたしは全国放送局の記者に言った。

「(HEWが)私たちに圧力をかけることは非常に難しくなると思います。昨日、私たちが五〇四条項について彼らに質問し「五〇四条項を読んだことがありますか?」と聞くと、職員は誰ひとり読んだことがないと答えたのです。彼らは私たちがここにいることに感謝し、彼らが施行すべき法律についてやっと教育してもらえる機会を得たことを歓迎すべきです」

記者会見のあと、私たちはDCで何が起きたかを知った。

「DCのデモ隊は解散したわ」

キティがHEWからのプレスリリースを手に言った。

「嘘でしょ?　ダメだよ!」

わたしはキティの手からプレスリリースをもぎ取ると、みんなに向かって大きな声で読み上げた。カリフォノの声明が載っていた。

「本日午後に終了した身障者によるデモ行動は、アメリカという国の良心に訴えたこのグループからの正当な要求を明らかにするものです。彼らはまったくもって不当な差別に苦しんできました。来月わたしが署名する五〇四条項の施行規則は、身障者である国民を苦しめてきた過去の不正義をただし、彼らの固有の権利である自立、尊厳、公正な処遇の実現に向けた重要な一歩になると信じています★」

「馬鹿馬鹿しい」

パットがわたしのすぐ横で言った。

本当のことを知るため、私たちはDCチームに電話をした。恐れていたとおりだった。デモ隊は食糧、医薬品、通信手段へのアクセスを絶たれ、ひとり、またひとりと、離脱していったのだ。兵糧攻めだった。

カリフォノは意図して仲間たちを追い出していたが、障害者と敵対している印象を避けるため、私たちの主張を支持しているように見せる必要があった。カリフォノは、ただ時節を待てばよく、私たちの「理性を失った」行動に対して合理的に対処中だと世間を安心させれば、人びとは次第に関心を失うだろうと踏んでいた。

「こんなの間違っている」

幹部チームが私たちの周りに集まってきた。

「カリフォノは意図的に世論をだましているんだ」

その場ですぐ、メアリー・ジェーンがハンガーストライキをすると誓った。連帯を示すべく、わたしもハンガーストライキをすると約束した。私たちは、平和的なデモ隊に食糧や物資の補給を許さないことは、民主主義の精神に反することを浮き彫りにしたかった。真の民主主義は、政府の責任を明らかにする市民の力を尊重するものだ。

とはいえ、今の私たちは問題に直面していた。占領からわずか一日で、DCは陥落してしまった。あっという間に私たちを追い出すことに成功し、カリフォノはきっと勢いづくだろう。さらに、ニューヨークのデモ隊は一〇名まで減り、デンバーも今や首の皮一枚、ロサンゼルスのデモ隊は一桁になったという情報も必ず耳に入るだろう。カリフォノは、減っていくデモ隊の人数を指折り数えているに違いない。

サンフランシスコのデモ隊を全員集め、ミーティングを開くことにした。

ディランシー・ストリート財団と救世軍から食糧の差し入れがあり、ちょうどみんな夕食を済ませたところだった。デモ隊のみんなに伝える言葉を幹部チームで準備し、わたしがそれを伝えることになっていた。わたしはデモ隊全員とのコミュニケーションを担当する幹部チームのリーダーに任命されていた。カリフォノのデモ隊対策について、分析を共有した。

「DCのデモ隊が解散してしまい、私たちは全米規模での勢いを失いつつあります。カリフォノは、腕組みして待っていれば私たちが降参すると思っています。とんだ計算違いだと思い知らせてやりましょう。これまで以上に、私たちはこの持ち場を守り、強くあらねばなりません。私たちがあきらめてこの建物を明け渡せば、唯一の交渉カードを失うことになります。もはや根比べです」

ここで一度口をつぐんだ。みんなに、いつまでもここに残ってほしいと頼むわけにはいかない——それは頼みすぎだ。もう一日だけ残ってほしいと、一日単位でお願いしていくことしか私たちにはできない。

「もう一晩、残ってくれますか？　たった一晩が、大きな変化を生みます」

再び、ひとり、またひとりと、デモ隊のみんなが残ることを申し出てくれた。もう一晩残ることを誓う一人ひとりの言葉を、全員が、静かに、そして敬意をこめて聴いていた。

一一〇名が残ることを申し出てくれた。

三五名増だ。

最後に、ジェフ・モイヤーが立ち上がり、自前のギターで *We Shall Overcome*[*4]（『私たちは勝利する』）を演奏し始めた。デビー・スタンリーという全盲のメンバーで、長いストレートヘアと美声の持ち主が歌い始めた。気づいたら、みんな声を合わせ歌っていた。

「ジュディ！　ジュディ！　起きて！」

すぐに眠りから覚め、目を開けた。監視係のひとりが目の前に立って真剣な顔をしていた。

「どうしたの?」

腕時計を見た。朝の六時だった。

隣でジムが身体を起こして座り直した。

「さっき下にいたんだけど、警備員が誰も中に入れさせないんだ。外には出られるけど、建物に戻ってくることはできない。誰も中に入れない。ジュディ、この建物を完全封鎖する命令が下りたんじゃないかな」

わたしはジムと監視係を交互に見た。悪い知らせだった。

その日は聖金曜日(祝日)だった。

イースターで家に帰り子どもに会いたいメンバーがいれば、もう戻ってくることはできなくなる。当然、食糧も、医薬品も、着替えも、何もかも持ち込めなくなることを意味していた。

「みんな離脱してしまう」

わたしは苦々しく言った。

ジムとわたしは起きあがって、現状を確認しに行った。

---

*4 一九六〇年代に公民権運動が高まるなか、フォークシンガーであるピート・シーガーが広め、運動を象徴する歌となった。

バスルームのお湯は止められていた。事務用電話は発信できないようブロックされていた。残された連絡手段は廊下にある二台の公衆電話だけになった。

カリフォノは、ギリギリと私たちの首を絞めにかかっていた。

かろうじて、事務室のテレビとラジオを見聞きすることはできた。ニュースに耳を澄ました。

「これまでのところ、明らかにここサンフランシスコでのデモが象徴的な役割を果たしています」とあるレポーターが言った。「昨日の午後、DCのHEW本省を立ち退いたグループは、ジョセフ・カリフォノ長官に直接交渉できる唯一のグループでした。ここサンフランシスコでのデモは、その応援にはなるでしょう。しかし、差別禁止法に今すぐ署名させるために実質的な何かができるわけではありません」

カリフォノの狙いどおり、私たちは解体させられつつあった。

「カリフォノは私たちを孤立させようとしているんだ」

誰が最初に言ったかは記憶にない。わたしは他のリーダーたちと一緒に、すぐさま問題解決モードに入った。いつもどおり、私たちはマルドナドの部屋にいた。

「協力団体に連絡をして、建物にいる実際の人数以上に私たちが強力な集団だと理解してもらう必要があるね。カリフォノが次に何をしてくると思う？　自分は世間から監視されているんだと思わせないと」と誰かが続けた。

私たちは、グライド・メモリアル教会のセシル・ウィリアムム牧師に連絡をした。グライド・メモリアル教会[*5]はサンフランシスコにおける抵抗文化の発信地であり、ウィリアム牧師は最も信頼できる支援者だった。封鎖のことを伝え、助けを求めた。

ウィリアム牧師は、建物内に立てこもる私たちの存在に注目を集めるため、建物の外で夜通しの抗議集会を行うとその場で約束してくれた。その後、教会協議会のノーマン・リーチに電話をかけると、同様に抗議集会を支持すると約束してくれた。

昨晩書き上げたプレスリリースに、以下のパラグラフをつけ加えた。

「セキュリティの強化により、私たちの行動に賛同する人たちが建物内に入ることができなくなりました。このため、私たちの行動に対する支援の輪を見える形で示すべく、夜通しの抗議集会を国連広場で始めました。基本的人権を危惧するすべての人たちに、この集会に参加してほしいと思います。それが、建物内にいる人たちの支えになります」

広報班は声明をメディアに一斉ファックスした。

しかし、一日は始まったばかりだった。

「HEWは施行規則の検討を止めたらしいよ」

＊5 グライド・メモリアル教会は、アフリカ系アメリカ人のセシル・ウィリアム牧師によって、一九六〇〜七〇年代に公民権運動やベトナム反戦運動等の「カウンターカルチャー（抵抗文化）」の発信地となった。現在も炊き出し等、教会の枠を超えた社会的活動で知られる。

アン・ローズウォーターがDCの国会にいる知り合いから情報を取ってきた。私たちは集まって詳細を聞いた。

「カリフォノが大きく方針転換しようとしているの」とアンは続けた。

「その代わり、HEWは重要関心事項を準備している。法的義務を免除され得るあらゆる年代の建物を調べ、アルコール依存症者・麻薬依存症者を施行規則の対象から外し、すべての大学をアクセシブルにしなくても済むように、ある種の大学間連合もつくろうとしている。つまり、障害のある学生は特定の大学にしか通えなくなる」

全員が、黙っていた。

ようやく、パットが口を開いた。

「新しい形での、「分離すれども平等」ってことね」

キティはみんなが思っていたことを口にした。

「私たちの行動をまったく真剣に受け止めていない証拠だね」

＊

間もなく、デンバーとニューヨークも投降したことが判明した。介助者もおらず、アクセシブルなトイレもなかったそうだ。

カリフォノは、私たちがバラバラになる寸前だとより強く確信することになるのだろう。

マルドナドの部屋に座り、キティ、パット、メアリー・ジェーン、ジョニ、ジム、メアリー・ルーの暗い顔を見つめながら、わたしは無力感と闘っていた。

すると、渉外班のメンバーが飛び込んできた。

「ブラウン州知事が私たちへの支持を表明したよ！　施行規則に署名するようカーター大統領宛に手紙を書いてくれたんだ！　他にも、全労働組合、教会、権利擁護団体が続々と賛同を表明しているよ！　全米農業労働者組合は支持を表明する電報を送ってくれて……あのセサール・チャベス[*6]の署名まであったよ！」

私たちは、何を言っているのか理解できず、しばらく彼女を見つめていた。

そして、一斉に歓声をあげた。

人びとの関心が高まっていた。カリフォルニア州知事のジェリー・ブラウンも注目していた。私たちの声に耳を傾けてくれた。そして賛同してくれた。

もう少しここにとどまって、カリフォルニアへのプレッシャーを強める方策を考えないといけない。長い時間をかけて話し合った。パット・ライトが秀逸な戦略家として頭角を現したのはこのとき

＊6　一九二七年にアリゾナ州でメキシコ系の移民家庭に生まれた。大恐慌の影響で農場を失いカリフォルニア州に移住、一家で農業労働者となった。のちに全米農業労働者組合（United Farm Workers of America, 略称ＵＦＷ）として拡大再編成される全国農業労働者協会（National Farm Workers Association, 略称ＮＦＷＡ）を結成し、一九九三年に死去するまで農業労働者の地位向上に努めた。

だった。チェス盤の四手先を読めるパットの能力が主軸となることが、この先数年間で証明されることになる。

私たちは、カリフォノの頭越しに物事を進めることにした。カーター大統領に直接働きかけるのだ。

ロスのデモ隊は、三五名ほどでなんとか踏ん張っていた。自分たちの考えを伝えるためロスのチームに電話をかけた。もし大統領に働きかけるなら彼らとの調整が必要だ。幸いなことに、ロスのチームもこのアイデアに賛同してくれた。

私たちは、カーターの秘書室長になんとか電話で連絡をつけた。大統領との面会を求めると、室長は折り返すと約束した。ただ、もごもごと答える室長の様子に、「あまり期待はできないな」と感じていた。

デモ隊のみんなが会議室に列をなして入ってきた。みんな、うす汚れ、みすぼらしい外見になりつつあった。すべては、ここに残ってほしいと説得できる力が、私たちにあるかどうかだった。この集団を維持するには、圧倒的な一体感をつくり出すしかないと確信していた――そして、そのための唯一の方法は、誰ひとり残さず全員が参加できるようにすること、すべての情報をみんなと共有することだった。私たちはデモ隊全員が到着するまで待ち、手話通訳者が通訳を始められる状態になるまで待った。

静かになったのを確認し、わたしは話し始めた。

「現状を説明します。カーター大統領は私たちの立場を理解しています。ホワイトハウスは私たちに電話を折り返すことになっていますが、まだその電話はきていません」

「建物の封鎖は痛手ですが、私たちの勢いは増しています。ここ数時間で、全米中から関心が寄せられています。ブラウン州知事も先ほど賛同を表明したところです」

「私たちがここを離れるわけにはいきません。他に立てこもりを続けているのはロスのチームだけになり、たった三五名で頑張っています。私たちが最大勢力です」

「みなさん、一緒に残ってくれますか？　残れますか？　一日一日が、違いを生みます」

すると、これまでと同様、みんなが残ることを約束してくれた。自分たちがやっていることへの信念について想いを込めて語ってくれた仲間もいた。力になろうとアイデアを出してくれた仲間もいた。

「ブラックパンサーに連絡できるよ」

ブラッド・ロマックスという若手の参加者が言った。多発性硬化症で車いすに乗っており、幅広の襟のスーツを好んでいた。ブラッドは私たちが幾度となく連携してきたブラックパンサーのメンバーでもあった。

五〇四条項や、私たちの政策面の戦略について質問する人もいた。デモ隊のみんなは、急速な学びの途上にいた。「直面するバリアは自分たち個人に原因がある」という価値観があまりにも内面化されており、その考え方を変えるのは大変だった。「階段を上がれないのは、自分が歩けないせいだ」と考える癖から抜け出して、「階段を上がれないのは、アクセシブルじゃないからだ」という考え方に慣れる必要があった。アンが、五〇四条項と政策について研修することを申し出てくれた。

レクリエーション班のメンバーたちは、イースターと過越祭（ユダヤ教の祭日）のイベントを企画すべく話し合っていた。

部屋にエネルギーがあふれている様子は、誰の目にも明らかだった。最後のひとりが言いたいことを言い終わるまで、私たちは会議を続けた。

結果的に、一二五名のデモ隊全員が残ると約束してくれた。わたしは少しほっとしたが、同時に責任を強く感じていた。私たちのうち一〇名くらいがハンガーストライキをしていたとはいえ、どうやって全員に食糧を行き渡らせればよいか見当もつかなかった。

建物の封鎖によって、私たちは外界からほぼ遮断されていた。各班が、祭日の週末が迫るなか、食糧や医薬品をどう建物の中に運び入れるかという問題に迅速に対処しなければならなかった。

幹部チームはマルドナドの部屋に再集結した。わたしは一度立ち止まり、水を飲む必要があった。ハンガーストライキが三日目に入り、水と、時々ジュースを飲むくらいだった。でもまったく疲れは感じなかった。アドレナリンで走り続け、士気は常に高く保っていた。

カリフォノによって孤立させられた現状をどう打破するかを話し合った。どうすれば協力団体やメディアと常に連絡をとれるのか？　続々と出る記事や賛同表明が、ＨＥＷと政権にプレッシャーをかけ続けていた。報道を続けてもらわなければ、関心は薄れていってしまう。でも、どうやって？

そこで思いついた。私たちには秘密兵器がある。

手話だ。

私たちは、声明やメッセージをろう者の仲間に渡すことに決めた。ろう者のメンバーはそれを持って、支援者たちが抗議集会をしている広場に面した窓へと向かう。そして、外にいるろう者や手話通訳者と目が合ったら、メッセージを窓越しに手話で伝えるのだ。それを読み取ったろう者や手話通訳者は、そのメッセージをしかるべき人たちに伝達する。

美しい光景だった。

第二の秘密兵器は、まったく予期していなかった方角からやってきた。ＨＥＷだ。

非常に早い段階から、私たちはＨＥＷの職員や警備員には最大限の敬意と親しみをもって接することを固く決めていた。この「お友だち作戦」がじわじわと効き始めていた。私たちの立ち居振る舞いは、真っ当な主張とあいまって、次第にＨＥＷで働く人たちから共感を得るようになっていった。その日、一〇〇名の職員が私たちを支持し、カリフォノに嘆願書を送ってくれた。

ＨＥＷの地域局次長だったブルース・リーは、父親が全盲だったこともあり、カリフォノに署名させるようマルドナドにプレッシャーをかけ続けてくれた。その金曜日、ブルースは私たちのために警告システムまで編み出してくれた。彼が襟元のピンを逆さまにしたら、警備員が来るぞという合図だった。これらすべてが、カリフォノの立場を切り崩していくことにつながった。

その日の午後、私たちがマルドナドの部屋にいると、デモ隊のひとりが転がりこんできた。

「ブラックパンサーが建物の中に力ずくで入ろうとしているよ！」

急いで廊下に出ると、四階のエレベーターのドアが開くところだった。わたしは目の前の光景を信じられずにいた。スラウチハットをかぶって、セーターベストと黒のレザージャケットを着た六人のアフリカ系アメリカ人がエレベーターから降りてきた。腕には大きなプラスチックケースを抱えていた。

「僕たちを中に入れず君たちを飢え死にさせるようなことがあれば、なんとしてでもメディアにHEWを取り上げさせるぞって、警備員に言ってやったよ」

そのうちの一人がわたしに言った。

「夕飯と軽食を持ってきた」

ブラッド・ロマックスから連絡を受けたブラックパンサーは、フライドチキン、野菜、ウォールナッツ、アーモンドを抱えて建物に力ずくで侵入したのだった。一二五名全員分の食事があった。みんなが集まってきて、驚き、しゃべり、笑い、手を叩き、歓声をあげた。まるで、巨大な突風が帆を満たし、私たちを前へと押し出してくれたようだった。

ブラックパンサーは、その後もずっと、毎晩食糧を届けてくれた。

私たちの様子が夕方のニュースで報道された。

あるテレビのニュース番組は、次のように報じた。

「デモ隊は疲れ、うす汚れています。環境も良くありません。しかし、士気は高まる一方です。HEWサンフランシスコ地域局での立てこもりは今日で三日目を迎えています。一二五名の障害者たちが、明日の晩までは立てこもりを続けると表明しています。ただし、締めつけは今も続いています。身障者たちの占領軍が乗っ取った四階では、温水は止められたままです」

その晩、わたしはデモ隊の仲間たちと貨物用エレベーターの中でろうそくの灯をともし、安息日の夕食会を楽しんだ。


「ジュディ！　キティ！」

ジョニが部屋に駆け込んできたとき、わたしはマルドナドの部屋でキティと他何人かと水を飲みながら、ブラックパンサーの訪問がもたらしてくれた束の間の安息を味わっていた。

「警備員が、爆弾が仕掛けられているから全員建物から出るようにって！」

キティとわたしはジョニを見つめた。

「うーんと、正確にはなんて言っていたの？」とわたしは尋ねた。

「黒い大きなブーツを履いた警備員が三、四人いて、わたしを見つけて近寄ってきて、『建物から全員出しなさい。爆弾が見つかった』と言ったの。爆発物探知犬のジャーマン・シェパードも連れてきていて、すごく警戒してた」

キティとわたしは顔を見合わせた。キティが肩をすくめ、わたしもキティが何を考えているかを察していた。あまりにもできすぎた話だった。

「どうでもいいわ」とわたしは言った。

「もう寝るね。爆発したら起こしてくださいって伝えておいて」

「そうね、わたしも」とキティも続けた。

デモ隊のみんなには、一応この警告を知らせなければならなかった。建物から出たいという人が万が一いたときのためだ。緊急会議を招集し、警備員が言ったことと、私たちの決定を伝え、不安があれば離脱しても構わないと伝えた。誰ひとり離脱しなかった。

翌朝目覚めて、腕時計を見た。朝の五時。建物はまだ立っていた。爆弾などなかったのだ。寝そべったまま、今日一日のことを数分間考えた。今日は四月九日土曜日。五日目を迎えていた。過越祭の七日目でもあった。いつもならお祝いをしているが、今は考えている時間などなかった。ふと、象徴的な日だな、と思った。イスラエルの民が奴隷から解放されたこと。自由。床に寝そべり、早朝の暗がりの中で、わたしはひとりほほ笑んだ。床で寝続けていたので身体が痛く、何日間も何も口にしていなかったが、気分は良好だった。

ジムをつついた。

「起きよう。髪を洗いたい」

冷たいシャワーだろうとなんだろうと、汚い髪のままでいるのは嫌だった。

周りのみんなが少しずつ起きだした頃、わたしは着替えて髪も清潔にさっぱり良い感じになり、ジムとしばらく話していた。ジムは一杯のコーヒーを、わたしは一杯の水を飲んだ。じつは、コーヒーはおろか、カフェイン飲料を飲んだこともなかった。そのとき、警備員を監視していた係が私たちを見つけた。

「ジュディ、最後の二台の公衆電話も通信妨害されたみたい。誰も発信できないの」

私たちは電話をかける手段まで完全に断たれてしまった。

その日の午後、カーター大統領の秘書室長が私たちにメッセージを届けた。

「大統領はロサンゼルスとサンフランシスコでの状況を承知しています。五〇四条項と施行規則の公布に責任を持って対処することを保障します」

私たちは返答を書き、外界とコミュニケーションをとってもらうため、窓際にいる手話の使い手に手渡した。

「私たちはホワイトハウスから連絡を受け励まされました。しかし、声明の内容は不十分です。カーターがこの立てこもりの根本的な理由に触れていないからです。それは、署名されるべきは一月二十一日付の施行規則だ、という点です。カリフォノからの修正提案に応じる気はありません。カリフォノが検討中の修正点は、受け入れられるものではなく、交渉の対象でもありません」

ロスのデモ隊も同じ内容のメッセージをカーターの秘書室長から受け取っていた。しかし、私たちと連絡がとれず、どうすべきかわからなかったので、最終的には言葉通りに受け取ってしまったようだ。そして、すでに建物から立ち退いていた。

私たちが、踏みとどまっている最後の都市になった。

その日の夜、ニュース番組は私たちのことを「この地域で最多人数かつ最長期間にわたって組織された障害者のデモ隊」と伝え、争点は引き続き「火曜日の段階と同様、ＤＣの関係者の注意を引けるかどうか」だと報じた。

翌朝は復活祭であり、過越祭の最終日だった。窓越しに見える空の様子から、今日は快晴になるとわかった。

その朝、わたしはハンガーストライキを中断することにした。今はすべての力とエネルギーを、考えること、戦略を立てることに注ぐ必要があった。

デモ隊は祭日ムードだった。レクリエーション班は復活祭の礼拝を開き、デモ隊の子どもたち（協力的な警備員たちが見て見ぬふりをして中に入れてくれた）のために、イースターエッグ探しを企画した。建物正面の広場では、支持者が復活祭の特別礼拝を行い、夜通しの抗議集会を続けていた。祝日だったが、幹部チームに休息はなかった。子どもたちがイースターエッグを探し、外で力強いデモ行進が行われるなか、私たちはマルドナドの部屋でＨＥＷの顧問弁護士であるピーター・ライボッシと電話で話していた。ピーターは、私たちに建物を立ち退かせる何らかの方法がないか探るべく電話をかけてきたのだった。

ピーターとの会話は根比べになった。ピーターのゴールは、HEWとその仕事ぶりを信用して建物から出てくるよう私たちを説得することで、私たちのゴールはピーターからできる限り多くの情報を引き出すことだった。ピーターは、自分は味方だと私たちに思い込ませるために、いくつかの情報を共有せざるを得なかった——ただし、情報量は十分ではなく、立てこもりを続ける私たちの決意をより強くする羽目になった。その日、ピーターは情報を共有しすぎるという過ちを犯し、HEW内で検討中の修正提案について少々自由にしゃべりすぎていた。修正によって、私たちが望む施行規則からほど遠い内容になりかねなかった。

ピーターの話をパット・ライト、キティと一緒に聞いていると、カリフォルニア州選出の下院議員であるジョージ・ミラーが何の前触れもなく突然部屋に入ってきた。ジョージ・ミラーは私たちと同年代——当時まだ三二歳だった。私たちがDCの人間と話していることをすぐに察し、ミラーはもう一台の電話へとそっと向かい受話器を手に取った。

ピーターがHEWで検討中の修正内容について話すのを、ミラーは静かに聞いていた。

「ピーター」

ミラーが遮った。

「下院議員のジョージ・ミラーだ」

ピーターは、不意に話すのを止めた。

そのあとの会話は正確に覚えていないが、ピーターはとにかく急いで電話を切った。

ミラーは受話器を置くと、部屋にいる私たち全員のほうを振り向いた。真剣な顔をしていた。

「残るんだ」

「この建物に残るんだ。勝つまでここを離れてはいけない」

翌日ミラー議員から電話があり、同じくカリフォルニア州選出の下院議員フィル・バートンと建物内で議会公聴会を開くことを決めたと伝えられた。金曜日、一週間の終わりに。

「やったー！」

私たちは意気揚々と歓声をあげた。大勝利だった。議会公聴会は、議会が市民や専門家から証言を聞き、ある問題について何が起きているかを調査する手段だ。議員たちが、ただ単に公聴会を開くのではなく、「建物内で」開こうとしている事実は、私たちの問題について議会が誠意を込めて関与を申し出る段階にまで、世間の関心を高めることに成功した証だった。

第七章　戦場の兵士

イースター明けの月曜日の朝、アブリル・ハリス（建物内に残っていた数少ない介助者のひとり）がスケジュールを練っていた。彼女はキティを起こし、コーヒーを淹れたあと、何か手伝うことはあるかとわたしのところへやってきた。その朝も、アブリルがわたしの髪を洗ってくれた。そのあと、わたしはジムと一緒に、パット、メアリー・ジェーン、キティ、アン、ジョニを探しに行った。メアリー・ルーは週末に体調を崩し、帰宅を余儀なくされていた。

メアリー・ジェーンは、ジェフ・モイヤー、デビー・スタンリーと一緒にロビーにいた。このふたりは、週明けに出勤してくるＨＥＷ（保健教育福祉省）の職員たちをセレナーデの演奏で迎えようと決めていた。ふたりと一緒に、何人かのデモ隊がスイセンの花を職員に手渡していた。

立てこもり開始からほぼ一週間が経ち、一日の決まった流れができつつあった。午前中は班ごとに会議。食糧班が食事の手配をし、医薬品班が必要なものをリストアップした。ブラックパンサーからの温かい食事の差し入れに加え、バターカップ・レストラン、バークレー・ブリックハット・レズビアン組合、グライド・メモリアル教会も食糧を寄付してくれた。地域の薬局が、医薬品やその他の日用品を提供してくれた。午後の遅い時間か夕方早い時間に全体会議を開き、建物の外で起きているできごとについて把握している内容、現段階での戦略をみんなで共有した。幹部チームでとことん話し合い、キティとわたしがその結果をみんなに伝えるのが慣例になっていた。全員が揃うまで、手話通訳の準備が整うまでは会議を始めない、という方針を貫き、最後のひとりが発言の機会を得るまで絶対に会議を終わらせないことにもこだわった。その結果、私たちの会議は朝三時まで続くこともあった。障害特性ゆえ言葉にするまで時間がかかる仲間がいたからでもあったし、真剣に取り組むべき問題を扱っていたからでもあった。

私たちの全体会議で最も注目に値する点は、会議の長さではなく、それによって育まれた「聴く文化」だった。話すのに時間が必要な人がどれだけ長くなろうと、私たちは聴いた。一五〇人にまで膨れ上がったデモ隊の一人ひとりが、完璧な、美しい静けさの中で耳を傾けていた。ヘイル・ズーカスが間に合わせのポインターを額に貼りつけ、文字盤の文字を一文字ずつ示すと、部屋は優雅な静けさで満たされた。コミュニケーションをするうえでのニーズや各自のペースが尊重される空間、そんな自分たちだけの空間をつくり上げる力を、何よりも大切にしていた。

隠さずに言えば、デモ隊のひとりがのちに回想したとおり、「私たちの日々の生活は、不快感と不安から成り立っていた」と言える。

私たちの多くが、リスクを承知で見知らぬ人に介助を頼っていた。デモ隊のひとり、ビル・ブランチャードは、「最初の何晩かは車いすに乗ったまま寝ました。そうすれば、見知らぬ人に移乗や頼みごとをする回数を減らせたからです」と回想している。全員が、予備のカテーテル、呼吸器、その他の機器なしで過ごしていた。万一のときにそれらを入手できないことは、私たちにとって生死に関わる問題だった。★

それでも、この厳しい環境をみんな楽しみ始めていた。廊下で車いすレースをしたり、ゲームを企画したり、ギターを弾いて歌ったりした。プライバシーなどないも同然だった。周りで何をしていようと、着替えなり必要なことをみんな平気でやっていた。そして、互いの絆は深まっていた。小さな円になって、何時間でもひたすらしゃべっていた。友情が生まれていた。ある若い女性障害者は介助者に恋をし、人生で初めて自分のことを美しい存在だと思えるようになったと話していた。エドの友人であるワーナー・エアハルト（固定観念の変化に役立つ「エスト」というプログラムの創設者）もやってきて、デモ隊向けにワークショップを開いてくれた。かの有名なジョージア州上院議員のジュリアン・ボンドなど、公民権運動のリーダーたちも訪ねてきてくれた。ブラックパンサーもつるむためにやってきては、一緒に時間を過ごした。ふたりの著名な心理学者が、障害とセックスに関するワークショップを開いてくれた。

何はともあれ、七〇年代だったのだ。

セックス、ドラッグ、ロックンロール。長髪、ベルボトムジーンズ、自己主張。ジェファーソン・エアプレイン、クイーン、イーグルス。

私たちのうち小さいときから障害のある人にとって、立てこもりは他の何よりもキャンプのときの感覚に似ていたかもしれない。キャンプは、ニーズを抱えた自分でも上手くいく世界を生きた、人生で他にない時間だった。他の人よりもゆっくりであること、他の人と違うことに、負い目を感じなくてよい場所だった。誰かの重荷になっている感覚にも、負い目を感じずに済んだ。「すみません」といちいち謝らなくても、自分自身でいられる場所だった。建物の中では、まさにキャンプのときのように私たちは簡単に会うことができ、家族や友だち、信頼できない公共交通機関に頼らずとも一緒に時間を過ごすことができた。いつも私たちを孤立させていた外の世界のバリアが、とても遠い存在に思えた。

その頃、私たちを追っていた記者たちは、徐々に私たちに魅了され始めていた。エヴァン・ホワイト（7チャンネルの『サンフランシスコABCニュース』の記者）は、車いすを借りてサンフランシスコの街で一日車いす体験をし、その経験を伝えた。

私たちへの支持は、さまざまな方面から寄せられていた。ワシントンDC、マディソン、ウィスコンシンのデモ参加者は、私たちへの敬意を示して夜通しの抗議集会を開いてくれた。

私たちは実体以上に大きな何かになり始めていた。

シーシー・ウィークスという、若く金髪の四肢マヒのメンバーは、「障害者が本当の意味で実力行使に出るのはこれが初めてです。真の社会運動をつくっている感覚です」とテレビのレポーターに語った。

わたしは同じような形で他の社会運動を経験したことはない。でも、まるで戦場の兵士のように親しくなった私たちが感じていた絆は、あらゆる社会運動に共通する感覚ではないだろうか。

四月十五日、金曜日。立てこもり十一日目、議会公聴会の日だった。ミラー議員とバートン議員が建物に入ってきて、四〇六号室を議会の分室にすると言った。小さな部屋に人が満杯になっていた記憶がある。車いすユーザー、知的障害者、精神障害者、親、手話で話している ろう者、白杖を持った視覚障害者がいて、記者やメディアもちらほらといた。

建物の外には、デモ行進のため八〇〇名が集まっていた。民主党の副院内総務だったアラン・クランストン上院議員が、応援の電報を送ってくれた。

バートン議員が、公聴会の目的は紛争の性質を理解することだと前置きをしたうえで、公聴会を開始した。ジョー・クインが彼の横に立ち、手話通訳をしていた。わたしが最初に話した。

「みなさんは私たちの行動を正当に評価してくださいました」と議員への謝意を表しつつ言った。

「私たちは、これ以上妥協しません」

「私たちが望む形で施行規則が署名されるまで、この建物から出ていくことはありません。これは一つの公民権運動です」

一度口をつぐみ、続けた。

「みなさんは、私たちが公民権運動を始める手助けをしてくれているのです」

続いて、ＨＥＷを代表してＤＣから派遣されたジーン・アイゼンバーグが、カリフォノ長官と次官の声明を代読した。声明は、概して私たち全員が知っていること（「施行規則は検討中」）を繰り返しただけだった。

議員たちが、アイゼンバーグに施行規則の署名が遅れている理由を尋ねた。

アイゼンバーグは、検討課題を並べ立てて抗弁した。ＨＥＷのお偉方から戦術を預かってきているのは明らかだった。カリフォノがやや地位の低い官僚を議会公聴会に送りこんだという事実が、カリフォノの我々に対する姿勢を物語っていた。

議員たちはアイゼンバーグの答弁を徹底的にただした――どういった検討をしているのか？ いったい、何の目的で？

アイゼンバーグは、細部まで問いただされて明らかに動揺し、あいまいな答弁を続けた。そして、決まり悪そうにＨＥＷの立場を説明した。しどろもどろになりつつ「検討課題は二六項目にものぼっている」と告げ、「分離すれども平等」というフレーズを口にした。

このフレーズを耳にした瞬間、わたしの中で何かが爆発した。

「分離すれども平等」？ ＨＥＷはいまだに「分離すれども平等」のアプローチで考えているのか？ これだけの権利擁護団体から私たちが支持を受けているなかで？ この人たちは「ブラウン対教育委員会事件判決」も知らないのか？ 「分離すれども平等」の考え方など、今やどの公民権運動においても許容されるものではない。ましてや、あんなふうに堂々と主張するなど論外だった。

憤りと苛立ちで一杯になった。

わたしが部屋の前方で必死に平静を保とうとしていると、キティが部屋の後方から外に出て行った。アイゼンバーグが「分離すれども平等」という言葉を発した瞬間、キティはくるりと背を向け外に出て行ったのだ。建物の中では公聴会が続くなか、キティは建物正面に出ると、外に集まっていた群衆にアイゼンバーグの「分離すれども平等」発言を伝えた。

八〇〇人のデモ隊が、部屋の中にまで聞こえる大きさで怒りの声をあげた。

アイゼンバーグが読み上げた声明に対して、わたしが答える番だった。

手元のメモは見なかった。

深く息を吸って、アイゼンバーグを真っ向から見据えた。

「五〇四条項があろうとなかろうと」

わたしの声は震えていた。

「ブラウン対教育委員会事件」の判決があります」

声は震え続けていた。

視線を落とし、涙をこらえると、再び上を向いてアイゼンバーグを睨みつけた。

「この……」

言いかけて、言葉に詰まった。ふいに、声をあげ続けた何日間、何週間、何年間もの重圧と徒労感が胸に迫ってきた。生きるための平等な機会をただ求めているだけなのに、こうして闘わなければいけないことへの、重圧と徒労感だった。

もう一度、息を大きく吸った。

「この仕打ちです。障害のある人たちが押しつけられてきた不公平さ、今なお政権が議論しているこの不公平さは、許しがたく、言葉にできません」

震える声を、どうすることもできなかった。一言発するたびに、昔の記憶が蘇った。友だちがみんな学校にいる間、家のリビングでひとり窓の外を眺めていたこと。ブルックリン大学の卒業式会場で、父に壇上にあげてもらいながら泣いたこと。トイレ介助をしてくれる人を探して、寮中のドアをノックして回ったこと。客室乗務員から飛行機の外に出されそうになったとき、わたしを見ていた乗客たちの目。

「確実に言えることは」

自分の中に力が湧いてくるのがわかった。

「あなたがたが「分離すれども平等」を持ち出すたびに、全米中の障害者の怒りは燃えさかり、いつか爆発するということです。あなたがたが私たちの立場を理解するまで——仮に理解できるようになったらの話ですが——さらに多くの建物が占拠されることになるでしょう」

「私たちは、政府がこれ以上障害者を抑圧することを許しません。私たちは、法の施行を求めます！　さらなる分離は望みません！　分離についての議論をこれ以上する気はありません。それから……」

わたしは口をつぐんだ。アイゼンバーグが、わたしに共感するかのように頷いていた。その顔つきが、耐えられなかった。

「それから、今私たちが何を話しているかわかりもしないのに、そんなふうに頷くのはやめてください！」

わたしは両手に顔をうずめ、嗚咽をこらえた。部屋には拍手が鳴り響いていた。

そのあとの証言の時間の記憶はぼんやりとしている。本当に多くの人が話をした。

「カリフォノが見落としていることがあります。それは、彼らが座って理屈をこねくり回している限り、私たちの生活はまったく変わらないということに気づいていないことです」と、DCにある障害権利センターのデビー・カプランが言った。

エド・ロバーツは、「わが国最大のマイノリティ集団に対して分離を進めるうえで、これ以上の青写真は見たことがありません」と皮肉った。

デニス・ダレンスバーグは知的障害があり、以下のように述べた。

「わたしはみなさんにとっては二級市民なのかもしれませんが、わたしもみなさんと同じひとりの人間です。力で押さえつけるのは、フェアではないと思います。わたしは知恵遅れの子どもたち向けの特別な学校に行きました。学ぶべきことを、学べませんでした。どうせ学ぶことなど無理なのだから、どうだっていいでしょ？　という態度でした。手助けが必要なこともありますが、すべてのことに手助けが必要なわけではありません」

アイゼンバーグは、この間ずっと自分の立場を決めかねているように見えた。憐れんでいるように見えたと思ったら、感情が読めなくなり、次の瞬間には苛立っているように見えた。

ひとり、またひとりと、次々とスピーカーが立ち上がり、視覚障害者、ろう者、身体障害者、元依存症者、障害児の親が、想い、感情、痛み、孤独、怒り、悲嘆、仕事や教育を得ようと頑張った何年間もの経験について語り、重要な問題、取り組むべき問題であることを伝えようとしていた。

突然、アイゼンバーグが荒々しく席を立ち、くるりと背を向けると部屋から走り去った。

わたしは議員たちのほうを見た。全員が顔を見合わせて戸惑っていた。何が起きたのか？　アイゼンバーグは、本当に部屋から走り去ってしまったのか？

廊下の向こうで、ドアがバタンと閉まる音がした。

バートン議員が席を蹴り立った。真っ赤な顔で向きを変え、アイゼンバーグのあとを追って走って部屋を出て行った。

「そこから出てこい！　今すぐ出てくるんだ！　出てこい！」

バートン議員が叫び、ドアを蹴る音が聞こえた。

静まり返っていた。

「こっちに出てこい！　今すぐ出てこい！」

バートン議員は激怒していた。

ついに、ドアが開く音が聞こえた。

アイゼンバーグが、バートン議員に付き添われて部屋に戻ってきた。アイゼンバーグは下を向き、明らかに私たちの視線を避けていた。恥じ入っているようだった。

バートン議員は拳を固く握りしめ、アイゼンバーグの背後を歩き、椅子の後ろに立たせた。アイゼンバーグが再び席に着くまでバートン議員は背後に立ち続け、彼を無理やり私たちと向き合わせた。

公聴会は続いた。証言は五時間にわたった。

バートン議員が締めくくった。

「この部屋の中にいる人で、今日のことを誇りに思わない人はいないでしょう」

バートン議員の目には涙が浮んでいた。

公聴会のあと、きっとカリフォノから何らかの連絡があるだろうと思っていた。

何の音沙汰もなかった。


部屋に集まった私たち幹部は苛立っていた。

私たちをカリフォノに無視させないようにするには、何をすればよかったの？

さらに相手を追い込む方法を見つけなければいけなかった。

「DCに代表団を送り込むのはどう?」と、わたしは聞いた。

もしデモ隊の一部がDCに行けば、五〇四条項を支持する国会議員たちと直接会って話ができる可能性があり、カリフォノやカーター大統領との面会も画策できる。経験上、国会議事堂では直接会って話すことが効果的だとわかっていた。

現状では、首都と距離があるために、DCの人間は私たちを「西海岸の過激派」として気にも留めず、私たちは孤立していた。ワシントンポスト紙に立てこもりに関する記事はほとんど載っていなかった。立てこもりの背景にある道義的な権限を携えてDCに行けば、人びとは私たちと真剣に向き合わざるを得ないのではないか。思い切った一手になるかもしれなかった。

一方で、多くのリスクを伴うことになる。失敗すれば、私たちはサンフランシスコ連邦政府ビルに再び戻ることはできず、建物内にある私たちの基地、すなわち交渉を有利に進める唯一の切り札を失いかねなかった。

同時に、このままでは私たちが「サンフランシスコで少し前にあった事件」にいつ成り下がってもおかしくないことも十分自覚していた。デモ隊の士気は今のところ高揚感とアドレナリンで高く保てているが、もしこのあともずっと無視され続けたら? それどころか、馬鹿にされたら?

デモ隊の雰囲気は一変する可能性があった。

私たちは行動を起こさなければならなかった。

今がその時だった。

公聴会の翌日、私たちはこの方針についてデモ隊のみんなの意思を聴くことにした。一五〇名全員の心からの賛同と支援がない限り、DCに代表団を送るわけにはいかなかった。もしみんなが、自分たちは代表団のメンバーに比べて重要な存在ではないとか、置いていかれるような気持ちになれば、もめごとに陥って建物を失うリスクがあった。

いつも通り、デモ隊全員が集まり、手話通訳者たちが通訳を始める準備ができるまで待った。わたしは緊張していた。

重要な決定をたくさんしなければならなかった。

初めに、代表団を派遣するという基本方針で一致する必要があったが、大人数が合意するということは、これだけでも十分に大変な決定だった。

その決定をしたあと、次に代表団を派遣するタイミングについて合意を得る必要があった。DCのデモ隊に代表団を派遣する案を伝えたところ、私たちが来る前に準備が必要なため日程をもう少しあとにするよう要請されていた。DCのデモ隊は、自分たちが立てこもりデモから離脱したことに対して無用な罪悪感を背負い、私たちが彼らの応援に駆けつけたかのように見えることを心配しているようだった。でも、私たちは待てなかった。私たちの立てこもりも、いつ陥落するかわからなかった。とはいえ、DCチームからの要請内容もみんなに伝えることにした。そうすることで、どうするかをみんなで一緒に決められるからだ。これが、二番目の議題だった。

三番目に、代表団の構成について投票で決める必要があった。つまり、誰がＤＣに行くか？　何人で行くべきか？　という点だ。

一五〇人の会議を進行するのはどんな集団であれ大変だと思うが、加えて私たちの場合はそれぞれの障害特性があり、コミュニケーションをとる際に守るべきペースがあり、部屋の中にいる人たちの理解力にも幅があった。とても難しい会議に向き合おうとしていた。

デモ隊みんなの前に座って、わたしは一呼吸置いた。女性として、「強い女性」に見えるよう、でも「好きになれない女」にはならないよう、微妙なラインの上を意識して歩いてきた。ＤＣの仲間たちからの要請に反して強行すれば、みんなが怒ってわたしを責めるかもしれないとわかっていた。それでも、自分に正直でいなければならなかった。

わたしはできる限り慎重かつ、明確に話すことを心掛け、代表団を送ろうと考えた理由を話し、ＤＣのデモ隊からの要請についても共有した。

「私たちが、全米の中で最も力があり、最後まで持ちこたえているデモ隊です。ＤＣはすでに二回失敗しています。私たちも気を緩めるわけにはいきません。私たちだって一日か二日でダメになるかもしれません。数時間単位ではないにしろ、一日単位で状況は変わり得ます」

わたしはそこで口をつぐみ、反応を待った。他に何が言えただろう？　本当のことを話したまでだった。

のちにデモ隊のひとりがこのときのことを回想して、わたしについて「穏やかだけど、誰にも止められない」ように見え、「この女性についていかない人なんているの？」と思ったと語っている。

でも、わたしの心の中は違っていた。みんなの意見を待ちながら、内心では自分たちがどこに向かっているのかまったくわからなくなっていた。唯一わかっていたのは、一つになれなければ自分たちはまったくの無力だ、ということだけだった。

みんなで、ひたすら話して、話して、話し合った。そして、全員が、申し分なく、素晴らしい形で賛同してくれた。私たちはできる限り早く代表団を送ることにした。

八名で構成された委員会がＤＣに行く人間を決め、代表団が多様な障害種別・人種から構成されるよう責任を持つこととなった。エヴァン・ホワイトというＡＢＣニュースの記者が代表団に同行取材することを約束してくれた。幹部チームがＤＣにいる間、サンフランシスコ立てこもりの指揮官にはＣＩＬ（自立生活センター）で働いていたシーシー・ウィークスとレイ・ウゼタが任命された。

あとは、ＤＣ行きの旅費を集めるだけだった。

翌日は四月十七日、日曜日だった。復活祭と過越祭から一週間が経っていた。その朝、グライド・メモリアル教会で、セシル・ウィリアム牧師はこの立てこもりを題材に説教をした。参列者の中に、ウィリー・ディックスという名前の男性がいた。ディックスは、アメリカでも最古参の労働組合の一つで、不平等に対する闘争で有名な「国際機械工組合」のメンバーだった。説教のあと、ウィリーは一千ドルの小切手を手に、私たちの建物にまっすぐやってきた。

ウィリーは、説教の中でウィリアム牧師から「あの人たちがあそこで立てこもりができるのに、君たちはいったい何をしているんだ?」と問いかけられたと教えてくれた。それで、ウィリーは自分に何ができるかを尋ねに来てくれたのだった。状況を一変させるような偶然が再び重なった。その後の二日間で、ウィリーは機械工たちを私たちの賛同者にし、DCに行くための三四名分の代表団旅費を集めてくれた。

その日曜日、サンフランシスコ市長のジョージ・モスコーニが、サンフランシスコ総合病院の医療部長と大勢の医療関係者を引き連れて建物にやってきた。当時、モスコーニ市長は市の各種委員会に女性や人種的マイノリティを登用すべく頑張っており、より脆弱な立場に置かれた人たちの権利を護る市長として有名だった。

市長は、石けん、タオル、車いすの床ずれ用クリーム、そしてシャワーヘッドがついたゴム製のホースを持ってきてくれて、それをトイレの蛇口につければ私たちがシャワーを浴びられるようにしてくれた。また、みんなに一列に並ぶように伝え、この間放置していた医療的なニーズがあれば、医療関係者に診てもらえるようにしてくれた。

マルドナドは市長の厚意を押し返そうと、シャワーヘッドは一つしか認めないと言った。「私たちはホテルを経営しているわけではないのでね」と言って。私たちが厳しい環境に耐えられなくなって出ていくことを、マルドナドはいまだに期待しているようだった。

モスコーニ市長は怒っていた。カーター大統領に電話すると約束し、実際に電話をかけ、シャワーヘッドを四つ取りつける許可を得てくれた。

信じられないような一日だった。

このわずか六カ月後、モスコーニ市長の支援を受けて、ゲイの権利擁護運動家であるハーヴェイ・ミルクが、ゲイであることを公表した初めてのサンフランシスコ市議として選出された。悲劇的なことに、モスコーニ市長とミルクは、保守派の元市議であるダン・ホワイトに暗殺され、モスコーニ市長は命と引き換えにその代償を払うことになった。

でもあの日、モスコーニ市長は未来につながる決定的な役割を果たしてくれた。

第八章　ホワイトハウス

私たちの飛行機は、夜遅く九時半頃、ダレス国際空港に到着した。★

「ワシントンへようこそ！」

機内にやってきたウィリー・ディックスが言った。ウィリーは、疲れきった私たちの目の代わりになってくれた。私たちは、汗をかき、うす汚れ、深夜に及ぶ長い会議が続いたせいで数日間ほぼ寝ていなかった。おしゃれな三つ揃いのスーツを着たアフロ頭のウィリーは、地味な服装をした年配の白髪男性と一緒だった。一風変わった組み合わせだった。白髪の男性はジョージ・ロビンソン（通称、ロビン）といい、国際機械工組合シカゴ支部一四一地区の組合長だった。

立てこもりを始めて二週間、ワシントンＤＣに代表団を派遣することを投票で決めてから三日が経っていた。

ウィリーは日曜日にサンフランシスコの連邦政府ビルに現れたあと、全米中の機械工仲間を動かした。そして、寄付をしてくれたワーナー・アーハードと一緒に私たちの飛行機代を集め、旅の手配をし、組合のＤＣ本部内に私たちのための臨時事務所を設け、さらにはＤＣでの歓迎会まで開いてくれた。そして、ウィリーとロビンは、車いすユーザーの移乗を手伝うため機内まで来てくれたのだった。代表団は三四人で大半が車いすユーザーだったが、全員分の介助者はいなかった。このふたりが介助をしてくれて大助かりだった。

空港内に進むと、DCのデモ隊リーダーたちが私たちを出迎えてくれた。フランク・ボー、ユニス・フィオリートと他数名がいた。彼らはすぐに説明を始めた。

「私たち、HEW（保健教育福祉省）で兵糧攻めにあったの」とユニスが言った。

「東海岸は運動の温度感が西海岸とは違うんだ。こっちの仲間たちは思ったほどデモに参加してくれなかった。メディアも来なかった。ギャローデット（DCにあるろう者の大学）の子たちが雨の中を二日間にわたって行進したのに、カメラは一台も来なかった」

私たちは一斉に次のようなことを伝えた。

「ユニス、あなたたちに何が起きたかを知って、私たちは立てこもりを続けようと思えたんだ。あなたたちが受けた扱いに、みんな憤慨していたんだよ」

「ユニス、君たちが謝る必要はないよ」

ヘイル・ズーカスもつけ加えた。

わたしは、彼らの経験に私たちがどれだけ共感しているか、ユニスに、全員に、わかってほしかった。彼らには何の落ち度もない。東海岸と西海岸の違いについてユニスが言ったことは事実だった。東海岸で障害者を動員するのは、たしかに西海岸よりも大変だった。交通手段が難点だったのだ。DCの地下鉄はアクセシブルではなく、街は広大だった。電動車いすは当時まだ珍しかったし、介助サービスを受けるのも大変だった。CIL（自立生活センター）のようなものもなく、私たちがベイエリアでしていたように地域で自立生活をしている人の数も全体的に少なかった。これらの要因が重なって、障害者がひとりで出歩くのはより困難だったし、結果的に障害者の動員をより困難にしていた。

私たちは空港の外に出た。

「君たちはトラックに乗ることになるよ」

ウィリーは機内で私たちにそう告げていた。

「乗り心地は悪いけど、まぁ慣れるさ。自分も一緒に後ろに乗るよ」

ウィリーたちは、ライダー製のどでかいトラックを借り上げていた。DC内で三四人を一気に輸送するには、これが一番安上がりで、一番アクセシブルな方法だった。機械工たちが借り上げてくれたトラックに、私たちはみんなで乗り込んだ。

機械工たちの他にも、弁護士のラルフ・アバスカル、カリフォルニア州リハビリテーション局次長のフィル・ニューマーク、ろう者のデモ隊メンバーであるオリン・フォートニーが私たちをリフトに乗せ、トラック後部へと積み込んでいった。トラックに窓はなく、中は真っ暗だった。固定器具もなければ、右折・左折を知らせるランプもなかった。道を曲がるたびに、私たちはひっくり返った。

「ワーッ!」とみんなで叫んだ。

私たちはカリフォノの自宅に直行することにした。

カリフォノは、通りの突き当たりにある「スプリングランド・レーン」というDCの裕福なエリアに住んでいた。カリフォノの自宅は、キティの大おじ・大おばの家の真向かいで、彼らの息子であるキティの親戚とその妻子が住む家を下っていったところにあった。このとんでもない偶然によって、のちにキティはいろいろとおかしな意味で恥ずかしい思いをすることになる。

暗闇の中で、私たち全員がトラックから降り、カリフォノ家の前で円になってろうそくを灯した。

東海岸のデモ隊の人たちは、カリフォノの自宅へ行くアイデアにずっと反対をしていた。市民による抗議活動の一線を越えることになるからだ。それでも、決を採った結果、私たちはとにかく行くことにした。プロトコル〔公的な手順〕の心配なんてしていられないほど、わたしは腹が立っていた。私たちを無視することでカリフォノは権力を保っていた。私たちが無視できない存在になることが、この状況を変える唯一の方法だった。わたしの感覚では、もし権力に対抗しようとするのなら、権力者の注意を引くためにできることは何でもしなければいけない。それが暴力的なやり方でない限り。

私たちは、大きなレンガでできたコロニアル様式のカリフォノ家の前で、フリーダムソングと讃美歌を静かに口ずさみながら、夜通し座り込みをした。夜明けを迎えると、地域の教会の牧師、ケン・ロングフィールドが早朝礼拝を行ってくれた。

空がピンクと黄色に染まり始めた頃、キティの親戚で元米軍将校だったジミーがジョギングで通りかかった。ジミーがこちらを二度見した。

「キティ！」

ジミーはすっかり驚いていた。

「素晴らしい、礼拝中ですか」

ジミーはそう言って、私たちの円に静かに加わった。キティは顔を真っ赤にしてジミーを抱きしめたが、私たちがここにいる理由に関して親戚を啓発することまではしなかった。

家の中には、カリフォノの姿も、誰の姿も見えなかった。

私たちは一斉にトラックに戻り、ロングフィールド牧師がいる「ルター・プレイス・メモリアル教会」という教会に向かった。機械工の人たちが、私たちがそこに泊まれるように準備してくれていた。彼らは、教会内がアクセシブルになるように、トイレの壁を取り壊してスロープを置く許可まで取りつけていた。カリフォノの家からDCの中心部にあるその教会まで、車で四五分ほどだった。

教会につくと、ほんの数分間だったが、一息つくことができた。朝食に何かを食べる必要があったし、多くの人はコーヒーを欲していた。わたしですらコーヒーを何口かすすった。コーヒーを飲むのは、本当に疲れているときだけだ。疲労の原因は、サンフランシスコでの立てこもりが二週目になると、朝三時にビルの従業員が貨物用エレベーターでゴミを運搬し、ガランガランと音をたてるようになったことだった。明らかに、できるだけうるさく音をたてろ、と誰かから指示されていた。ほぼ寝ずに動き続けなければいけなかったが、体調は悪くない。ギアは全開だった。戦術を練るため、私たちは教会の後方にあったテーブルを囲んだ。

カリフォノがこれ以上私たちを無視できないようにすることを目指すなら、やっておくべきことがいくつかあった。私たちは、五〇四条項の起草に関わったふたりの上院議員で、わたしが法務アシスタントとして働いていたハリソン・ウィリアムズ上院議員と、民主党の副院内総務であるアラン・クランストン上院議員との面談を設定していた。私たちは、このふたりに、あくまでも最初に起草された五〇四条項の内容を支持すること、そしてHEWが提案するいかなる修正案も受け入れない旨の声明を公表してもらいたいと考えていた。

議員からの支持を取りつけることに加え、行政府においても、できる限りのトップに近づく必要があった。ホワイトハウスだ。カーター大統領か政策担当の高官との会議をセットすべく頑張らねばならない。

最後に、カリフォノに強い圧力をかけ続ける必要があった。つまり、ろうそくを灯した徹夜集会と抗議活動をカリフォノの自宅前で続けるということだ。そして、その様子をメディアにも報道してもらう。

私たちは次々とトラックに乗り込み、最初の二つのミーティングのためキャピトル・ヒル地区

〔国会議事堂があるエリア〕に向かった。

アラン・クランストン上院議員は、背が高く、スキンヘッドで、鋭い知性を備えた男性だった。第二次世界大戦の退役軍人で、元ジャーナリスト。また、政治的には非常に力のあるリベラル派の重鎮だった。もし彼に声明を出してもらえれば、カリフォノとカーターにとてつもない影響を与えられる。

クランストン議員は、私たちの活動はもっともだと言ってくれた。

「法制度の責任者は、それによって左右される人びとの声を聞くべきだと強く思います」とも言った。しかし、その後は議論をしっかり押し返してきた。DCでも交渉人として知られた難しい相手だった。遠回しな言い方はしなかった。

「わたしは政権の代弁者ではありません」と言われた。

彼がもっと協力的になるよう、私たちの視点で物事を見てほしいと説得しなければならなかった。クランストン議員は、私たちのために何をすべきか知りたがっていた。

「カーター大統領とカリフォノ長官との面談を設定しようと試みていますが、今のところ上手くいってません」とわたしは言った。いざクランストン議員を目の前にして、少したじろいでいた。

「あなたたちは、修正案は良くないものだと決めつけていませんか。カーター政権が加える修正案は、（施行規則を）より効果的なものにするかもしれませんよ」と言われた。

わたしは覚悟を決めた。彼は、非常に明確で、非常に論理的、かつ非常に知的な議論を求めている。

クランストン議員は、HEWが提案している修正箇所のリストを持っていた。リスト自体は日々長くなっていたのだが、修正箇所は一〇個の論点にまとめられ、そのどれもが施行規則を台無しにする内容だった。たとえば、「分離すれども平等」の考えに基づいた大学間協定を認めることが言及されていた。新設する建築物は即時に基準を満たさなくてもよいとする内容もあった。そのうえ、既存建築物の改築時には逃げ道が用意されていた。麻薬常用者やアルコール依存症者が障害者の定義に含まれるかどうかという点も検討中だった。どの論点も、私たちにとっては絶対に譲れないものだった。

一つずつ、クランストン議員は論点を見ていった。ひとりずつ、代表団の誰かが彼の質問に答え、反論されれば徹底的かつ説得力のある形で応えていった。

それでも、クランストン議員は私たちに議論をふっかけてきた。

わたしも押し返した。

「クランストン議員、議会には行政府をあなたたち議員の前に引きずり出す力があります。消極的な態度を取り続けるのではなく、踏み込んだ対応をするべきではないですか」

部屋は熱気を増していた。

ホルリンが、「分離すれども平等」の問題を持ち出した。「子ども擁護基金」のダニエル・ヨハレムは、大学間協定のアイデアがいかに「分離すれども平等」のシステムになっているかを説明した。

これを聞くと、クランストン議員は顔をしかめて言った。

「『分離すれども平等』は、あってはならない」

彼は、そこで言葉を切った。

わたしは固唾を呑んだ。

クランストン議員が続けた。

「差別を容認し続ける何らかの意図があるとは、わたしには思えない。それでも、みなさんに同意します。ここで費用負担のことが論点になるべきではない。声明を出しましょう。大学間協定の考え方は受け入れられない。わたしの声明にそう書きます」

わたしは息を吐き出した。

すると、フランク・ボーが立ち上がった。三〇歳、力強い茶色の瞳の持ち主で、無邪気な雰囲気をまとっていた。フランクはクランストン議員の目をまっすぐ見つめ、歌いだした。リネット・テイラーが手話通訳をしていた。

「クランストン先生、私たちは二級市民ですらありません」

フランクは口をつぐんだ。疲れが顔に出ていた。

「私たちは、三級市民です」

フランクの言葉によって、私たちの身体には重苦しい感情が流れ込んできた。座席にぐっと押し込まれるようだった。不意に気づかされた。フランクの言うとおりだ。私たちは三級市民じゃないか。

私たちはみんな、涙をこらえていた。

私たちは、うす汚くなり、疲労困憊で、本当に疲れ果てていて、それでもなお、三級市民なのだ。

議員事務所を出るとき、クランストン議員は私たちと握手をしてくれた。


私たちに休んでいる暇はなかった。続いて、ハリソン・ウィリアムズ議員の事務所に向かった。

ウィリアムズ議員は丁寧な態度で、フサフサの濃い眉毛を寄せて真剣に聞いてくれた。

わたしは単刀直入に言った。

「私たちの要求は、クランストン議員と一緒に声明を出していただくこと、そしてカーター大統領との面談を設定していただくことです」

私たちは、施行規則に関する最新の情勢を伝えた。

ウィリアムズ議員はクランストン議員と一緒に声明を出すことに同意してくれた。面談はあっという間に終わった。ヘイルは途中から眠りに落ちていた。私たち全員が疲労困憊だった。

教会に戻り、立て直すことにした。

キャピトル・ヒルでの議員との面談後、みんなは勝ち目があると思い始めていたようだったが、わたし自身はまだそこまでの感触はなかった。進捗はあったと思っていたが、ウィリアムズ議員事務所で働いていたときの経験、運動家としての経験、そして単純にこれまでの人生経験から考えても、完全にやり終えるまでは終わりではない、ということを知っていた。

その日の残りの時間は、ホワイトハウスでの面談にこぎつけるべく頑張った。スタッフ、議員など、要は力のありそうな人に次々と電話をかけた。その結果、なんとカーター大統領の国内政策主幹のスチュアート・E・アイゼンスタットと翌日面会できることになった——上出来だった。

アイゼンスタットとの協議を建設的なものにするには、疲労困憊でバラバラになりかけている三四人の代表団が心を一つにして話す必要があった。その日の夜は戦略を練ることに費やし、寝たのは夜遅くなってからだった。

教会はあまり睡眠に適した環境ではなかったが、誰も気にしていなかった。教会の長椅子に寝ていた仲間もいたし、礼拝後のコーヒータイムに使う大部屋の床で雑魚寝している仲間もいた。就寝の準備や、床から起き上がるとき、床に横たわるとき、トイレに行くときなど、全員が互いに助け合って、必要なことは何でもやった。数時間後、私たちは起床し、朝食をとり、数人が代表としてホワイトハウスに向かった。

私たちは受付で止められ、「ホワイトハウスで立てこもりはしません」とひとりずつ誓うまで中に入れてもらえなかった。わたしは笑いを必死でこらえたが、ついにやけてしまった。

スチュアート・アイゼンスタットは、髪をきちんと櫛でとかし、べっ甲の眼鏡をかけた比較的まだ若い男性だった。フランク・ボーが冒頭に挨拶し、わたしが話をした。まずDCのデモ隊を苦しめた政権によるひどい扱いについて思うところを述べ、続けて施行規則に関するこれまでの経緯と、骨抜きにされようとしている現状を伝えた。他のメンバーもそれに続いた。

アイゼンスタットは、カリフォノが施行規則への署名を拒んでいることについては、いかなる責任も負わないと明言した。

「私たち国内政策担当スタッフの役割は、提出された法案が大統領の政策と合致するように調整することです。施行規則にまで関与したことはありません」

つまり、これはHEWの問題で、大統領府の問題ではないということだ。

もう一度、私たちは説得を試みた。

「五〇四条項は非常に重要な変化を社会にもたらします」とブルース・カーティスが指摘した。

「費用面にまで言及した公民権法はこれまで存在しませんでした」とわたしは伝え、五〇四条項の履行には多額の費用を要するという争点に言及した。ダニエル・ヨハレムが次のように説明した。

「麻薬・アルコール依存症者は対象に含めないという論点は、他の重要な問題から注意を逸らすためのものです。もちろん働くことができない者は施行規則の対象になりません」

アイゼンスタットは、メモをとりながら注意深く聞いているように見えた。

「一言申し上げさせていただくと」と、わたしは言った。

「私たちは労働組合や他のマイノリティグループからの支援も受けています。障害者団体は強力ですが、それでもやりたい放題されていると感じています。他分野の施行規則では、私たちが経験したような試練はほとんどありませんでした。障害のない人たちが、一番よくわかっているのは自分たちなのだ、と私たちに言っているのです」

私たちはカーター大統領との面談を要請した。

ようやく、わかりづらく間接的な言い方ではあったが、アイゼンスタットは政権が動くときだという考えを明らかにした。

そして、部下であるバート・カープという国内政策の担当次長を紹介して席を立った。アイゼンスタットもカープも、カーター大統領との面談を設定することには同意しなかった。

会議が終わると、私たちはアクセシブルなトイレがどこにあるか聞いた。カープは誰かに聞かねばわからず、戻ってくると、ホワイトハウスを一度出て、通りを渡り、新行政府ビルに行ってもらわないといけない、と言った。

このあと、私たちはホワイトハウスの前でろうそくを灯し、夜通しの集会を開いた。

教会に戻ると、私たちはしばらくの間それぞれの時間を過ごした。夕食に出かけた人もいれば、飲みに行った人もいた。わたしはというと、電話にかじりついていた。サンフランシスコに残っているシーシーとレイに連絡を取ろうとしたが、ふたりとも電話に出なかった。わたしは不安に襲われていた。連邦政府ビルでのデモにほころびが出始めているという報告も耳にしていた。何回かかけてみたあと、数人でバーに向かった。一時間後には教会に戻り、連邦政府ビルにもう一度電話をかけてみた。幸いなことに、シーシーが電話に出た。「みんな士気高く頑張っているから大丈夫」と言ってくれ、わたしは心底ほっとした。シーシーは、デモ隊のみんなが私たちの状況を知りたがっていると言った。この日に起こったことをすべて伝え、電話を切った。

結果的に、教会にみんなが戻ったのは夜十時になってからで、そこから話し合いを始めた。

そこで、代表団メンバーの大半がサンフランシスコに戻りたがっていることがわかった。クランストン議員、ウィリアムズ議員、スチュアート・アイゼンスタットとの面談の様子から、施行規則が署名されるのは時間の問題だと彼らは感じていた。逮捕されるか、勝利宣言をして、抗議活動自体を終わらせることを提案するメンバーもいた。

キティとわたし、他数名が、この意見に激しく反対した。施行規則はまだ署名されていない。わたしは署名されるまであきらめたくなかった。「あともう少し」では目標達成にならない。

議論が続くなか、「東海岸」と「西海岸」の運動家たちの間に溝が開いていった。東海岸のメンバーは、私たち西海岸のメンバーは強硬すぎる、妥協する姿勢が足りないと感じていた。この言葉でわたしのスイッチが入ってしまった。

「私たちは、これまでの人生、ずっと妥協してきたじゃない」

悔し涙があふれてきた。腹立たしげに、その涙を振り払った。

「もう十分でしょ」

私たち西海岸の幹部チームは、ほぼ全員が女性だった。もし自分たちが男性でも、強硬すぎる、妥協を知らない、と言われるのだろうか。それが水面下にある問題の一つだとわかっていた。強く出すぎると「攻撃的だ」と言われた。受け身すぎると「成果を出せない」と言われた。悔しかったが、口には出さなかった。これ以上争いの種をつくりたくなかった。私たちは一丸となって運動し続ける必要があったから。仲間内で争っていたら、絶対に上手くいかない。

「あと少しというところまできたのに、どうして今やめてしまうの?」と、わたしは問いかけた。

でも、みんな疲れ果てていた。家に帰りたがっていた。

最終的に、サンフランシスコのデモ隊のみんなに決を採ってもらうことにした。シーシーとレイに電話をつなぎ、何が起きているかを説明した。私たちはふたりに頼んだ。

「デモ隊のみんなに聞いてもらえるかな?」

「投票で決めるように伝えて」

そのあと、ふたりから電話があった。

デモ隊の結論は、これまでの路線を貫くことだった。抗議活動を続けることになった。

私たちが眠りにつく頃には、朝五時になっていた。

わたしは、どうしても眠れなかった。

横になったものの眠れず、天井を見つめ、自分たちがしてきたあらゆる決定を振り返り、カリフォノとカーターへの苛立ちを募らせていた。

カーターは選挙中に「公約」として私たちに約束したじゃないか！　私たちはカーターが当選できるよう支援もした。

それなのに、カーターは私たち、そして私たちの人権ではなく、金と都合を選んだのだ。人間としての私たちの存在をさしおいて。

あらゆることが揺らぎ始めていた。わたしはそれを感じとっていた。みんな疲れ果て、やる気を失いつつあった。すべてが崩れ去ってしまうまで、あとどれくらい時間が残されているんだろう？

リネットが横を通るのが見え、わたしは起きることにした。

「ねぇ、車いすに乗せてくれる？」

小さな声で言った。代表団のメンバーはほとんどまだ寝ていたが、リネットがわたしをトイレに連れて行く頃には何人かが起きてきた。

わたしは車いすに座ったまま、考え続けていた。DCは暑くなり始めていた。おでこを拭いた。汗ばみ、ひどい臭いがして、髪も脂でベタベタになっている。わたしは怒っていた。

カリフォノがいまだに私たちを無視し続けていることが、ただただ信じられなかった。いったいどうすべきだったのか？　いい加減にこんなことは終わらせるべきだ。

わたしは教会の中を見渡した。起きていたメンバー全員に向かって言った。

「カリフォノに会いに行こう」

私たちのうち一〇人がトラックに乗り込み、ＨＥＷに向かった。

ビルの正面はガラス張りのドアで、警棒を持った六人の屈強な警備員が立ちはだかっていた。

私たちはドアへと進んだ。入ろうとすると、警備員のうちのひとりに止められた。

「申し訳ありません」

「この建物に入ることはできません」

警備員が言った。

「私たちはカリフォノ長官との面会に来ました」

わたしは穏やかに言った。警備員は困るだろうと確信していた。一般の市民が建物に入ることを警備員が止める理由など、どこにもないからだ。当時のセキュリティは、現在のようなものではなかった。

「申し訳ありません」

「お入りになることはできません」

警備員が繰り返した。

「私たちも市民ですよ」

わたしは苛立って言った。

「私たちはカリフォノ長官と面会する権利があります。あなたの上司とお話させてもらえますか？」

「申し訳ありません」

警備員は三回目もまったく同じ口調で繰り返した。

「それもお受けすることはできません」

徐々にわかってきた。警備員たちは、私たちの入館を拒絶しているのだ。全員に対してではない。「私たち」に対してだ。建物に入ろうとする車いすユーザーには注意するよう特別に指示を受けているに違いなかった。

顔をひっぱたかれたような気分だった。

歯をかみしめた。

これまでにいったい何度、わたしは足止めされてきたのか？「入れません」と言われて。「ダメです、あなたはダメなんです」と言われて。

バス、飛行機、学校、レストラン、劇場、オフィス、友だちの家。いろいろな場面が蘇った。

「入れてもらえない」は、いい加減うんざりだ。

警備員だろうが、バスの運転手だろうが、パイロットだろうが、校長だろうが、支配人だろうが、段差だろうが、わたしには関係なかった。全部同じだった。みんな同じことだ。

目に怒りをためて、警備員を睨みつけた。

わたしはくるりと向きを変え、後ろに下がっていった。

次の瞬間、ビルに向かって車いすを突進させた。警備員たちは横に飛びのき、わたしがドアに突進するのを、信じられない様子で固まって見ていた。

他の車いすメンバーが、わたしに続いた。

何度も何度も、私たちは突進を繰り返した。ガシャン、ガシャン、ガシャン。

私たちはドアに突っ込んで行った。

警備員が一斉にやってきた。制服を着て武装した彼らは、私たちの車いすを力ずくで取り押さえ始めた。

＊

すぐにこの件について取材が入り、わたしは真実を伝えた。カリフォノ長官は「傲慢で、頑固で、まったくもって非人間的」だと記者に話した。

「施行規則は私たちにとって命も同然です。でも、カリフォノは私たちと面会することすら拒んでいます」

これに対し、カリフォノの報道官は、五〇四条項の施行規則に関する私たちの批判は不正確だと反論してきた。

四月二十二日金曜日、抗議活動を始めて十八日目だった。

次の火曜日に、ホワイトハウスの前でデモ行進をすることを決めた。私たちは週末をその準備にあて、機械工組合の本部を本拠地として使わせてもらった。私たちはデモの参加者を動員し、移動手段を確保し、議題を整理し、スピーカーを招待し、メディアに働きかけなければならなかった。準備と調整には大変な労力を要したが、わたしの心配はそこではなかった。一番の懸念は、東海岸と西海岸の運動家たちの関係がどんどん悪化していることだった。東海岸の人たちからの反発が過熱していくのを感じていた。彼らは私たちのやり方を好ましく思っていなかった。でも、両親から学んだ教えはわたしのＤＮＡに組み込まれていた。

自分が信じるものがあるなら、自分の意見を伝えるために、あらゆることをしなければならない――と。

誰かがあなたのことを無視するとき、相手は意図的に力を誇示している。相手は基本的にあなたが存在しないものとして振る舞う。そして、そう振る舞う理由は、それが可能だからだ。それをしても、自分の身には何も起こらないと思っているからだ。

無視は人びとを沈黙させる。無視することで、意図的に和解や妥協を回避する。そして、自分は無視されても仕方がない存在だと感じさせることで、「自分は価値のない人間だ」という最も嫌な恐怖心を植えつけるのだ。その結果、無視された側は、騒ぎを起こすか、黙殺される状況を受け入れるか、の二択に必然的に追い込まれてしまう。

もし、無視をする相手に対して立ち上がり、困らせるようなことをすれば、あなたは礼儀正しい言動の規範を破ったことになり、最終的にはもっと嫌な気分にさせられ、力をそがれ、おとしめられた気分にさせられるのがオチだ。

これが、まさにカリフォノが私たちにやっていることだった。そして、上手くいっていた。私たち全員がダメージを受けていた。

＊

土曜の夜、私たちはデモ行進の準備から離れ、もう一度カリフォノの自宅に行き、ろうそくを灯して夜通しの抗議集会を行った。私たちがトラックから降りていると、キティの親戚のジミーが家から出てきて、カリフォノ家の前にいた記者たちに話しかけた。ジミーは怒っていた。

カリフォノ宅の向いにある母の家を指さしながら、ジミーが叫んだ。

「あれが母の家で、母は九〇歳、車いすに乗っていて一晩中一睡もできていないんだ！ この人たちはいったい何をやってるんだ？」

ジミーはまだキティの姿を見ていなかった。自分の親戚と私たち寄せ集め部隊とのつながりはわかっていないようだった。

キティはそのときまだトラックの中におり、ジミーの声を聞いてパニックになった。身を隠そうと毛布を頭からかぶった。キティは集会の間中、ずっとトラックの後ろに隠れていた。

のちにわかったことだが、カリフォノは私たちの集会を無視し、裏口から家を離れたようだった。私たちが最初に来た日の朝も、おそらく同様の手口を使ったのだろう。

私たちはカリフォノを攻撃すべく、この「裏口からの脱出」というフレーズを使うことにした。カーターのスローガンである「開かれた（オープン・ドア）政権」を逆手にとった。裏口から逃げるか、私たちと話し合うかのどちらかを選ばざるを得ない状況にカリフォノを追い込むのだ。そして、メディアにもこの点を伝えておいた。

日曜の朝、カリフォノ宅前での徹夜集会のあと、私たちはカーター大統領が通っている第一バプティスト教会の前にピケを張った。

カーター大統領と大統領夫人は、教会の礼拝に入るときに私たちのことを見たが、そのあと、裏口から出て行ったようだった。

ある記者はその点に触れた。「教会の中では、カーター大統領が聖書クラスを開いていました。その後、牧師は説教の中で「周囲が貧困にあえぐなか、私たちだけ居心地よく暮らすことなどできない」と述べました」

そのあと出したプレスリリースには、「政権の新たな裏口政策によって、私たちは妨害されたままだ」と書いた。

＊

火曜日、ホワイトハウス前でのデモ決行日は、雲一つない快晴だった。

私たちがメディアに出した告知文には、五ページにわたる賛同文が添付されていた。知事、市長、下院議員七名からの支持も含まれていた。

教会の長椅子で寝続けヘトヘトになりながらも、私たちはトラックに乗り込み、ホワイトハウス前のラファイエット公園に向かった。そして、公園内でステージや音響システムを組み立てた。

昼近くになると、百名近いデモ参加者が集まってきた。同じ頃、全米の仲間たちが各地で再び勢いのあるデモ行進を行っていた。ダラスとヒューストン。コネチカット州ハートフォード。オレゴン州ユージーン。ミズーリ州カンザスシティ。そして、サンフランシスコとロサンゼルスだ。

わたしがデモのオープニングで話した。続いて、有力なスピーカーたちが次々と話をした。五名の議員、DC市議会の女性議員、機械工組合や知的障害者の親の会からも仲間たちが話をした。バンドの生演奏と共に私たちは歌った。手話通訳者たちが歌詞に合わせて手話で歌っていた。参加者は「バスにさえ乗れないのに、どうやってバンドワゴン〔人気政党〕に乗っかれというの？」などのプラカードを掲げていた。これが、みんなで行った最後の壮大な集会になった。

その日の夜、DCに来ていた代表団の大半を本拠地サンフランシスコに戻すことに決めた。連邦政府の建物に残っていたデモ隊が増員を必要としていたし、ほとんどのメンバーは帰りたがっていた。

翌日、六名を残して全員が出発した。驚いたことに、エヴァン・ホワイトとカメラマンは残って取材を続けた。私たちDC残留組は、カリフォノとの面談をあきらめていなかった。カリフォノが全国記者クラブで話す予定を摑んでいた。そこで話をするべく、とにかく行ってみることにした。

全国記者クラブでは建物の中に入れてもらえなかったため、外でピケを張った。ただ、エヴァン・ホワイトは記者の身分証明書を持っており、記者クラブもさすがに追い出すことはできなかった。エヴァンは会見場に乗り込み、カリフォノに立てこもりデモについていくつか質問をしようと試みたが、カリフォノがエヴァンを指すことはなかった。

その後、エヴァンとカメラマンはホワイトハウスのプロトコルを破り、部屋を出ていくカリフォノを追いかけて質問しようとした。エヴァンはカリフォノのあとを追ってエレベーターに一緒に乗り込もうとしたが、カリフォノのボディガードに阻まれてしまった。ところが、偶然にもエヴァンがいる場所にエレベーターが戻ってきて、なぜかドアが開いた。エヴァンはカリフォノの顔にマイクを突きつけ、カメラを回させると、カリフォノに一連の質問を投げかけた。

「五〇四条項の検討状況はどうなっていますか？　起草が終わり次第、あなたは署名しますか？」

カリフォノは返答を拒んだが、カメラはその一部始終を撮っていた。

エヴァンはテレビのニュースでこのできごとを報道し、「カリフォノはまた裏口から逃げ出した」とつけ加えた。

このことがあってから、カリフォノが施行規則に署名するのは間違いないと全員が確信した。全員、ただし、「わたし以外の全員」だ。

わたし自身も、カリフォノがもうすぐ署名するだろうとは思っていた。でも、署名されていないものは、署名されていないのだ。カリフォノが再び時間稼ぎをすることはない、と信じるつもりはなかった。

だから、DC残留組もサンフランシスコの連邦政府ビルに戻ることを決めたその日、わたしはパット・ライトと一緒にDCに残ることにした。

翌日、わたしがパットとキャピトル・ヒル地区にあるバーに座り、ニュースを見ながら次に何をすべきか話していると、画面にレポーターが現れた。そのレポーターは、ジョセフ・カリフォノHEW長官が、フォード政権時代に起草された内容のまま一九七三年リハビリテーション法五〇四条項の施行規則に署名をしたと伝えた。

四月二十八日木曜日、立てこもり二十四日目のことだった。

パットとわたしはお互いを見つめた。

本当に？　信じられない。

でも、本当だった。

サンフランシスコ連邦政府ビルの四階はお祭り騒ぎだよ、と知らされた——勝利の叫び、ハグ。笑いがあり、そして最後に、涙があった。

涙の理由は、みんな建物を離れたくなかったからだった。

立てこもりデモの参加者たちは、友だちになり、楽しみを分かち合い、恋に落ち、ありのままの自分でいられる自由を感じていた。そして、その過程で、魔法のようなことが起きた。建物というさなぎの中で、みんな変身したのだ。

「私たちはみんな、お互いのことが本当に大好きになりました」と、シーシー・ウィークスは記者に説明した。

ある参加者は別の記者にこう話した。

「私もひとりの人間なのだと、気づくことができました」

「自分は弱い人間だと思っていましたが、仲間たちのおかげで自分が持っている力に気づくことができました」と話した参加者もいた。

「彼らがいなくなったら、淋しくなるよ」

連邦政府ビルのある警備員は言った。この警備員は手話を勉強し始め、いつか手話通訳者になりたいと思うまでになっていた。「みんな、本当に素敵な人たちだったよ」

立てこもりが終わるとき、こんなに胸が痛むとは、誰も予想していなかった。

仲間たちは、もう一晩だけ建物に残って一緒に過ごし、お祝いをすることにした。


土曜日の朝、四月三十日、連邦政府ビルの外での初めてのデモ行進から二十六日目、確認されただけで百名以上のデモ隊がついに建物をあとにした。警備員たちにハグとキスをして、「私たちは勝利した（We Have Overcome）」と歌い、ほほ笑み、手を振りながら、「勝利」と書いたプラカードを持って、プラスチックの箱、リュック、手回り品のバッグを抱えながら、デモ隊のみんなが長い一列になって、太陽の光が差し込む広場に現れた。

外では、集まった大勢の人が喜びにあふれ、デモ隊を出迎えた。拍手をし、プラカードを掲げ、ほほ笑み、「人びとに力を（Power to the people）」と口にしながら。

第Ⅲ部

一九八一年
バークレー・カリフォルニア

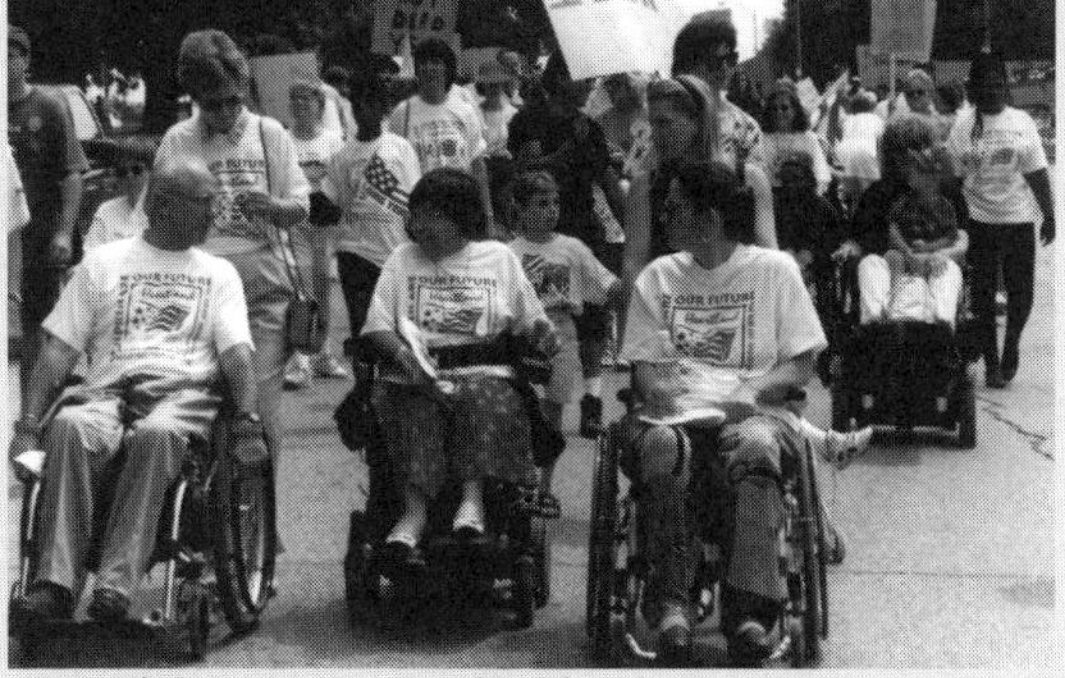

デモに参加するジュディ（中央）。右はマーカ・ブリスト。
（1980 年代撮影）

第九章　応酬

バークレー自立生活センターにいた私たちにとって、五〇四条項の施行規則が署名されたあとの数年間は混沌としていた。法律を成立させたからといって、必ずしも法の内容が現実になるわけではない。一九五六年、バスの乗車拒否運動を受けて、最高裁がアラバマ州モンゴメリー市に対し人種差別の撤廃を命じたとき、法律の施行前にバスの設計変更をする必要はなかった。しかし障害分野の場合、五〇四条項が成立し施行規則が署名されたとしても、私たちのアクセスが保障されるためには構造的な変化が必要だった。そして、構造的な変化を起こすためには、信念と努力が不可欠だ。五〇四条項が理解され、施行され、強制力を持つには、さまざまなプロジェクト、プログラム、それらを実行する組織をつくる必要があった。

大半の人間は、分離されていた学校を統合したり、建物をアクセシブルにしたり、その他五〇四条項が求めている無数の事柄の実現に必要な作業を嫌がった。アメリカ公共交通機関連合は、バスのシステムをアクセシブルにするには費用がかかりすぎる、という声明を発表した。そこで、私たちは大きな闘争に備えてギアを上げ、バスに車いす用のリフトをつける費用は冷房をつける費用と変わらないことを指摘した。バス組合が用いた計算式では「大半の障害者はバスを使わない」という誤った前提条件が組み込まれており、これ自体がひどい仮定だった。たしかに、わたしも初めてバスを使ったときは怖かった。というのも、どうしたら車いすで乗車できるか知らなかったからだ。でも、一度慣れてしまえば、いつも市バスを使うようになった。

現状を維持したい人たちは、「ノー」と言いたがるものだ。この世で、特にビジネスと金融の世界で一番簡単なことは、「ノー」と言うことだ。でも、今私たちは公民権の話をしている。そして、費用面を理由に疑問視された公民権など、聞いたことがなかった。

五〇四条項デモのあと、施行規則の署名に向けて一生懸命に闘った障害運動家とその仲間たちを、試練(見方によっては、チャンス)が待ち受けていた。多くの「ノー」に対して、解決策を編み出して立ち向かわなければならなかった。馬鹿げた声明が出されれば、反応しなければならなかった。一旦バリアが除去されれば、みんなが恩恵を得られるのだということを理解してもらわねばならなかった。つまり、「ノー」のその先を予測して反論を練り、世間が「ノー」とは言えないような回答を準備しておかなければならなかった。

変化に抵抗するときに出てくる最も単純な言い分は、費用がかかりすぎる、危険だ、不可能だ、だろう。それを言ったところで、議論は袋小路に入るだけだ。各種の財政・安全シナリオの検討をしなければいけなくなるうえに、人権の話をしているときには創意工夫をすべき、という姿勢も失われてしまう。人びとが、解決策は見つかる、問題を解決して行動に移せる、と信じることが必要だ。

私たち障害運動家は、技術的な助言をし、対話をし、必要に応じてエンジニアや財政アナリストとも議論できるよう、できる限りの準備が必要になった。その結果、運動家たちは勉強を重ね、自分の得意分野を極めるようになった。これが、運動の気運を高めるうえで大きな役割を果たした。

同時に、変化が起きるときには、当然人びとは学びの途上にあることを理解しなければならなかった。私たちは、人びとが障害者の視点に立って物事を見ようとしたとき、自然と立ちはだかる心理的な壁を乗り越えられるように手助けする必要があった。私たちのストーリーを語ることによって、人びとは私たちの視点で物事を見られるようになっていった。

七〇年代というのは、本質的に、物事がものすごい勢いで動き出した着火点だった。

私たちの側では、「ノー」に対抗できるよう仲間たちの力を底上げする必要があった。差別禁止法は、本人からの申立てがあって初めて効力を持つ。つまり、ある組織が自発的に法律を遵守せずあなたの権利を侵害しているとき、対処する唯一の方法は申立書を提出することだ。しかし、申立てをしたり、裁判で闘ったり、誰かの目を見て「あなたは間違っている」と直言するのは勇気がいる。自分よりも組織のほうがよくわかっているに違いないと思い悩む。私たちは、ずっとそう教えられてきたから。

「自分のニーズは誰かにとっての重荷だ」というメッセージをわたしが暗に受け取ってきた、

という話を覚えているだろうか？ ただ平等な機会を求めているだけなのに、まるで自分が過大な要求をしているように感じてしまう感覚も、障害のある人たちは乗り越えていく必要がある。

問題の一つは、「平等とはみんなを同じように扱うこと」だと考えがちなことだ。本当はそうではない。公正さの問題、アクセスの公平に関する問題なのだ。住宅へのアクセスだろうと、医療、教育、雇用へのアクセスだろうと、アクセスの公平さは、障害のない人と同じように何かをすることができないわたしやその他大勢の人たちと、それができる大多数の人たちとでは異なる。アクセスの公平さには、スロープ、より広いドア幅、手すり、手話通訳、文字通訳、アクセシブルな技術、音声解説、点字資料、身体障害者・知的障害者のための介助派遣などが含まれる。

このことが理解されない限り、私たちは「不満ばかり言う」「自分勝手な」人間だとみなされてしまう。みんなと同じ権利をただ求めているだけなのに。これは特に女性に対して起こりがちだ。「要求が多い」と言われ、引き下がらなければ「しつこい」と言われる。でも、私たちを「要求が多い」「しつこい」とラベリングする行為は、私たちを「服従」させるための別のやり口なのだ。

では、どんなふうに仲間たちの力をつけていったのか？ CILは障害者によって運営されているので、日々の活動それ自体が、私たち自身、そして私たちが関わる障害のある仲間たちのエンパワメントにつながっていた。もちろん、さまざまなプログラムも提供していた。より制限が多い環境下で暮らしている（従属させられ、人生の主導権を奪われていると恐らく感じている）仲間たちを、地域でより自立した生活を送っている仲間たちとつないだ。仲間たちは、自分がいったいどんな人間で、本当は何を求めているかがより明確になり、自己主張する自信をつけていった。いつも反対ばかりする人に対し、面と向かって「あなたは間違っている」と言ったり、自分の公民権や人権のために立ち上がって要求をするつもりなら、自分が何者で、何を求めているのか、より明確にしておいたほうがよい。

差別禁止法では、申立てがなされれば裁判になる可能性があり、裁判官の判決が最終結論となる。裁判官が共感してくれず、法律自体が曖昧で包括的な内容ではない場合、ひどい結果になりかねない。多くの申立てが裁判所に持ち込まれていたが、裁判官が下す判決にはかなりバラつきがあり、五〇四条項の精神に明らかに反する判決もあった。人種による隔離を終わらせたくない人たちがいるのと同様に、障害を理由とした隔離を終わらせたくない人たちもいた。

率直に言えば、大半の人は人種や障害による隔離が自分たちの地域や学校に悪影響を与えているとは必ずしも考えていない。実際のところ、あらゆる人が参加できる地域には暮らしたくない人もいるのだ。そこにあるのは、「わたしの近所、わたしが通う学校、わたしが行くレストランには、いてほしくない」という感覚だ。つい最近まで、各都市の「醜悪条例」は障害者の物乞いを禁じていた。それは「見苦しい物乞い」とされ、障害者が「病にかかり、傷を負い、切断され……変形した」その身体を、収入を得るために公の場で見せることを指していた。★1

重要な法的論争にも対抗できるよう、ＣＩＬは「障害法律リソースセンター」を立ち上げ、同センターはのちに「障害者の権利擁護・教育基金（ＤＲＥＤＦ）」としてＣＩＬから独立した機関となった。創設者のひとりであり、古くからの友人であるメアリー・ルー・ブレスリンは、当時のＤＲＥＤＦの様子について「電話は鳴りやまなかったし、二フィートも歩けば人間か、補助犬、杖、車いすか何かに必ずつまずいていた」とのちに語っている。ＤＲＥＤＦは、障害者のために障害者自身が運営する初めての法的な権利擁護機関で、全米、全世界中から情報を求めて電話がかかってきていた。ゆるやかに応酬は始まっていた。

その後の数年間、わたしはＣＩＬにいて、責任者として大半の活動に携わっていた。一九八一年が国際障害者年とされ、立てこもりデモと五〇四条項の署名もあって、海外の運動家たちが私たちの運動に強い関心を持つようになっていた。他の国の人たちは私たちが何をしており、なぜあれだけ大規模な抗議活動ができたのかを知りたがっていた。ＢＢＣが私たちの運動の一部を撮影し、日本の映画制作会社やカナダの放送協会もこれに続いた。わたしは世界中の人たちとつながる機会を心から楽しんでいた。ドイツ移民の娘だったこと、移民の街ブルックリンで育ったこともあり、他の国の様子にはいつも強い関心があった。

初めてのヨーロッパ旅行は、初めてづくしの旅になった。弟と友人数名と一緒にドイツに行った。両親が子どもの頃ドイツを離れてから、私たち家族は誰もドイツに行っていなかった。ドイツを訪問するという案が、両親に非常につらく大変な時代の記憶を蘇らせてしまうことになるとわかっていたので、計画を立てる前に弟と一緒に両親の許可を得ることにした。

父は古い友人を紹介してくれた。その男性は私たちを出迎えてくれ、ホッフェンハイムの父が生まれ育った場所に連れて行ってくれた。出会った人たちは誰ひとりユダヤ人ではなかったけれど、とても親切にしてくれた。

でも、一番驚いたのは、ユダヤ人に対してなされたことには一言も触れられなかったことだった。父の生家に行き、父とおじたちの写真を見せてくれたときでさえ。シナゴーグが焼き討ちされた現場を見せてくれたときでさえも。

沈黙と忌避が、わたしの人生の隅々までいったいどれだけの影響を与えてきただろうか。

どうしてわたしは学校に行けないの？

沈黙。

どうして私たちはバスに乗ったらダメなの？

沈黙。

どうして障害者は先生になれないの？

沈黙。

ユダヤ人は、みんなどこに行ってしまったの？

突き刺すような、沈黙。

わたしは沈黙の圧には屈しない。

これは、わたしの特徴の一つかもしれない。わたしは主張し続けた。口を開くことをやめなかった。自分の声を聞いてもらうためだった。

ドイツでパラリンピックを観戦し、南米、アフリカ、世界中の障害者と初めて出会った。わたしにとって一番の驚きは、そこにあった大きな格差だった。世界の豊かな国と貧しい国の間に存在するとてつもない不平等に触れることになった。国を代表するエリート選手であるにもかかわらず、パラリンピック選手の中ですら、そこにはすさまじい格差があった。

ドイツ滞在のあと、わたしはスウェーデンに向かった。スウェーデンの社会福祉制度について学ぶプログラムを受講する予定だった。制度によって所得保障、保健医療、社会サービスなどがどのように提供され、スウェーデン社会を守っているかを学んだ。この経験を通じて視野が広がり、アメリカでの自分たちのやり方が世界のものさしではない、と知ることができた。

この旅のすべてが、わたしに深い影響を与えた。以前とは異なる見方ができるようになった。五〇四条項のあと、ＣＩＬには海外からの訪問者が増え、海外に呼ばれることも多くなるにつれ、世界とつながって運動することに惹かれていった。

わたしは人と人とをつなぐことが好きで、そのための場なら喜んで設ける人間だ。誰かと出会ったら、その人をまた別の誰かに紹介するようにしている。できるだけ多くの情報を吸い上げ、できるだけ多くの人とそれを共有しようとしてきた。旅をするうちに、国際的な障害運動家たちの小さなネットワークができ、彼らとは友だちになった。カッレ・キョンキョラは、電動車いすユーザーでフィンランド人の若手運動家、アドルフ・ラツカも同じく電動車いすユーザーでドイツ人の若手運動家だった。カッレもアドルフも、エドと同様に人工呼吸器を使っていた。私たちは全員、当時はとても珍しい存在だった（障害者でかつ、大卒だった）。私たちは、自分たちをどのようにケアするかを決めるシステムに挑み、ひっくり返してきた。ありのままの自分や、自分のニーズを恥じることもなかった。「治療法」探しに夢中の慈善団体が私たちの声を代弁するようなことは、もうさせなかった。一人ひとりがそれぞれの国で運動したうえで、私たちは力を合わせ、治療ではなく平等や権利がトピックになるよう訴えていった。

アメリカで運動をしながら、私たちが次にやるべきことは、世界中の障害者の人権問題だと考えるようになった。

一九八〇年、エドと、わたしと、もうひとりの同僚ジョアン・レオンで、世界障害機構（WID）を共同設立した。私たち三名が共同代表となった。WIDはグローバルなシンクタンクだった。私たちは世界中の障害を取り巻く問題を研究し、他国の状況を調査し、政策・プログラム策定に影響を与え、世界中の障害者リーダーたちと一緒に活動した。

始めてすぐに最も感銘を受けたのは、国民皆保険制度を有する国々だった。アメリカにおける健康管理の考え方をはるかに超えた概念を持っていた。たとえば、それらの国々では、着替え、買い物、料理などの介助は人びとの健康に不可欠であり、それゆえ保険でカバーされるべきとの考えから、介助は健康管理の中に含まれていた。それだけではなかった。一軒家やアパート（賃貸であれ持ち家であれ）をアクセシブルに住宅改修するための予算が住宅局に配分されている国もあった。

オーストラリア人の友人が、バークレーのわが家に泊まりに来たときのことだ。わたしは賃貸物件に住んでいて、お風呂場が使えなかったので、台所のシンクで髪を洗わないといけなかった。その友人は困惑した様子で、どうしてお風呂場をもっとアクセシブルにしないのかと聞いた。アメリカではそのための補助が出ないなど、思いもよらなかったのだろう。

一方、アメリカと他国の違いは、アドボカシーの水準だった。アメリカにいる人びとは、障害者であろうとなかろうと、変化を求めて運動へと駆り立てられる気持ちがずっと強いように感じる。政府に対する自分たちの役割をどう見ているか、という点が他の国の人たちとはかなり異なっていると感じていた。私たちは、政策に影響を与えるために、とんでもない量の時間とエネルギーを費やしていた。

海外から来た人たちは、この点に非常に興味があるようだった――いったいどうやって五〇四条項のような公民権法を成立させ、履行させているのか？ と。

ヨーロッパから来た仲間たちは、自分たちの障壁が人権や公民権の問題ではなく、単に医学的なものとして捉えられていることへの不満を述べていた。根本的な問題は、自らの生活を主体的に決められるかどうかだった。障害者は、自らが望む場所に住み、自らが望むタイミングで起きて食事をとり、介助者を雇うこと（もちろん、労働者の権利と利益に関する法制度を遵守しながら）を望んでいた。これらの支援が医学的なアプローチによってなされれば、障害のある本人が選択し、決定する力を育むことにはならない。これが、自立生活の概念が非常に重要な理由であり、他国でもこの概念が広まっていった理由だろう。

私たちは助成金を得て、ヨーロッパのいくつかの国における政策とアメリカの各州の政策を比較したり、インターンシッププログラムを立ち上げたり、高齢化と障害に関する初の会合を開催したりした。高齢者向けにつくられていた支援構造が、若い世代の障害者が経験してきた隔離政策の焼き増しになっていると感じていた。身体に不具合がでてきたときに自分はどんな将来を望むか、という観点から高齢化について初めて話をした。というのも、年齢にかかわらず、誰でも自立した生活を望むものだからだ。私たちは、政策に影響を与えるのに十分なアイデアと知識を得ることができた。

そして、これらの取り組みを通じて、他国には五〇四条項のような差別禁止法がないことをわたしは発見した。

五〇四条項は障害を再定義していた。障害を医学的な問題として捉えるのではなく、障害は公民権、そして人権の問題であると定めていた。ここが、海外の友人たちが指摘する違いだった。WIDの仕事で世界中を旅するなかで、キティ、わたし、パット、ジョニ、メアリー・ルー、メアリー・ジェーン、ジム、ユニス、フランク、そしてデモ隊のみんな――五〇四条項に署名させるため多くを犠牲にした私たち――が、歴史に残るような何かを成し遂げたことを理解し始めた。

「あなたは怒っていましたか？」とよく質問された。数々のバリア、あらゆる人権侵害、人生で経験してきたすべての不当な取り扱いに、わたしが怒っていたかだって？　それが、わたしの運動への熱意に火をつけたか？　こういう質問には、ある種の価値観が言外に含まれているように時々感じていた。女性が怒るのはあまりよろしくないことだ、と私たちは教え込まれている。

ＷＩＤを始めて数年が経った頃、ジョアンから電話があった。バークレーのよく晴れた日の午後で、わたしは自室でデスクに向かっていた。

「ジュディ」

「理事会が、ＷＩＤに共同代表は三人も必要ないという決定をしたよ」と、ジョアンが言った。ジョアンは平然とした声色で言ったが、明らかに不機嫌そうだった。わたしはドキッとした。

「どういうこと？」

頭が働かなかった。

「理事会は、エドをＷＩＤの唯一の代表にしようとしているの。私たち二人は彼の下につくことになる」

「でも、何の手続きも踏んでいないでしょ？　理事会で決定したら、それで決まりなの？　私たち二人には、話すらしないつもりなの？」

わたしはジョアンが言っていることが、ただただ信じられなかった。

「たった今決めたんだって。このことについて話し合うつもりはないみたい」

私たちは電話を切った。

わたしは深く傷ついていた。ジョアンも同じように嫌な気分になっていることはわかっていたが、彼女はわたしとは立場が違った。ジョアンは障害のない人間の立場から障害者運動に関わっていたから、先頭に立つ役割は期待されていなかった。

考える時間が必要だった。

わたしは理事会が共同代表の形を好ましく思っていないことは知っていたし、この先どうすべきかをちょうど話し合おうとしていたところだった。でも、私たちには一言も相談はなかった。手続き面について何の情報もなく、この決定がどうなされたかについて何の共通理解もなかった。理事会の人間（理事の大半は男性だった）が決定をして、それで終わりだった。

内心では、もしかしたら理事たちが正しいのかも、と思っていた。エドの名前はよく知られていたし、わたしとは違って「有名人」だった。エドはわたしよりもカリフォルニアに知り合いがたくさんいて、関係性も強く、それは資金調達やさまざまな面で重要なことだった。そして、エドは出かけて行けば、何でもでき、何でも言うことができた。

それでも、今振り返ってみると、それはわたしにもできたのかもしれない。もちろん、やり方は違っただろうけれど。

本音を言えば、わたしはエドみたいに自分を前面に出したことはなかった。エドはそれを自然とやっていた。物事は動き、自分は歓迎されて当たり前だとエドは思っていた。特権はそこにあるものだった。でも、わたしにとって、それは働きかけて初めて得られるものだった。わたしの考え、わたしの存在そのものでさえ、受け入れられて当然だと感じたことは一度もなかった。意識していなくても、男性とは異なる振る舞いをするようになっていた。

わたしが育った時代、男性は一家の大黒柱になることが期待されていた。

父がわたしを担ぎ上げてくれていたブルックリンのシナゴーグでは、男性が前列に座り、女性は後列に座っていた。男性だけが、ビーマーと呼ばれるトーラー[*1]を朗読するための演壇に上がり、トーラーの朗読前後に祝福を唱えること、「アリヤー」を受けられた。女性はビーマーに立ち入ることも、アリヤーを受けることもなかった。

成長するにつれ、わたしは二つの真実を経験した。わたしの母は闘士だった。同時に、母は父には従順だった。

自分の意見を通すためなら、当局に疑問を突きつけるためなら、自分のために立ち上がるためなら、何でもしろと教えられてきた。

同時に、わたしはいい子になるように育てられた。

バークレーで新しいシナゴーグに通うようになり、ビーマーをアクセシブルにしてもらうと、

＊1　ユダヤ教の聖書の中の「モーセ五書」のこと。

ラビがわたしにアリヤーを受けるかと聞いてきた。祝福を唱えるアリヤーを頼まれたことなどなかったので、どうしようかと戸惑った。

でも、やり方は知っていた。

誤解のないように言おう。エドと一緒に働けて光栄だった。エドは素晴らしいことをした。一四歳で、なんでもひとりでできる壮健なティーンエイジャーから、生きるため支援に頼る生活に一転したあと、闘士として、ビジョンを提示できる人間として現れたのだ。エドは内に強さを秘めていて、あらゆる人に「自分たちも世界を変えられる」と思わせてしまう何かを持っていた。みんなエドの不屈の精神と素敵な笑顔が大好きで敬愛していた。

エドはみんなに「何でもできる」と信じさせることができた。私たちはお互いのことが大好きだった。まるで兄と妹のようだった。そして、互いに力を与え合っていたと思う。

エドはわたしの人生を変えた。そもそもバークレーに来たのも、ワシントンDCからバークレーに戻ったのも、エドがいたからだった。エドとわたしとジョアンで一緒にWIDを始めたのだ。同時に、男性として、エドは状況を悪化させたり、自分の意見ばかり主張したり、守れない約束をしたこともあった。

それでも、エドは責任者であり続けた。

女性であっても、私たちはしかるべきことは何でも言えたし、たくさんのことを正しく行い、約束したことはすべてやり遂げてきた。

私たちは一五〇名の人間を率いてサンフランシスコの連邦政府ビルを占拠し、障害者のための法律を変えてきた。

それでも、私たちは責任者ではなかった。

わたしは、「でしゃばり」と言われていた。

エドのことを「でしゃばり」と言う人はいなかった。

このことを、わたしは気にしていた。もちろん、カリフォルニアにいる女友だちはわたしの味方でいてくれた。でも、わたしはいつも綱渡りをしていた。そして、みんな同じだと思うが、わたしも内面的な成長が必要だった。障害のある女性として、私たちは女性運動から支援を得られていなかった。女性運動の中で自分たちの問題も考慮してもらえるよう、支持してもらえるようにといつも働きかけていたが、概していつも無視されていた。

つまるところ、私たちは孤立していた。

先ほどの質問に答えよう。わたしは怒っていたか？　そう、わたしは怒っていた。実際、怒り狂っているときすらあった。いくつかのできごとについてはすでに書いてきた。ＤＩＡ（「行動する障害者たち」）の仲間と、車いすでラッシュアワーのマディソン・アベニューを渋滞させたとき。ＨＥＷで、私たちを締め出したガラスの扉に突っ込んでいったとき。でも、一つひとつすべてのできごとまでは話せていない。

でも、この怒りは間違っているのだろうか？　小さいときに教え込まれたように、これらは女性らしくない、自分勝手な振る舞いなのだろうか？　わたしはそうは思わない。私たちの怒りは、根深い不平等によって焚きつけられた憤りだ。憤りに値する、数々の過ちがあったのだ。

そして、その憤りがあったからこそ、私たちは現状に風穴を開けることができたのだ。

障害のあるアメリカ人法（Americans with Disabilities Act　以下、ＡＤＡ）の成立に向けた仕事が始まったのは、わたしがＷＩＤにいたときだった。私たちは、五〇四条項が公的領域しか対象にできないため、遅かれ早かれ（というよりは早いうちに）、民間における差別を禁止する法律が必要になると話していた。私たち障害者は一九六四年の公民権法から取り残されていたので、要は自分たち自身の公民権法が必要だった。一九八〇年頃から、私たちはこの法律をつくる土台を築くため一緒に運動を始めた。

先ほど書いた通り、立てこもりデモのあと、メアリー・ルー・ブレスリンは、立てこもり時のリーダーであるパット・ライト、ボブ・フランク、そして人権派弁護士のアーリーン・メイヤーソンと一緒に、新たに設立されたＤＲＥＤＦの共同創設者になっていた。ＤＲＥＤＦは、ＡＤＡを形づくり最終的に成立させるうえで不可欠な役割を果たした。

ＡＤＡを成立させるための運動は、五〇四条項のときとはまったく異なる過程をたどった。五〇四条項はある法律の中に密かに潜り込ませた工作員だったが、五〇四条項を拡大したＡＤＡ

は正面ドアから堂々とやってきた。今となっては共和党と民主党が一緒になって主要な社会問題の解決を目指すことなど考えられないが、それがまさにADAのときに起きたことだった。

一九八一年、ロナルド・レーガン大統領は、ジャスティン・ダートという素晴らしい男性を新しく創設した全米障害者評議会（NCD）[*2]副議長に任命した。

ジャスティン・ダートは共和党員だった。シカゴの裕福な共和党員の家庭で育ち、ポリオのために車いすを使い、起業家として成功していた。いつもカウボーイハットとカウボーイブーツを身につけていた。ジャスティンは誰に対しても丁寧に敬意を払う人だったので、みんなから敬愛されていた。公民権に熱心で、テキサスや海外で障害者の権利を求めて活発に活動していた。

NCDでジャスティンが最初にしたことは、全米の障害運動家を一つにする方法を見つけることだった。ジャスティンは全米中を旅し、各地の障害者リーダーと会い、彼らからフィードバックをもらいながら、障害者の公民権確立に向けた国の政策をつくることに同意を得ていった。その当時、障害のある人が旅行をするのはお金がかかり、かつ厄介なことだったので、ジャスティンがこれを実際に（しかも自分のお金で）やり遂げたこと自体、並外れたことだった。

＊2　一九七三年のリハビリテーション法の改正によって生まれた機関。大統領の任命によって、障害者に関する法や施策の包括的な評価と問題提起を行う。

ジャスティンは旅を終えると、すぐにＮＣＤの事務局長であったレックス・フリーデン、そしてＮＣＤ付きの弁護士ボブ・ブルクドルフと共に国家障害政策の初稿を書き上げた。この草案は、ジャスティンが旅をして回るなかで集めた声に基づいて書かれていたが、ＮＣＤの委員に任命されていた共和党員たちからの反応はパッとしなかった。しかし、ＮＣＤ議長であり、サウスカロライナ職業リハビリテーション局長だったジョセフ・デューセンベリーが立ち上がると状況は一変した。彼は評議員たちの前に立つと、静かになるのを待って話し始めた。

「みなさん」

「この文章は、全米の障害者によって書かれたものです。この文章を採択する動議をいただきたい。一言一句も変えることなくです[★2]」

この間さまざまな進歩があったとはいえ、「障害者自身が」何を望んでいるかを実際に尋ねることや、障害を公民権の問題として話すことは、当時まだ過激な考えだとされていた。のちに、自身の原理原則を貫いたことが一因となり、ジョセフ・デューセンベリーはＮＣＤ議長の座を失うことになる。

とはいえ、ＮＣＤは文書を採択した。提出された草案について議論する会議に全米から関係者が呼ばれ、わたしも出席した。これが、国家障害政策に関する一連の議論の始まりだった。

この時点から、ＡＤＡの成立に向けた運動は急速に盛り上がっていった。同時に、運動を抑えつけるような動きも出てきていた。

ADAへの反対運動は、あらゆる方面からやってきた。

経済界は、ADAがお金も時間も要する内容になることを懸念し、反撃してきた。

レーガン大統領は、わたしがウィリアムズ上院議員事務所に勤めていた際に働きかけた、IDEA（障害のある個人教育法）という障害児の教育に関する法律の大半の施行規則を骨抜きにしようとしていた。

そして、さまざまな組織が五〇四条項の施行規則をめぐって法廷で争っていた。最も有名な裁判は、コミュニティカレッジの看護プログラムがろう者の女性の入学を拒否した「サウスイースタン・コミュニティカレッジ対デイビス裁判」だろう。最高裁は、デイビスの聴力ではプログラムに参加する資格はない、と結論づけた。この判決は、五〇四条項についての非常に後ろ向きな解釈に基づいており、障害者のニーズに対する合理的配慮が今後どのように解釈されるのか疑問を投げかける内容だった。

DREDFは反撃した。

一九八四年、最高裁で新たな事案が争われた。「コンレール（統合鉄道公社）対ダローン裁判」だ。この裁判は、雇用分野における差別が五〇四条項の差別禁止条項によって、どのように取り扱われるかという論点を投げかけた。DREDFはこの裁判に力を注ぎ、全国、州、地域の各団体から六三人の証言を取りつけ、雇用分野における差別について裁判所を教育するだけではなく、本件が何百万人ものアメリカ人にたしかに関係することを裁判所に示すアミカスブリーフ〔裁判所に係属する事件に関する第三者の意見」を提出した。DREDFは、裁判で障害者の代理人を務める弁護士とも緊密に連携した。

法廷は私たちの味方についた。そして、同じくらい重要なことは、私たちが一生懸命に勝ち取った五〇四条項の施行規則に対して、裁判所から多大な敬意が払われたことだ。大勝利だった。

ADAの基礎をつくったのは、「コンレール対ダローン裁判」を通じてその地位を高めた、五〇四条項の施行規則だった。

その間、ジャスティン、レックス、ボブは、議会の支持を取りつけるための根拠を揃えていた。それは時間を要する作業だった。一九八六年、NCDは、障害者差別は障害者が直面している最も深刻な問題の一つであると公式に結論づけた。何千人もの証言を後ろ盾として、ジャスティンたちは『自立に向けて（*Toward Independence*）』と題した報告書をレーガン大統領と議会に提出した。

議会は、障害者の平等な機会を求める包括的な法律の制定を提言した。

ホワイトハウスの反応は、それがいかに過激な動きかを示していた。

ホワイトハウスの幹部スタッフが、ジャスティンに電話をかけた。

「君たちはこの公民権的なものを使って、何をしようと企んでいるんだ？」

「大統領はこんなものに絶対関わらないぞ。（報告書から）当該部分を削除しろ」★3

ジャスティンは引き下がることを拒んだ。そして、公民権担当の司法次官補であるブラッドフォード・レイノルズと面会した。

「ブラッドフォード」

ジャスティンは、彼の特徴でもあるまっすぐな言い方をした。

「ロナルド・レーガンが三五〇〇万人の障害のあるアメリカ人に対して、独立宣言の約束に反することをした大統領として歴史に汚点を残すことを願っているとは、わたしは思いませんよ[★4]」

重い沈黙のあと、ブラッドフォードは大統領が報告書を支持するよう働きかけると約束した。そして、ロナルド・レーガンは実際に報告書への支持を表明した。

こうして、ジャスティン・ダート、レックス・フリーデン、ボブ・ブルクドルフの三人が、大統領と議会を前に立ち上がった。DREDFと障害者団体は法廷で闘っていた。障害運動家たちも立ち上がり、抗議集会を開き、陳情書を送りつける大規模なキャンペーンを展開していった。

ADAPTは、アクセシブルではない公共交通機関に抗議するため、一九八三年に創設された団体だ。ADAPTのメンバーはバスを止め、車いすから飛び降り、バスの階段を這い上がっていた。

わたしは当時DCには住んでいなかったが、カリフォルニアからWIDの立場でこれらの運動を支えていた。会議に出席し、公聴会で証言し、ロビー活動をした。

一九八八年四月、ADAの法案が、共和党の上院議員ローウェル・ヴァイカーと民主党の下院議員トニー・コエリョによって議会に提出された。

大半の議員は障害問題に関する意識がほぼなかったため、ニューヨーク州選出の下院議員メジャー・オーウェンが、議会に提案されたADAについて情報収集し提言を行うための議会内タスクフォースをつくった。オーウェン議員はジャスティン・ダートを共同議長に指名した。ジャスティンは自分に対する指名を、障害者運動を一つにする機会と捉え、タスクフォースの中に多様な人材を任命しようとした。そこには、HIV陽性の当事者も含まれていた。そのことが論争を引き起こした。

「エイズの代表は入れるべきではありません」とジャスティンは言われた。

「エイズの人は死んでしまいますよ」

これに対し、ジャスティンはこう答えた。

「もちろん死ぬでしょう。あなたもわたしもいつか死にますよ。いつまでもパターナリズムに囚われるのはやめましょう[★5]」

ジャスティンは再び旅に出た。もう一度、自分のポケットマネーを使って、何千人もの人たちのもとに向かい、何千通もの請願書と、障害を理由とした差別事例に関する人びとの声を集めていった。

ADA法案は議会を通過しなかったが、教育と啓発活動は続いていた。これは、運動家たちの戦略だった。

一九八八年九月、国会議事堂で、上院の障害政策に関する小委員会と、下院の児童養護・青少年福祉に関する小委員会による合同公聴会が開かれた。

七〇〇名が参加していた──視覚障害者、聴覚障害者、障害者の親、HIV感染者もいた。わたしは他の仲間たちと同様に、公聴会で証言をした。この公聴会で、エドワード・ケネディ上院議員、ハーキン上院議員、そしてオーウェン下院議員が、包括的な障害者の公民権法案を一九八九年度の議会の最優先事項にすること、コエリョ下院議員とヴァイカー上院議員が始めた作業を支持することを約束した。[★6] このうちの三名の議員は、障害分野に個人的な思い入れがあった。ケネディ上院議員の姉ローズマリーには知的障害があった。トム・ハーキンにはろう者の兄がいた。トニー・コエリョは自身がてんかんの当事者だった。

一九八九年五月九日、ハーキン上院議員とデビッド・デュレンバーガー上院議員は、改訂したADA法案を上院に提出した。同時に、コエリョ下院議員とハミルトン・フィッシュ下院議員も下院に法案を提出した。

ジャスティン・ダートが全米中の運動家たちと会うため最初に旅をしてから、八年が経っていた。

この法案は急進的で決定的な変化をもたらす内容だった。法案では、法の成立から二年以内にすべてのものをアクセシブルにすることが義務づけられていた。「すべて」だ。

パット・ライトが立てこもりデモの際に卓越した戦略家として頭角を現し、のちに大きな影響を及ぼすことになる、と書いたのを覚えているだろうか？

パットは障害運動家たちのグループを率いた。みんな一丸となって、かつ全力で、差別事例を集め、下院にロビーイングをかけていた。パットは「将軍」と呼ばれていた。彼女が成し遂げた最も重要な功績の一つは、「公民権リーダーシップ大会」への参加を通じ、伝統的な公民権団体とパートナーシップを築いたことだ。そこには交渉があり対話があり、弁護士、運動家、政策アナリストからなるチームがあった。草の根のロビーイングシステムが構築され、より多くの差別事例が語られた。タスクフォースが形づくられ、ネットワークができた。公聴会は何回も開かれた。毎回、障害を理由とした差別の経験が次から次に語られた。

三六〇〇万人の障害のあるアメリカ人が、ついに話す機会を与えられたのだ。

そして、一九八九年九月七日、ようやくＡＤＡが上院を通過した。

しかし、下院の委員会質疑で法案は止まってしまった。

四カ月が経った。六カ月が経過した。

今、あなたはこう思っているかもしれない。この長ったらしい、非常に遅々としたプロセスに、私たちは怒らなかったのか？　スピードを上げさせるために何かしなかったのか？　国会議事堂には立てこもらなかったのか？　下院にギアを上げさせなかったのか？　と。

そう、下院の委員会で法案が止まる時点まで、わたしは苛立っていなかった。民主主義は時間がかかるものだからだ。民主的な政府の仕事は時間がかかり、ゆっくりで、大変なものだ。そういうふうになっている。

民主的な政府の根幹は、これまで合意されてきた契約に基づき、特定の人間がそれ以外の人間を統治することを認める法律やプロセスをつくることだからだ。これにより、バイキングのように、最も強い種族が権力を持って略奪や強奪をしながら生きる代わりに、私たちは大きな集団の中でも共に平和に暮らすことができ、自分の人生の意味を追求することができる。民主主義が機能するためには、チェック・アンド・バランス、慎重な審議、分析、交渉、そして妥協が必要だ。これによって、私たちが権力を付与した人びとが早い者勝ちで物事を決めたり、焦って良くない決定をすることを防げる。

だから、答えはノーだ。わたしはこの遅々としたペースに、そこまで怒ってはいなかった。政府は政府の役割を果たし、私たちは運動家としての役割を果たしていた（政府を上から監視し、関係者が説明責任を果たし、嘘をつけないようにしていた）。全員が誠実に動き、人びとの声に耳を傾け、その声を議論に反映しようとしていると感じられる限り、プロセスはしかるべく機能していると感じていた。他の人たちの場合と同様に、私たちのときもプロセスは機能していた。

私たちの怒りに火が点いたのは、審議開始から一一時間を経て、下院の委員会で決定が保留されたときだった。ＡＤＡ反対運動をしている強力なロビーイング勢力への答えが、この時間稼ぎ戦略ではないかと私たちは懸念した。

そのことが、私たちの怒りを爆発させた。

一九九〇年三月十二日、ＡＤＡを成立させられずにいる政府に抗議するため、千人がＤＣに集結した。

ＤＣには、ナショナルモールという芝生で覆われた長方形の公園があり、その先にリンカーン記念堂がある。反対側には、合衆国議会の本拠地であり、立法府の権力の座である国会議事堂がある。

高さ二八〇フィート〔約八五メートル〕を超える国会議事堂は壮観だ。古代ギリシャ・ローマ時代にまでさかのぼる古典的なデザインとあいまって、世界で最も有名な民主主義の象徴の一つになっている。

国会議事堂の正面玄関にたどり着くには、八三段の大理石の階段を上らなければならない。

春先、季節外れの暑い日に、ＤＣにやってきたデモ隊が集まった場所はこの階段の正面だった。車いすから身を投げ出し、松葉杖を脇に置き、何の補助具も持たず、デモ隊は目の前の階段を上り始めた。友人の助けを借りて、そっと階段に着地した人もいれば、一番下の段に直接車いすから転がり落ちた人もいた。

ひとり、またひとりと、人びとは二段目、三段目、四段目の階段を這い上がっていった。背中でずり上がる人もいれば、腹ばいになって、身体と脚をひきずって上っていく人もいた。肘、膝、肩を使って、みんな自分の身体をひきずり上げていた。

そのうちのひとりに、ジェニファー・キーランという小さな女の子がいた。ジェニファーは脳性マヒで、レストランで入店拒否に遭い、はるばるアリゾナからDCにやってきていた。ジェニファーは、ウエイトレスから「あなたが食べている姿なんて、誰も見たくないわよ」と言われていた。ジェニファーは運動家になり、国会議事堂の大理石の階段を上るデモに参加すると決意していた。[★7]

ジェニファーは肘と膝を使って上っていった。階段の二段目に腹ばいになり、続く階段を見上げようとジェニファーは顔を上げた。ジェニファーの唇は、固い大理石に打ち付けられて出血していた。赤、白、青のバンダナを頭に巻いて、すでに汗びっしょりだった。動きを止めると、ジェニファーは水がほしいと言った。ボランティアたちがすぐに水を差し出した。

ジェニファーやデモ隊のみんなが頂上にたどり着くには一晩中かかりかねなかった。六〇人以上が階段を上っていた。

「障害者は、憲法で約束された正義が護られるまで、二世紀も待たされてきたのです」

ジャスティンは、デモ隊が階段を上り始める前のデモ行進でそう話した。

ジャスティンが全米を初めて回ったときから、九年の長い月日が経っていた。そして、今デモ隊たちは、障害者に対する分離と差別を終わらせることを拒否するこの国で、障害者が日々強いられている屈辱的な扱いを、下院に直視させせようとしていた。翌日、ロサンゼルスタイムスはこのできごとを取り上げ、パトリシア・シュルーダー下院議員のコメントを引用した。

「一九六〇年代の公民権運動において、私たちは障害者のためになすべきことを忘れていたのです[★8]」

四カ月後、合衆国下院において、ADAがついに成立した。

一九九〇年七月二十六日、DCは晴れ渡った夏日になった。木々は青々とし、太陽が出て、空は真っ青だった。三千人がホワイトハウスの南庭に集まった。前方の演壇に、ジョージ・H・W・ブッシュが立ち、横にはジャスティン・ダートがいた。ブッシュ大統領が話し始めると、大群衆は静まり返った。大統領が言った。

「排除という恥ずべき壁を、今こそ壊しましょう」

そして、机に座り、ADAに署名をした。

私たちの時代が来たのだ。二五年近い抗議の年月を経て、全米を横断し、共和党も民主党も含め五人の大統領を経て、世界で最も強力で包括的な障害者の公民権法と言える法律を、私たちはつくったのだ。

わたしは四一歳で、ついに、平等な市民になったのだ。

おそらく、このあとに起きたことは偶然ではなかったのだろう。

第十章　チンゴナ

彼の肩幅はとても広かった。その存在にはすぐ気づいた。わたしは芝生の上を車いすで進みながら、彼をずっと目で追っていた。彼はピクニックテーブルを取り囲む小さな人の輪の中で座っていた。八月の涼しくて風が心地よい夜、私たちはオレゴン州ユージーンにある誰かの家の裏庭でバーベキューをしていた。わたしは、友人であるスージー・シガールが主催した障害者リーダー交流会でワークショップの担当をしており、バークレーから出張で来ていた。メキシコ出身の人たちが多かった。

わたしは彼が車いすでみんなの間を動き、くつろいだ様子で笑っているのを見ていた。彼の髪は黒くてウェーブがかかっていた。

「彼、いいよね」

友人のマリベルに耳打ちした。わたしは四二歳だった。

ちょうど一年前、人生と男について、父と語っていた。決して恐れを知らなかった父が、そのときは恐怖に襲われていた。がんが転移していたのだ。

「どういう男を探しているんだ？」

その日、父はわたしに尋ねた。わたしがお決まりの条件を挙げていくと、父はじっとわたしを見た。おそらく、こだわりが強く、許容範囲が狭すぎると思ったのだろう。父は、お得意の意味深な言い回しで言った。

「おまえの姑さんは、まだ生まれてすらいないな」

つまり、もっと心を開けということだった。

この会話をした日から間もなく、父は亡くなった。

＊

その男性のところに行き、自己紹介をした。仕事で来ていたので、簡単なことだった。わたしはワークショップの参加者とつながりをつくる立場にあった。

私たちはピクニックテーブルに座って話をした。スペイン語は話せなかったが、マリベルが通訳をしてくれた。わたしは牧場に行っていて、不運にもそこで馬に指を嚙まれていた。彼はその傷を見ると、わたしの手をそっと自分の手に載せ、傷の手当はどうしたの？　と聞いた。彼の名はホルヘといった。

マリベルはスージーにも通訳を頼み、ふたりで女学生みたいにわたしを応援し、翌日ふたりでランチをするように仕向けてきた。ホルヘへの立ち居振る舞いのおかげで、会話はスムーズに流れた。彼は代表団の一員として、少しだけ介助が必要な脳性マヒの仲間を手伝っていた。ホルヘは出生時に障害を負い、歩行能力に影響を受けていた。メキシコでは杖と補装具で歩いていたが、アメリカでは車いすを使っていた。

その日の夜、みんなでレストランへ向かうバスに一緒に乗ろうとホルヘを誘った。マリベルとスージーは、ホルヘとわたしがふたりきりでディナーができるよう席を別にしようとした。でも、わたしが「冗談でしょ」という反応をしたので、結局四人で夕飯をとることになった。そのときに、ホルヘがギャビイ・ブリマーという脳性マヒの運動家にどのように出会ったか、そして彼女と一緒に運動するために経理の仕事を辞めた経緯を知った。ホルヘは面白くて、優しい人だった。

帰り道、私たちは結局同じアクセシブルバスに乗ることになった。スージーが自宅の裏庭にある小さなゲストハウスを勧めてくれ、ホルヘとわたしはそこで一夜を共にした。

メキシコに戻る代わりに、ホルヘはバークレーを訪れ、わたしと二週間を共に過ごした。付き合い初めの頃ならではの形で、お互いのことをより深く知っていった。片言の英語でしゃべり、辞書でスペイン語の単語を調べ、身振り手振りも交えて、私たちはお互いのストーリーや生い立ち、ものの見方や信念を語り合って、新しい出会いがもたらす幸せに浸っていた。ホルヘはわたしより八歳年下で、メキシコシティに大家族がいて、その家族からとても愛されていた。ホルヘが動物と環境にも深い思い入れを持っていることを知った。ホルヘへの揺るぎない価値観と信条を、わたしは敬愛していた。

一カ月後、彼はバークレーに再び戻ってきた。六カ月後、彼は同棲するために引っ越してきた。次の五月、私たちはバークレーで結婚した。一九九二年のことだった。

バークレーで、ホルへは新しい仕事に就き、新しい友だちができた。私たちは素晴らしい生活を送っていて、とても楽しい時間を過ごしていた。わたしはまだＷＩＤ（世界障害機構）にいて、私たちはカリフォルニアの障害運動家たちのコミュニティの中心にいた。子どもを持つことについても話し合った。わたしは四四歳だった。

わたしがＷＩＤの自室（窓がなく、外の晴れ渡る青い空をまったく感じられない部屋だった）にいると、電話が鳴った。受話器を取ると、アーカンソー州にいる友人の聞き慣れた声がした。いつもどおり冗談を交わしたあと、彼はすぐ本題に入り、まったく予期していなかった質問をした。

「ビル・クリントン政権内でのポジションに興味はある？」

わたしは言葉を失った。

クリントン政権が何を求めていて、なぜわたしが適任だと思うか、彼の話を聞いた。だが、話が進むにつれ、わたしの心はさまざまな想いと疑問で一杯になった。もちろん、光栄な話だった。でも、わたしはバークレーでの生活に満足し、ホルへと一緒にいられることが幸せで、つまり「私たち」の生活に満足していた。

わたしは、この比較的平穏な日々と引き換えに、政治のジェットコースターに乗り込みたいんだろうか？　一方で、これはバスに乗るためだけに毎回闘いを強いられる立場から、変化を起こせる運転席に乗り込むチャンスだった。わたしの心は揺れ動いていた。自分でも何を言っているかわからないまま、ほぼ直感的に、わたしの口から言葉が転がり出てきた。

「教育省特殊教育リハビリテーションサービス局次官補のポジションなら興味はあるかな。それ以外は興味ない」

私たちはそのあと少しだけ話をして、電話を切った。

わたしは車いすをくるりと後ろに向け、自分の部屋の壁を見つめていた。たった今起きたできごとを信じられずにいた。

特殊教育リハビリテーションサービス局（ＯＳＥＲＳ）のことは熟知していた。ＯＳＥＲＳは、ＨＥＷ（保健教育福祉省）が教育省と保健福祉省に分かれた一九八〇年に創設された。これによって、特殊教育、リハビリテーション、調査研究を横断的に所管する組織ができた。ＷＩＤ時代、私たちはＯＳＥＲＳから重要な助成金をいくつも受け、公共政策のシンクタンクとしての活動を発展させた。

そしてたった今、「その組織を率いたい」と、わたしは言ってしまったのだ。

そのポジションに就くための面接に呼ばれ、すごく緊張した。それまでの人生で、就職のために面接を受けた経験はなかった。教壇に立つため試験に合格する必要はあったが、面接試験はなかった。ＣＩＬ（自立生活センター）で職を得ていたが、それはエド、理事、スタッフがわたしを知っていたからだった。ＷＩＤでは、わたしは三人の共同創設者のひとりだった。こともあろうに、面接官は二名の元知事だった。サウスカロライナ州元知事のリチャード・リレイ長官と、バーモント州元知事のマドレーヌ・クニン副長官だ。

面接ではどうにか平静を保つことができた。おそらく、プレッシャーがかかる状況下でメディア対応をしてきた経験や、自分の頭で考えなければいけなかった経験の積み重ねのおかげだろう。

「どうだった？」

家に帰るとホルヘが聞いた。

「大丈夫。でも緊張したよ。面接官が、障害のあるわたしには務まらないと思っているかも、ってずっと考えてしまって」

とはいえ、面接官と自分の考えが一致して終わった感触はあった。

それから間もなく、そのポジションへのオファーがあった。

唯一の問題は、わたしの中にあるさまざまな不安だった。

自分にその職が務まるかどうかについては、心配していなかった。十分に経験を積んできたという自負があった。わたし自身が特別支援教育も、リハビリテーション制度も受けてきたし、人生でずっと関わり続けてきた分野だった。ＯＳＥＲＳが扱っている課題はよく理解していたし、もちろんコミュニティとも連携して良いチームワークを築き、その他のこともどうにかなるだろうとは思っていた。

わたしは別のことを心配していた。たとえば、障害のある女性として、連邦政府の中で敬意を払ってもらえるのだろうか？　といったことだ。二五歳のときに上院議員のスタッフとして働いた一八カ月と、エド・ロバーツと一緒にカリフォルニア州のリハビリテーション局で働いたごく短い期間を除けば、わたしはほぼずっと障害運動家たちと活動し、障害のある人たちに囲まれていた。会議室の中にいる障害者は自分だけになる、という状況に不安を拭えずにいた。

そして、一番の問題は、今住んでいる場所を離れたくない、ということだった。カリフォルニアなら、起床、トイレ、就寝時の介助者が見つかるとわかっていた。友だちに会うにはどうすればいいかもわかっていた。ホルヘとわたしは自分たちの生活を気に入っていた。WIDの事務所では常にサポートがあり、問題が発生したらどうすればよいか熟知していた。互いに助け合い、家族のような存在だった。

ワシントンDCでのこの新しいポジションでは、わたしは四百人のスタッフを率いて、百億ドルの予算を動かすことになる。DCには良い障害者団体があまりなく、介助者探しが難航することもわかっていた。仮に介助者が見つかったとしても、交通手段が心配だった。バークレーでは、行きたいところがあれば、歩くか自転車に乗れば済む。でもDCではほぼ電車に頼らざるを得ず、それが不安だった。もし電車が遅れて介助者が遅刻して——そのせいでわたしも会議に遅刻して、締め切りに間に合わなかったら？　それに、朝五時に起きて、メールチェックをしたり、会議の準備をしたいとき、電車が朝六時まで走っていないなかで、誰がそんな早くに家に介助に来られるだろうか？

わたしはホルヘに不安に思っていることを全部話した。ホルヘのことも心配だった。本当にDCに引っ越したいと思っているのだろうか？　ホルヘはバークレーに友だちがいて、仕事もしていた。これは、ホルヘにも大きな影響を与えてしまう。

「僕のことは心配しないで」とホルヘは言ってくれた。

「やりなよ。君は「チンゴナ」なんだからさ」

結局、この仕事を引き受けることにした。

ところで、もし「チンゴナ」の意味をウェブ辞書で調べたら、こう出てくるはずだ。

「とんでもない女性のこと。ちょっかいを出すと、ひどい目に遭う」

上院でわたしの任命が承認される数カ月前、月に二週間はDCに出張し、コンサルタントとして働くことになった。そこで仕事を学び、会議に出席した。執務室で決定を下していたわけではなかったが、就任前にできるだけ多くのことを吸収しようと努めた。朝早く起き、夜遅く寝て、とんでもない数の人たちと会議をし、いろいろなところへ行き、急速に学びを深めていった。許容量を超えていたが、正直に言えば、そんな環境がすごく気に入っていた。

でも、二億六千三百万人から成る二院制の国の監視下で、四百人の部下と百億ドルの予算を動かすよりも難しいことが何か、わかるだろうか？

それは、ＤＣで、寝室が三つあるバリアフリーのアパートと介助者を見つけることだった。自分がこの仕事をこなす唯一の方法は、住み込みの介助者をふたり確保して、起床・就寝時の介助を依頼し、週末はわたしのために動いてもらうことだった。ただ、ＤＣで寝室が三つある物件は稀だったし、そのうえ「アクセシブルな」寝室がある物件を探すことは、針の穴からロケットを発射するくらい難しかった。

私たちはＤＣ中の物件を見て回った。あきらめかけたちょうどそのとき、いい物件が見つかった。幸い、最寄りのバス停が二つ、最寄り駅も二つあり、図書館、スーパー、レストランなどがある素晴らしい地区だった。

次は、介助者探しだ。

職場では、他の次官補と同様、スケジュール管理を手伝ってくれる主任秘書一名、庶務スタッフ二名を雇えることになっていた。職場での介助者は、その庶務スタッフ二名が一緒に出張もするし、仕事関連の会合にも一緒に出席し、トイレのときは介助もする、という方法をとった。わたしは職務の最前線で介助を必要としていた。

ＤＣでの介助者探しは難航すると見込んで、カリフォルニアで何人か面接しておいた。そこで、アンドレアという若くて素敵な女性に出会った。介助ができそうだったので、身元確認後に雇用し、東海岸まで車で移動するためのガソリン代を渡した。ようやく落ち着けそうだった。

わたしはアンドレアの到着を待っていた。ところが、彼女は現れなかった。旅の途中で事故か遅延でもあったのだろうと思っていた。なんとか連絡がつくと、まだジョージア州におり、翌日には到着できると言われた。

しかし、やはり彼女は現れなかった。

なんとなく察しがついた。わたしは彼女に電話をかけ、「もういいわ」とだけ告げた。

最終的に、二名の素晴らしい介助者を見つけることができた。でも、この過程でわたしは不安になってしまった。――想像してみてほしい。生活の中で最も親密かつ重要な場面をお願いする人たちを面接、採用するだけで十分不安になるのに、採用した人が現れないなんて！

引っ越しが落ち着くと、ホルヘは新しい仕事を探さなければならなかった。一緒に引っ越せるよう、ホルヘはカリフォルニアでのキャリアをあきらめていた。わたしのために喜んでそうしてくれたとはいえ、DCでホルヘは二重の壁に直面した。ホルヘには障害があり、英語は第二言語だった。そして、リベラルの牙城であるバークレーに比べると、DCは一段と保守的な土地柄だった。ホルヘが仕事を見つけるまでには、長い、長い時間を要した。

これが、わたしが米国政府の中で障害のある高官になるまでの道のりだ。

わたしは仕事をしなければいけなかった。

OSERSは、パターナリスティックで市民の話には耳を傾けない、という悪評があった。大学生のとき、本当は教師になりたかったのに、言語療法士になりたいとわたしがリハ局に嘘をついたことを覚えているだろうか？　前例となる障害のある教師がいない限り、リハ局は教師になることを認めないよ、と友人に助言されたからだった。そして、リハ局はわたしをソーシャルワーカーにしようとした。それがリハビリテーションサービスの仕事だったが、今やわたしの管轄下にあった。重要なことは真っ先にやるべきだ。政府内で絶対に障害者の声が反映されるようにしたかったし、わたしのチームはそのことを検討する必要があった。

わたしはハワード・モーセに補佐を務めてほしかった。ハワードは脳性マヒで、非常に才能があり、経験もあった。ハワードと一緒に働いたことはなかったが、わたしが信頼をおく人たちの間でもハワードの名はよく知られ、尊敬を集めていた。わたしが彼を事務局に推薦し、打診がなされた。ハワードの政府に関する知識と公私における経験は、私たちが行っていた仕事に不可欠だった。

私たちが真っ先に取り組むべき課題の一つは、職員の士気の低さだった。一緒に働く人たちには、質の高い仕事だけではなく、アイデアを求めていることを理解してほしかった。ハワードは、のちに職員から愛され、深く尊敬されることになるが、その点でも大きな変化をもたらしてくれた。

ハワードとわたしは、三名のトップを決める人事にとりかかった。フレッド・シュルーダーはリハビリテーションサービス総局の局長に内定した。フレッドは全盲で、教育とリハビリテーションを専門分野とし、全国視覚障害者連合で活発に活動していた。

キャサリン〔通称ケイト〕・シールマンはろう者で、全国障害リハビリテーション調査研究所の所長だった。関心分野は、科学、技術、公共政策で、特に電気通信とアクセシビリティへの関心が強かった。彼女は知的障害のある人たちと一緒に活動した経歴もあった。

トム・ヘアーは特殊教育プログラム部長を務めており、自身に障害はなかったが、貧困層のマイノリティや障害のある学生のことに長年取り組んでいた。トムは経験豊かで、あらゆる子どもは学ぶことができると心から信じていた。このチームで変化が起きないわけがなかった。

OSERSには、もともと教育省の中のどの部局よりも多くの障害のある職員がいた。しかし、着任してみると、効果的に仕事をするために必要なサポートを得られていない職員がいることがわかった。たとえば、複数の聴覚障害者が手話通訳者をシェアしながら使っており、そのためにコミュニケーションを制限されていた。必要なサポートを得られていない視覚障害のある職員もいた。

そこで、いくつかのことを変えていった。視覚障害のある職員には、必要に応じて読む際のサポートを業務とする職員を配置した。ろう者の職員に対しては、それぞれに専属の手話通訳者を常勤職員として雇った。ろう者の職員が、会議やイベントがある度に手話通訳者を予約しなければいけなかった以前と比べると、大きな変化だった。

だって、おかしいでしょ？　たとえば、あなたが全国障害リハビリテーション調査研究所の所長で、六〇人の部下がいるのに、その部下とは三日前に自分で予約した手話通訳者を介して、二時間だけしか話せないなんて。他にも、四週間ずっと追いかけていた重要な国会議員と偶然エレベーターで乗り合わせたのに、くそっ、手話通訳者がいない、なんて。もちろん、ろう者の職員が四六時中いつでも手話通訳を必要としているわけではなかった。でも、手話通訳者の才能は音声言語と手話言語を通訳することだけではないので、その他にもさまざまな価値ある仕事を通じて貢献してくれた。

OSERSの重要な役割の一つは、議会が成立させた法制度を履行することだ。同時に、関連する法律について証言し、コメントを出し、起草することで法制度の発展を促した。

わたしは小さい頃から障害があったので、仕事のうえでも、ユニークな視点といくつかのスキルを活かすことができた。わたしは、特殊教育とリハの「受益者」であり、自立生活運動のリーダーだった。障害に関して、世界的な動向にも通じていた。また、一年半という短い期間ではあったものの、上院で働いた経験がとても役に立つことを改めて感じた。というのも、議会での公聴会や証言での立ち回り方を理解していたし、議会で働くスタッフや政治家とも知り合いだったからだ。OSERSのポジションにつくまでは気づいていなかったが、あらゆる経験の積み重ねが下地になっていた。

ハワード、フレッド、ケイト、トムとわたしは、共通のビジョンを持ち、焦点を一点に絞っていた。「分離なき世界」だ。すごく簡単に言えば、私たちは障害のある子どもたちが他の子どもたちと同様、本物の学校に行けるようになってほしかった。そして、障害のある大人たちには、自分に適したどんな仕事にも就ける機会を保障したかった――そして、これを実現するためなら、自分たちにでき得ることは何でもするつもりだった。それゆえ、わたしは頻繁に第一線に立つことになった。

ストレスの多い日々だった。ＩＤＥＡ（障害のある個人教育法）改正の真っ最中で、共和党は情緒障害のある子どもを学校から排除することにつながる提案をしようとしていた。私たちはどの子どもも教育から排除されるべきではないと言い続けた。情緒障害のある子どもがいる場合は、その子にとって最適な環境を整備するために必要なサービスを保障できるようにしたいと考えていた。排除しても何の解決にもならない。私たちは、そうした子どもたちにも教育を保障するための方法を見つけなければいけないという立場だった。

この議論の最中に、法務局の次官補から電話があった。

「今すぐホワイトハウスに行かないと」と彼女は言った。

すぐにドアを開けて外に出た。上級スタッフたちが、情緒障害のある子どもの排除に反対する立場を護れるかどうか議論していた。わたしは会議が終わる間際に到着したが、最後になんとか自分たちの主張を述べることができた。最終的には私たちの言い分が支持された。

クリントン政権での任期中、私たちの仕事が上手くいかなかった場合の代償は大きく、人びとの生活が私たちの肩にかかっている、と常に感じていた。

これまでの人生経験のおかげで、ＯＳＥＲＳがいままで擁したことがないようなタイプのリーダーになる準備はできていたのかもしれないが、わたしは過去の経験からくる不安とまだ闘っていた。周りから受け入れてもらいたいという気持ちと、それでも自分は現状と闘わなければならないという自覚との間でよく揺れ動いていた。

わたしがオフィスの待合室でソファーに座っていると、母が部屋に入ってきた。わたしは自分の身体を見下ろした。

全裸だった。

突然、目が覚めた。真っ暗だった。横でホルヘが静かに寝息を立てているのが聞こえた。時計を見た。朝の三時だった。こんな夢を、一度ではなく、何度も見ていた。

法の施行に関する私たちの役割は、議会で成立した法律が正確に解釈され、遵守されるようにすることだった。連邦政府は障害児教育のための予算を、法律、政策、プログラム、助成金に基づき各州・自治体に配布している。そして、連邦政府が定めた計算式に基づき各州や市が予算を執行し、連邦政府はモニタリングを行う。私たちは、このモニタリングと助成金のプロセスを通じて影響力を及ぼすことができた。

私たちは、自治体レベルでの予算の使われ方に対して、障害当事者や親の声が反映されるようにした。また、教員養成課程を改善し、教育者たちが特殊教育、多様性、その他私たちのサービスにおける重要な側面について、より良い研修を受けられるようにした。競争率が高い助成金については、議会の水準に合わせ、自分たちで採択基準を決めることができた。私たちは、約十億ドルの予算を配分できた。米国政府の言葉を借りれば「そんなに大した額」ではなかった（当時アメリカ政府の教育向け予算が年間約五千億ドルであったことを考えれば）。それでも、十分に大きな予算だった。責任者として、わたしは非常に真剣に取り組んだ。

一生懸命働いて、ドアをこじ開け、窓を開き、人びとを中に入れようとした。わたしが目指していたのは、力を分かち合うことだった。耳を傾けること。連携すること。廊下を車いすで走り回り、職員たちの個室にも気軽に立ち寄った。それに慌てふためく人たちもいたけれど、誰でもいつでもわたしの部屋に入ってきて、話しかけることができた。

ビル・クリントン政権下でほぼ二期、七年半、わたしは働き続けた。

結果として、「自分たちは変化を起こせた」とわたしが思っているか？　わたし自身は、私たちは変化をもたらしたと信じている。周囲からも、私たちがＯＳＥＲＳの文化を変えた、私たちの仕事がたどり着く先にいる人たちこそを重要な存在だと考え、その人たちに発言の機会をつくった、と言われた。でも、すべて時が経ってみないとわからないことだろう。

変化というものは、私たちが思うようなスピードでは決して起こらない。人びとが一緒になって、戦略を立て、分かち合って、あらゆる取っ手に可能な限り手をかけてみて――そうした年月の積み重ねがあって、初めて変化は起こるものだ。少しずつ、苦しいほどゆっくりとではあっても、物事は動き出す。そして、ある時突然、まるで青天の霹靂《へきれき》のように、変化は起きるのだ。

第十一章　人間

その村はアンドーラ・プラデーシュ州のはずれにあり、人びとは井戸水を使い、電気なしの生活を送っていた。砂ぼこりが舞う路上で、慣れない暑さと湿気になんとか耐えながら、わたしはみんなの話に夢中になっていた。インド南東部の農村部から来た二〇人の障害運動家が、自分たちの暮らしをわたしに話してくれていた。

「この子なんですが」

両松葉杖にもたれかかり、片方の足がもう片方よりも明らかに短い男性が、母親の足元に座っている小さな男の子を指さした。二歳くらいで、短くカールした髪の毛と、大きな茶色の瞳、顔いっぱいに広がる笑顔がとてもかわいい子だった。

男性は続けた。

「彼がまだ生まれたばかりの頃、この子の母親が私たちのところに来て助けを求めたんです。母親は「義母からこの子には食事をやるなと言われた」と言いました。生まれつき両腕がなかったために、祖母はこの子が生きることを望まなかったのです」

「私たちは警察に行きました」

車いすの女性が話を続けた。

「そして、警察にこの祖母が何をしているかを話しました。警察はこの祖母に話をしに行き、母親に圧をかけることを止めさせたのです。今ではご覧のとおり、この子はたくましく育っています」

私たちはその男の子を見つめた。その子は集中した様子で、右足の親指と人差し指の間にマーカーペンをはさみ、誰かがあげた紙にお絵描きをしていた。


当時、短い間だったが、わたしは世界銀行で新しい役職に就いていた。ビル・クリントンが二期大統領を務め、ジョージ・W・ブッシュが大統領に選ばれたあと、わたしはクリントン政権下のその他のスタッフと共に教育省を離れた。

その後、わたしは世界銀行初の「障害と開発アドバイザー」への就任を打診された。世界銀行は強い影響力を持っていると知っていたので、わたしの返事は「イエス」だった。インドに行くのは初めてだった。

デリーでは、世界銀行のインド事務所員が空港で出迎えてくれ、アクセシブルな車両が用意されていた。空港の外に出て、どんよりとした熱い外気に触れ、群衆と車が行き交いほこりが舞い上がる場所に出ると、道路を這っている男女の姿がすぐ目に入ってきた。その人たちは、「這いずり者」と呼ばれていた。車いすを持たない障害者は、道路を這って進むことを余儀なくされていた。その人たちの多くはポリオだった。一つの想いがよぎった。わたしだって、こうなっていたかもしれない、と。

通りの角には、物乞いをしている障害者が座っていた。小さな子どもたちや、目が見えない人もいれば、足を切断した人、腕がない人もいて、みんなお金をもらうためのボウルを差し出していた。現地職員のひとりが、この子どもたちの大半はもともと障害があるわけではないのだと説明してくれた。家族から売られ犯罪集団に入れられたあと、物乞いができるように傷つけられるのだと。それは吐き気を催すような話ではあったが、一番悲しかったことは、自分が驚いていないことだった。障害者に対する不当な扱いはあまりにも身近なことだったので、驚けなかったのだ。

そして今わたしは、アンドーラ・プラデーシュの小さな建物の外で、障害のある子どもを生かし続けないよう、食事を与えないよう迫る圧力について、インドの運動家たちが話す言葉に耳を傾けていた。

貧困や状況はアメリカのそれとは大きく違っていたが、問題の本質はとても似通っていた。恐れ。先入観。私たちが人として生きる価値を疑う行為。

「誰が生きるに値するか」など、いったい誰が決められるだろうか？

障害者のことを考える際、人びとが見落としがちなのは、私たちが置かれている脆弱な立場だ。

祖母が殺そうとした男の子はまだ赤ん坊だったので、当然その生存を父と母に完全に委ねている。しかし、その脆弱性は、乳幼児や子ども時代だけで終わる話ではない。大人になっても、障害者として引き続きいつも支援を必要とするがゆえに、私たちは脆弱な立場に置かれざるを得ない。障害のある女性の八〇パーセントが人生において性的被害を経験するとされており、これは障害のない女性と比較して約四倍も高い。さらに悪いことに、被害が起きたとき、私たちは信じてもらえない——話すことが難しかったり、知的障害があることが、私たちを信用しない理由としてまかりとおっている。

こうした現実があるにもかかわらず、当時、人権運動の議題に私たちの問題は載っていなかった。わたしも関わっていたような世界的な運動があり、国連は私たちの状況について注意喚起するため尽力していた。それでも、見える形で障害について言及された主要な国際条約はなく、予算は限定的で、障害に関する世界的な統計データはないに等しいほど欠如していた。私たちは、主要な財団のどこからも注目を浴びず、国際人権を学ぶ大半の修士課程で障害者の問題は扱われていなかった。

私たちは地球上で最も脆弱な立場に置かれ、貧困層の中でも最も貧しいグループの一つなのに、いまだに見えない存在にされていた。運動家の目にすらとまっていなかったのだ。

アメリカで私たちがやってきたように、アンドーラ・プラデーシュの障害者たちも自分たちの声をあげ、村のリーダーたちと協働し始めていた。同じ問題に直面している以上、自然と同じ戦略になるのだろう。

「運動を始めてから、どんな変化がありましたか？」

わたしはそこにいる男女に尋ねた。あの小さい子は母親の足元でマーカーペンを使ってまだ遊んでいた。

「そうですね、私たちのことを名前で呼んでくれるようになりました」

先ほどと別の男性が答えた。視覚障害者だった。

「昔は障害名で呼ばれていたんですよ。「ちんば」「めくら」「おし」とか」

別のメンバーがつけ加えた。

もう一つの村では、小さな家のポーチ〔玄関から門扉までの空間〕に座った。窓からコードが無数に出ていて、隣の家からの電気を運んでいた。村の道沿いには、井戸がぽつぽつと設置されていた。モンスーンの季節で熱気が押し寄せていた。

この障害運動家たちのグループには、非常に重度の障害がある子どもたちの母親が多くいて、子どもを学校に通わせるために必要なＩＤカードを取得すべく闘っていた。彼女たちを見ていると、これまでアメリカで出会ってきた、子どもの教育のために闘う親たちを思い出した。友だちの親たち。そして、母のことも思い出した。この村にいることで、わたしもエンパワメントされたように感じた。

私たちの国とは状況がかなり違っていたが、人びとは同じことを大切にしていた。自立と尊厳、そして公正な法律へのアクセスを得ることだ。

その後の出張でウガンダに行ったときも、わたしは道がほこりだらけで、水道、電気のない村にいた。村の中心にある小さな小屋の外で、わたしは障害者グループと会った。ひとりは、フランクリン・ルーズベルトが四〇年ほど前に使っていたような古いタイプの籐細工《とうざいく》の車いすに座っていた。他にも脳性マヒらしき子どもの親たち、年配の視覚障害のある女性がいた。いつもそうしているように、わたしは全員と握手するため電動車いすでみんなの輪を回り始めた。

突然、泣き叫ぶ声がその場をつんざいた。驚いて、私たちは何が起こったのかと周囲を見渡した。二歳くらいの男の子が母親の足にしがみつき、わたしをじっと見つめ、固まっていた。急いで車いすを動かし輪の中に戻ろうとした。車いすを動かした瞬間、その男の子は再び泣き叫び始めた。どうしてよいかわからなくなり、わたしは動くのを止めた。男の子に怖がられているようで、恥ずかしかった。動くのを止めると、男の子も叫ぶのを止めた。前に進むと、男の子はまた叫んだ。

すると、通訳者が身を寄せてきて言った。

「申し訳ありません。どうもあなたの車いすを怖がっているみたいです」

その子は電動車いすを一度も目にしたことがなかったのだ。

動く物体、しかも勝手に動いているように見える物体は、たしかに恐いだろうなとは思っていた。電動車いすを見たことがない大勢の大人や子どもにじろじろ見られることはよくあった。でも、実際は障害者を助けているこの見知らぬ物体に対する恐怖心そのものが、障害と自立に対する支援が不足していることの証でもあった。

世界銀行で働き始めたときの責任者は、ジェームズ・ウォルフェンソンというオーストラリア人で、フェンシングからチェロの演奏まで幅広い才能を持つ人物だった。ウォルフェンソン総裁はいくつかの方法で組織改革に取り組んでおり、貧困層の中でも最も貧しい人たちのための開発に特別な情熱を注いでいた。わたしが雇われた理由の一つもここにあった。

障害と開発アドバイザーの仕事は、障害の問題を職員たちの関心事項にし、組織横断的に障害についての視点を持つようにすることだった。それは複雑で難しい仕事だった。多国籍・多文化からなる組織での変革が特に困難ということだけではなく、世界中の人たちは、どこで働いていようと、偏見を持っているものだからだ。

一つ例を挙げよう。ウォルフェンソン総裁が、世界中から若者を集めて会議を開こうとしていたときがあった。わたしも関わることになり、障害のある若者が招待されているかを調べてみた。誰も招待されていなかった。障害のある若者は誰ひとり会議に出席するよう推薦されていなかったのだ。

「私たちが推薦していいですか?」

わたしは尋ねた。

締め切り直前だったため、障害のある若者を探す時間は三、四日しかなかった。当時、わたしにはふたりの部下がいた。自分たちのネットワークを通じて人選を進めた。

名前が挙がったうちのひとりが、ビクター・ピネダだった。

「ビクターは非常に賢く、とても外向的な男子学生です。七つの言語を操り、ちなみに電動車いすと人工呼吸器を使っています」と推薦状に書かれていた。何名かの名前と一緒に、ビクターの名前も会議出席者として推薦した。

それから間もなく、このイベントを主催する部署から部下に電話があった。彼らはビクターの代わりに心配をしていた。フランスで開かれるこの会議から、ビクターを排除したがっていた。もしパリで人工呼吸器に支障が生じたらどうなりますか？　いったいどうすればよいですか？

この件はわたしが対応する、と部下に伝えた。わたしは担当者に電話を折り返した。

「確信を持って言えることですが」

「もしパリで医療的な問題が起これば、パリの医療システムが対応できるはずです。それに、パリで医療的な問題を起こす参加者は他にもいるかもしれませんよ」

自分の対応を記録に残すため、メールも送っておいた。

ビクター・ピネダは現在バークレー在住で、世界的に知られた都市開発計画の研究者であり、映画制作者であり、「インクルーシブ・シティ・ラボ／ワールド・エネーブルド」の創設者でもある。バークレーで教鞭もとっている。バーニングマン・フェスティバルにも参加し、世界中を旅している。ビクターはわたしが最初に紹介されたとおり、今も非常に賢く、とても外向的な人物だ。でも、その当時、もし私たちが彼のニーズを彼自身よりもよく理解していると思い込んでいたら、彼にどんなことができるか決して知ることはできなかっただろう。

もちろん、これは些細な一例に過ぎない。世界銀行での私たちの仕事は幅広く、創設目的でもある各国の主要な借款事業など大規模な事業も実施していた。それでも、この件は、人びとがいつも無意識に（多くの場合、些細なことだが、それでも悪影響を及ぼすやり方で）やりがちな、悪気のない思い込みがどういうものかをよく示している。こうした事案に対応するため、障害とは何か、私たちにとってそれが日々どういうことを意味しているかを、理解し学ぶための組織横断的な職員向け研修の機会をたくさんつくった。

わたしが人生最大のいじめに遭ったのは、世界銀行でだった。わたしには障害のない上司がいた。その上司は、四年後の二〇〇七年にわたしが退職を決めるその瞬間まで、仕事に対して常に細かい部分まで首を突っ込み、粗探しをした。彼はわたしだけを特に標的にしていたのだろうか？

障害のない女性職員に対するいじめでも内部通報をされていたのは事実だ。ただ、一番の問題はわたし自身にあった。上司からひどいことをされたり、言われたりすると、わたしは萎縮した。

長い間、障害のない人たちから分離された環境にいたことには、良い面も悪い面もあった。自信を育む場所を与えてもらったことは良かったが、悪い面としては、ありのままの自分で非障害者コミュニティの中にいる方法を学んでこなかったことだった。いじめの標的になるのは、最も孤立して仲間外れになっているように見える人たちだ。そして、「障害者」に対するイメージがまさにそれにあてはまるので、私たちは標的になりやすい。

わたしは分離された環境で育ち、障害のない男性と接した経験は多くなかったのでより大変だった。だから、自分の役職にいる男性ならしたであろうことを、わたしはしなかった。たとえば、上司を通さずに話を進めるようなことはしなかった。いじめについてオンブズマンと話してみたが、何も変わらなかった。どう対処すべきか心の中で葛藤していた。最終的には、「この人を雇うのは無理」と思われることを懸念して、何かをしようとすることを止めた。残念ながら、いずれにしろ現実は何も変わりそうになかった。

それでも、ジェームズ・ウォルフェンソンのことは大好きだった。私たちは定期的に会っていた。彼が世界銀行を辞めてすぐ、わたしも辞めることにした。

世界銀行を辞めて間もなく、今度はコロンビア特別区で知的障害・リハビリテーションサービス局の責任者になった。そこでの仕事が三年を過ぎた頃、オフィス（一五番通りとK通りが交差する場所にあった）にいると、国務省から電話がかかってきた。

政治任用を担当する国務省職員からだった。

「最近新たにつくられたポストへの面接にご関心はありますか？」

すぐに胸が高鳴った。彼女が何のポストについて話しているか、わたしは明確にわかっていた。

「はい」と国務省の女性職員に告げた。

「興味があります」

八カ月前、バラク・オバマがこの国にとって歴史的な勝利をおさめ、大統領に就任していた。

オバマはカリスマ性があり、話が上手で、自信にあふれたリーダーだった。経済不況から抜け出すためのビジョンを持っており、マイノリティのコミュニティは、明らかにオバマにチャンスを与えたがっていた。一カ月前、オバマは国連障害者権利条約（ＣＲＰＤ）に署名をしていた。とても大きなできごとだった。

ＣＲＰＤは、障害者の権利と尊厳を護ることを目的とした国際人権条約だ。この条約を署名・批准した国々は、障害者の人権を促進、保護、保障し、法の下で完全な平等を障害者が享受できるよう求められる。その当時、そして今日もなお、権利条約は障害者の見方を変える世界的な運動の重要な触媒としての役割を果たしている。すなわち、障害者はもはや慈善・治療・社会保障の対象ではなく、むしろ、人権を有する社会の完全かつ平等な一員であるという見方だ。

世界銀行時代、ＣＲＰＤを起草するためニューヨークにある国連本部で開催された数多くの会議に出席した。多くの点で、ＡＤＡ（障害のあるアメリカ人法）のような法律が条約のモデルになっていた。そのことは、ブッシュ政権がアメリカは条約に署名も批准もしない、と言った一因になっていた――アメリカには必要ない、という意味だ。アメリカからもすべての公的な条約起草委員会に公式の代表団が出席していたが、何年もの間、代表団のメンバーは世界の仲間たちと正式に関与することを許されていなかった。

そうしているうちに、オバマ大統領が誕生したのだ。

わたしはホワイトハウスでのセレモニーに出席していた。そこでヒラリー・クリントン国務長官は、アメリカがＣＲＰＤに署名すること、そして批准に向けて国務省内に新たな役職を設けることを発表していた。「国際障害者の権利に関する特別アドバイザー」が、ＣＲＰＤへの支持を上院で取りつける努力を先頭に立って行うことになっていた。もし上院が条約の承認に賛同すれば、オバマは条約を批准することができる。この特別アドバイザーは、国務省の事業を横断的に障害の視点で見直すことも役割の一つだった。世界銀行で果たしていた役割と似ており、わたしが重要だと思う多くのことと関連があった。それに、ヒラリー・クリントンとは一九九五年に北京で開催された世界女性会議に、アメリカ代表団の一員として一緒に参加したときからの知り合いだった。そのとき、ヒラリーはファーストレディとして参加しており、わたしは彼女のことを好ましく思っていた。

電話を受けてから一週間後、わたしは面接に行った。面接官はわたしに電話をかけてきた女性だった。二次面接に呼ばれたことを考えれば、かなり上手くいったのだと思う。二次面接では、ヒラリー・クリントンの首席補佐官であり、大統領関連の仕事の責任者でもあるシェリル・ミルズに会った。数週間後、わたしはオバマ大統領の政治任用として特別アドバイザーに推薦された。すごくうれしかった。

ホルヘに電話をかけた。

「国務省のポストに推薦してもらったよ」と伝えた。

「だから言ったでしょ」とホルヘは答えた。

「君は「チンゴナ」だよって」

電話越しに、ホルへの笑顔が浮かんだ。そのあとは、膨大な量の書類を提出しなければならなかった。身元保証のため、過去七年間の海外渡航歴を提出する必要があった。出会ったすべての人たち、したことすべてが対象だった。終わるまで六カ月近くの時間を要した。ようやく身元が保証され、働き始めることができた。

わたしは民主主義・人権・労働担当国務次官補に対して業務報告をすることになっていた。世界銀行時代に一緒に働いていたキャシー・ガーンジーの政治任用を提案し認められたときは、うれしくてワクワクした。私たちの前には、やるべき歴史的な仕事があった。障害の問題も国務省のアジェンダなのだというメッセージを届けることが仕事だった。海外援助。外交。人権。そのすべてにおいてだ。

二〇一〇年六月、わたしは六三歳になっていた。

この仕事に就いて最初の海外出張先は、チュニジア、アルジェリア、そしてヨルダンだった。大使館の職員が障害への関心を高めようと考え、私たちを招待したのだ。出張計画を練る必要があった。

わたしは、どうすれば障害者が目に見える存在になるか、まずその方策を見つけ出したかった。私たちは、見えない存在であり続ける限り、忘れられた存在だ。それによって、価値のない存在とされるだけではなく、傷ついたり、それ以上にひどい経験をする羽目になる。

最初の訪問地における本拠地は、在チュニジア米国大使館だった。大使は、夕食会を開き、障害運動家や障害者の権利促進のために運動している人たちを招待することに賛同してくれた。この夕食会の前後にいくつかのミーティングも設定した。障害者が直面している主要な課題について学びたかったし、障害運動家たちに大使館に入ってもらい、大使や大使館職員に出会ってほしかった。国務省の人たちには、チュニジアで起きている人権侵害の状況について障害者の声を直接聞いてほしかった。出張の計画を練るため、チュニジアの国務省現地職員たちと一緒に準備を進めていった。

すると、出張や夕食会の準備そのものが、一定の目的を果たしていることがすぐに明らかになった。わたしが高い役職に就いている障害者であるという事実が、そうでない場合に比べ、より重みをもった形で問題を提起していた。私たちは電話をかけて大使館職員と話をし、彼らがアクセシビリティについて隅々まで考慮できるよう手助けをしなければならなかった。すべてがアクセシブルでなくてはいけなかった。私たちが会議を行う事務所、レストラン、ホテル、大使館の入口、会議室、手話通訳者の手配、点字資料の準備まで、すべてだ。

もちろん、大半のことがアクセシブルにはなっていなかった。大使館自体も十分にアクセシブルだとは言えなかった。海外ではADAの効力には限界があるのだ。大使館の新設・改築時は連邦政府の建築基準を遵守していたが、大半の大使館はアクセシビリティについては成り行き次第になっていることがわかってきた。

興味深かったのは、私たちの出張計画を練る作業が、大使館のチームだけではなく面会先の人たちにとっても、ときには学びの機会になっていたということだ。ヨルダンではアンマン市長との会議が予定されていた。市役所はアクセシブルではなかったので、中に入るために世界銀行から携帯用スロープを借りていた。私たちはヨルダン側の主要関係者の何人かに、「あなたたちの市役所をアクセシブルにするためにはどうすればいいか、お考えになったほうがいいですよ」と伝えていた。

「やります」「でも一年はかかります」、これが、返ってきた答えだった。

ところが、市長との会談中にこのやり取りを話すと、市長は市役所の入口を見に行った。二週間後、アンマン市役所には、建物の建築スタイルにあわせデザインされた車いす用スロープが設置されていた。本当に新鮮な反応だった。

障害者と接した機会がないこと、そして、知識を持っていないこと。これが、障害のない人たちと接するときに直面する二大障壁だった。何も珍しいことではない。

中東出張から戻ると、国務省職員向けに *Lives Worth Living*（『生きるに値する命』）というアメリカの障害者運動を記録したドキュメンタリー映画の上映会を実施した。第二次世界大戦後からADAの成立まで、私たちがやってきたことのすべてが描かれている。

私たちは世界銀行、ヒューマンライツ・ウォッチ、その他の団体からパネルトークのためのゲストを呼び、大きな会議室でイベントを開催した。百名ほどが参加してくれた。イベント後、国務省のとある地域部長を務める友人が、わたしのところにやってきた。

「この映画を見るまで」と彼女は切り出した。

「障害者の公民権運動があったなんて知らなかったわ」

わたしは困惑した。

ＡＤＡの成立から二五年、五〇四条項の署名から三五年が経っていた――まるまる一世代前の話だ。しかも、この人物は人権の問題に日々取り組み、世界の情勢についても十分な知識を持っている人だ。にもかかわらず、彼女はこのとき初めて、五〇四条項やＡＤＡが私たちにとっての公民権、人権だと耳にし、本当の意味で理解したのだ。そして、そう話した人は、何も彼女が初めてではなかった。

根本的な問題は、ＡＤＡが、アフリカ系アメリカ人による公民権運動のときのような意識向上を伴わずに成立していたことだった。結果的に、障害者権利運動家たちは今でもとても不利な状況に置かれ続けている。

国務省在任中、『生きるに値する命』を何回も上映し、多くの、本当に多くの人たちからまったく同じことを言われた。世界銀行の中でもそうだったし、世界中の人びとがそうであるように、この問題と解決策について人びとは限られた知識しか持っていない。

国務省には、「マンデラ・フェロー」というアフリカの若者向けの有名なプログラムがあった。アメリカに来る若者が選抜され、大学で六週間にわたり人権や関連する課題を学ぶ機会を与えられていた。その後、ワシントンＤＣに数日間滞在し、さらに一カ月間どこかの団体で働く場合もあった。わたしの部署のスタッフが、このプログラムに参加させるべく何人かの名前を挙げていたときがあった。応募締め切りが迫ってきた頃、当然わたしは障害のある若者が推薦されているかを尋ねた。誰も推薦されていなかった。私たちはすぐ行動に出た。アフリカで障害の問題に取り組んでいる団体のいくつかに連絡をとり、障害のある若者を推薦するよう依頼した。

私たちに情報が寄せられた若者のひとりは、ＤＣにあるアメリカン大学で修士課程在籍中の青年だった。私たちは彼を推薦し、そして合格した。

その後、プログラムの担当者から電話があった。どういう話になるか、もう想像がつくだろう。担当者は、障害のあるこの青年が、ホワイトハウスや国務省での所定のミーティングに来られるかを心配していた。それを聞いて、わたしは思わず顔をしかめた。

「マンデラ・フェロープログラムに折り返して」とわたしは部下に言った。

「そして、こう伝えてちょうだい――彼はウガンダからアメリカン大学までやってきたんですよ、と。アメリカン大学から国務省やホワイトハウスには間違いなく行けます、と」

無意識かつ暗黙の論理が、ずっとまかり通っていた。

障害児教育に関するミーティング中、わたしにこう言った職員もいた。

「まずは障害のない子どもたちの教育のことをやりませんか。障害児のことは、そのあと考えましょうよ」

こういったことは、本当によくあることだった。そこにある基本的な論理はこんな感じだろう——障害のある人は、障害のない人に比べると（A）や（B）や（C）の恩恵に与っていない、ということは、（A）も（B）も（C）も必要ではない。障害者は、それらなしでやっていくという考え方を受け入れないといけない——。同様のことが、交通機関や雇用など他分野でも起こっていた。

いったい、何という論理だろうか？

その裏には、障害者は学習する可能性がより低く、貢献できる能力もより低く、できることが少ないという前提がある。つまり、私たちは平等な立場には立てないのだと。私たちは、本当にこんなことを信じているのだろうか？

障害は、人間に当然起こり得る状態の一要素に過ぎない。人びとが長生きするようになり、より多くの戦争をし、医学が進歩するにつれ、昔なら亡くなっていた多くの人たちが生き続けるようになるだろう。おそらく、障害と共に。私たちはこの事実を受け入れるべきだ。そして、そのための準備をするべきだ。その事実を考慮して、社会をつくっていくべきなのだ。

国務省では、私たちが言っていることを職員が次第に理解し始めた。国務省主催プログラムへの参加者を推薦する大使館でも、職員は私たちが言っていたことを前よりもよく理解するようになっていた。特に、若者の候補者を探しているときは、障害のある若者を男女ともに探すこと——そして最も障害の軽い人たちだけを対象にしないこと。介助者が必要な場合は国務省が介助費用を負担し、介助者のためのビザも承認するようになった。対象者が他の種類の合理的配慮を必要とする場合でも、以前よりも容易に受けられるようになった。

わたしが国務省を辞めるまでに、六五名の障害のあるマンデラ・フェローが誕生した。プログラムを始めたときにはゼロだった。フェローたちの多くは、それぞれの国のリーダーになっていった。また、実務経験を積むため障害者団体に派遣されたフェローがいなかったので、私たちはインターンシップができる団体のリストに障害者団体を追加した。ハドソンバレー自立生活センターは障害のある女性への暴力について取り組んでおり、ある男性フェローはそこで実務経験を積んだ。

水面に一枚の花びらを落とせば、そこには波紋が生まれる。

良かったことは、ほとんどの人はオープンで学ぶ姿勢があったことだ。一度学習すれば、私たちが本当にやろうとしていることの意味を、よりよく理解してくれた。

言葉は、ただの言葉に過ぎないのだ。それがどんなものか実際に見聞きするまでは。

たとえば、憎しみ。

または、差別。

もしくは、人権。

アメリカにおいて、私たちの人権は正当に評価されていない。でも、人権はサラマンダー〔火中でも焼けないと信じられたトカゲのような形の架空の生き物〕のようなものだ——完全になくなってしまって初めて、それが失われつつあったことに気づく。ナチス時代のドイツでは（父がそのできごとの数年後に書き記していたように）、手遅れになるまで、村の誰ひとりとして何が起きているかに気づいていなかった。

上院にCRPDを承認させるため、私たちは国務省内で法務省、保健福祉省、法制局の関係者と定期的に協議と対話を重ねていた。アメリカ国内の現行法や政策とCRPDの要請がどれくらい一致しているか詳細な分析がなされた。条約に関するいくつもの公聴会が行われた。大半の作業は、各省庁を代表する幹部や職員によって現場でなされていた。ヒラリー・クリントンは何が起きているかを熟知してはいたが、他にもやるべきことがあり、日々の情勢を深く把握できているわけではなかった。

二〇一三年二月、ジョン・ケリーが国務長官になると、ヒラリーよりもかなり積極的にCRPDに自ら関与した。

ヒラリーのときに比べ、ケリー長官とはかなりの数の対話を重ねた。彼は、私たちがやっていることに対する市民社会グループからの声を聴く会議の議長を務めたこともあったし、公聴会で証言もした。関連する課題について、わたしはよくケリー長官に対してブリーフィングを行った。彼は上院外交委員会のメンバーでもあったため、国際的な課題に精通していた。

並行して、障害コミュニティもこの問題に取り組んでいた――国家障害者評議会は条約の重要性について理解を得ようとしていた。ジョン・ウォダッチという法務省元職員の支援も得て、本当に多くの障害者団体がこの動きを支持すべく運動を行った。結果的に、ＣＲＰＤは委員会を通過した。

一方で、条約の批准に反対する人たちもいた。噂や都市伝説が膨れ上がり、ひとり歩きをしていた。ＣＲＰＤを通じて国連がやってきて、家族から子どもを奪い去ることができるようになると言われていた。あるグループは千人を動員して上院議員に電話攻勢をし、議員事務所の電話をパンクさせた。

結果的に、私たちのさまざまな運動にもかかわらず、ＣＲＰＤは取り下げられた。共和党と民主党が手を組んでＡＤＡを成立させた一九九〇年から二十年ちょっと、あの頃と状況は変わってしまった。議員たちは、妥協し一致点を見つけようと汗をかく代わりに、政治的なポイント稼ぎのために力を行使することに集中するようになった。共和党の中には支持をしてくれた議員もいたが、十分な票を得ることはできなかった。

アメリカは概して国連の条約を批准したがらない。自分たちだけでやっていけると思いがちだ。でも、自分たちだけでやれるかどうかは、あまり良い論点ではない。より適切な問いは、私たちはどうありたいのか？　だろう。私たちは、最も脆弱な立場に置かれ疎外されている人たちのことを大切に思う国であるはずだ。私たちは、歴史のどちら側に立っていたいのだろうか？

読者のみなさんは、ＡＤＡはどうなったのだろう？　と思っているかもしれない。特に、二〇一五年にＡＤＡ成立から四半世紀を迎えたことを考えれば。

ADAができたことによって、車いすでも通れるようにスロープを設置することや、縁石の切り下げが今や当たり前になってきた。教育へのアクセス、交通機関へのアクセス、仕事へのアクセスも開かれてきた。障害運動家たちも、より高い意識、高い専門性を身につけてきた。法律をなかなか遵守しない民間事業者は裁判所に引き出された。裁判では勝ちも負けもあったが、判例を残したことによって一定の規範がつくられてきた。反発もあった。

反発に応える形で、二〇〇八年、ADAの趣旨を護り復活させるため、ジョージ・W・ブッシュ大統領の下、改正ADA法が議会で成立した。

そして、二〇一五年、ADA二五周年をオバマ大統領がホワイトハウスのイーストルームで祝ったその数カ月後に、施行規則を弱体化させる目的でADA教育改革法が提案された。その法案を見れば、何名かの議員が、法律を遵守しないための言い訳をいかに積極的に認めようとしているかがわかる。

オバマ大統領はADAを護り抜いた。オバマ政権は、障害者のことを非常に重要な国内政策の一つとして扱っていた。特に、オバマ大統領はその先の未来を見据えていた。縁石の切り下げやスロープは不可欠だが、スロープを置いても他に何も起こらなければ、スロープを上がっていく人は現れない。

オバマはホワイトハウスで働く障害者を雇用し、政府内のポストに障害者を任命した。オバマは知識とビジョンを持った人材を雇用し、障害者の教育と雇用に力を注いだ。たくさんの進展があったが、それでも障害のない人たちと比べると、私たち障害のある人の大学進学率は著しく低く、障害のない人に比べ、失業している割合も貧困に苦しんでいる割合もより高いままだった。

オバマは、ＩＤＥＡ（障害のある個人教育法）向けの予算を増やすことを提案した。また、政府が十万人の障害者を雇用することを提案し、自動運転装置がついた自動車の一流デザイナーと障害者を集め、商品開発時に障害のことを考慮するように働きかけるなど、他にも多くの重要な成果をあげた。

ただ、オバマの最大の功績は、「オバマケア」として知られる医療保険制度改革法を成立させたことだ。この法律のおかげで、既往症があるために医療保険への加入を拒否されていた障害者も、医療保険に入れるようになった。また、より負担可能な額で医療保険に加入できるようにもなった。さらに、子ども、低所得者、高齢者、障害者向けに医療費を扶助するメディケイドという連邦政府のプログラムも拡大したのだった。

第十二章　私たちのストーリー

ハリウッドが、私たちのストーリーを語ろうとすることがある。映画で見たことがあるだろう。

ある女性が障害者になり、死を望み、愛する人に自分を殺すように説得する。

『ミリオンダラー・ベイビー』

ある男性が障害者になり、死を望むが、介助者と恋に落ちる。そして、障害のある男との人生から彼女を「救う」ために死を選ぶ。

『世界一キライなあなたに』

ある男性が障害者になり、苦しみを前に悪の道に堕ちる。

『スター・ウォーズ』のダース・ベイダー。

障害は、重荷として、悲劇として、見られている。

でも、もしそれが事実ではなかったら?

もし誰かのストーリーが、こんなふうに始まったとしたら?

「「障害がなければよかったのに」と思ったことは一度もない」

母が幼稚園の入園手続きにわたしを連れて行った前夜、自分がどんな気持ちでいたかを思い出すのは今でもまだつらい。登園初日に着るドレスをあんなに慎重に選んで、目の前に広げていた自分。そして、拒絶されたと感じた経験が、どれだけの痛みを伴うものだったか。

わたしの中では、自分が学べること、成し遂げられることに、壁など設けてはいなかった。あらゆる壁は、わたしの外側からやってきた。

障害がなかったら、わたしは今とは違う人間になっていただろうか？　もちろん、それに対する答えは持ち合わせていない。もし、あなたが仏教徒やイスラム教徒に生まれていたとしたら、今とは違う人間だったか……？　もしロンドンではなく、ダカールで生まれていたら？　誰も答えられないだろう。

確かなことは、わたしは不安を乗り越える方法を学ばなければいけなかったということだ。仲間たちと一緒にいるほうが、自分はより強くなれることも学んだ。

障害がなければ得られなかったような機会も与えてもらった。ただ単にブルックリンで育っただけの女の子だったら、同じような経験はできなかっただろう。

障害があったから、より一生懸命に勉強し、より熱心に働き、困難なことも成し遂げようと頑張った。各地へ旅をすることにもなった。

障害は、わたしを闘いに駆り立ててくれた。私たちに対する世間の見方を変えるために——私たちが人として本来持っている力を見てもらうために。

障害がなかったら、エドやフリーダ、ジョニやメアリー・ルー、パットやキティ、シーシーやケール、アドルフ、ユニス、ダイアンに出会えていただろうか？ホルヘに心を開いていただろうか？

わたしの人生は、きっとまったく違ったものになっていたと思う。そして、同じだったとも思う。自分の人生がどうなり得たかなんて、誰がわかるだろう？わかっているのは、こうなる運命だったのだ、ということだけだ。わたしは、なるべくして、今のわたしになったのだ。

もし明日あなたが障害者になったら、人生は大きく変わるかもしれない。でも、これだけは伝えられる——それを、悲劇と捉える必要はないのだと。

私たちはみんな同じ人間だ。人間としてさまざまな側面を持っている中で、どうして障害だけを特別扱いするのだろう？

今振り返ると、五〇四条項の立てこもりデモで素晴らしかったことの一つは、私たちがいかに一つになっていたか、だと思う。自分たちの中にある違いには目を向けなかった——私たちは同じ目標、共有する目的に目を向けるようにしていた。私たちは、互いがどんなふうに言葉を話せるか、どんなふうに身体を動かせるか、どんなことを考えているか、どんな見た目か、といったことの、その先を見つめていた。互いの人間的な部分を大切にしていた。

私たちは、誰もが参加できる社会を目指し、仲間たちのため、公平と正義を求めて立ち上がった――そして、勝利を収めた。

＊

二〇一七年一月、季節外れの暖かい日、ワシントンDCにある自宅アパートでホルへとテレビを見ていた。

アメリカの歴史上、第四十五代目となる大統領の就任式だった。大統領に選ばれたドナルド・トランプが宣誓するところだった。トランプが話し始めると、議事堂の外では雨が降り始めた。スピーチは二〇分にも満たなかったが、その内容はわたしの心を魚雷のごとく撃ち抜いた。

「本日以降、新しいビジョンがこの国を動かすことになる」とトランプは言った。

「これからは、アメリカ・ファーストだ」

聞いたことがあるフレーズだった。白人至上主義・移民排斥運動で使われていた言葉だ。トランプ大統領に他者への敬意が欠落していることは、少し話を聞けば明らかだった。

「私たちは、いったい何をしてしまったの?」とホルへに言った。首筋がぞっとして、鳥肌が立っていた。

でも、じつのところドナルド・トランプは、私たちを遠ざけ、分離し、不平等を利用しようとする他の政治家と同じように話したに過ぎなかった。

同様に、まったく反対の立場を主張しているリーダーたちもいる。そして、私たち自身もここにいる。

トランプの就任式の翌日、女性たちが通りを埋めた。この女性たちもまた、トランプ大統領の敬意の欠如に憤慨していた。トランプによる一連の女性蔑視発言に対する抗議だった。トランプが「女のアソコ《プッシー》だって摑める」と軽口を叩いたことに対し、猫耳をつけたピンクの帽子をかぶり、世界中で女性たちがデモ行進を行った——DC、香港、パリ、ブエノスアイレス、そしてロンドン。二〇一七年のウィメンズ・マーチは、一回のデモ参加者数だけで、アメリカにおける過去の累計参加者数を超えてしまうほどだった。世界中で行われる数多くのマーチが、今後も何百万人もの人たちを呼び寄せるだろう。

私たちは、若い頃からずっと、長い道のりを歩いてきた。必死に運動して成立させた法律は今もここにある——ADA（障害のあるアメリカ人法）、五〇四条項、IDEA（障害のある個人教育法）、そして、障害者の公民権を法的に認め保護してきた連邦法や州法など。障害のある子どもの教育の権利を否定することは、もはや許されない。障害のある子を厄介者呼ばわりすることも違法だ。米国公共交通協会は国際会議で発言し、アクセシブルな交通手段の重要性を訴えている。本日時点で、一七七カ国が国連障害者権利条約を批准している。いつの日か、私たちも批准したいものだ。

もし、あなたが生まれたときからあらゆる恩恵（縁石の切り下げがあり、教室には障害のある同級生がいて、テレビには字幕と音声解説があるなど、障害者が社会に参加するためのその他あらゆる方策）があるなかで育った世代なら、そういうものなのだと、昔からそうだったのだと、そしてこれからもそうだろうと考えて当然だと思う。これらの権利を当然のことと捉えていても不思議ではない。

でも、私たちの政府は常に変化している。政府は、ある一部の集団によって形成され、同様にある集団によって変えられる。

このことは、私たちに次のような選択肢を示している。

私たちは、自分たちが信頼できる政府をつくる国民でありたいのか。それとも、自分たちの前に現れたどんな現状もただ受け入れるだけの国民でいたいのか？

選挙期間中、ドナルド・トランプは障害のあるレポーターのモノマネをして馬鹿にした。大統領就任後は、さらにひどかった。トランプは、障害者に影響を及ぼす多くの変更をさっそく行った。初日から医療保険制度改革法に攻撃を加えた。就任初日の大統領執務室で、この法律に関連して連邦政府機関が実施すべき要件を緩和する大統領令に署名したのだ。医療保険制度改革法の撤廃に向けた確かな第一歩だった。

トランプは教育省長官にベッツィ・デヴォスを任命した。彼女はＩＤＥＡに疎かった。

ホワイトハウスのウェブサイトにあったＡＤＡのページも閉鎖された。

トランプは、各省庁に「不要な規制の緩和」を求める大統領令にも署名した。

ドナルド・トランプの振る舞いは、公民権法への攻撃がどのように起こり得るかを示す良い例だ。こうした攻撃はいつも正面からなされるとは限らない。見つけられる限りの隙間を狙って、そっとなされることが多い。ホワイトハウスのウェブサイト上でＡＤＡのページを閉鎖することも、官僚に「不要な規制の緩和」を命じることも、法律で義務づけられた施行内容に疎く、法律を軽んじる上級スタッフを雇うことも、スタッフ自体を雇わないことも、すべて公民権法の間隙をついたずるいやり方だ。

デヴォス長官の指揮下で、障害のある児童・生徒の権利を解釈・説明したIDEAの七二本の政策ガイドラインが、政府のウェブサイトから姿を消した。法制度について明らかにし、説明したこれらのガイドラインや書類は、人びとが自分たちの権利を知り、それらの権利を求める力を左右する。権利が侵害された際の主な対抗手段の一つが申立てだ。しかし、法律や施行規則の知識がなく、十分な理解がなければ、どうやって申立ての方法を知るのか？ こんなことが一度許されれば、あとはなし崩しになってしまう。法制度の影が薄くなれば、ある行為が人権侵害とみなされるかどうかの判断もより一層難しくなる。

トランプ政権による攻撃を受け、障害運動家のコミュニティも、抗議デモをしたり、啓発活動をしたり、人びとを教育するなど、あらゆる手段を使って全力で対抗を始めた。

ホルへと一緒に見ていたドナルド・トランプの就任式から六カ月後、障害者たちは上院多数党院内総務であるミッチ・マコーネル上院議員の事務所の外で、床に大の字になって寝そべっていた。ADAPTが企画した「死を模した抗議（ダイ・イン）」だ。上院ではオバマがつくった医療保険制度改革法の撤廃に向けて本格的に取り組むべく、医療保険計画の代替案が検討され、その内容にはメディケイド*への深刻な予算カットが含まれていた。医療的ケアや、メディケイドの予算で運営される福祉サービスを失えば、一千万人の障害者が施設での生活を余儀なくされる可能性が現実味を帯び始めていた。この「死を模した抗議」は、議会で提案された修正案と闘うため、障害運動家たちが企画した抗議活動の一つだった。

テレビのニュース番組で、記者たちはこの「死を模した抗議」を報道した。警備員が車いすから無理やりデモ参加者を引きはがし、抱えて連れ出す様子は、私たちがジョセフ・カリフォノの事務所前で警備員に追い払われた日を思い起こさせるものだった。

最終的に、オバマケアを撤廃しようとする試みは失敗に終わった。これは、運動家たちの努力によるところが大きい。

とはいえ、自分たちの権利を護るとき、運動は計算式の半分に過ぎない。もう半分は、司法制度だ。

トランプ大統領が指名した最初の司法長官は、上院議員を長く務めたジェフ・セッションズだった。上院議員時代、わたしが障害児の教育支援のため取り組んでいた教育法であるＩＤＥＡを攻撃し続けた人物だ。

セッションズは、ＩＤＥＡは「今日、全米の教師にとって最も苛立たしい問題」だと言い、さ

＊日本のような国民皆保険制度がないアメリカにおいて、民間の医療保険への加入が難しい低所得者を対象とする公的な医療保険制度。メディケイドを通じ地域で介助サービスを受けている障害者が多いため、メディケイドの財源カットに対し激しい抗議運動が起こった。

らには「連邦法と施行規則による複雑な制度であり、訴訟に次ぐ訴訟を生み、特定の子どもたちに対する特別待遇を許し、全米中の教室で礼儀正しさと規律が失われつつある最大の要因」[★1]とまで言った。続けてアラバマ州の教員と校長で構成される団体からの陳情書を何通も読み上げた。規律の問題に関する不満が長々と述べられており、その責任を障害のある児童・生徒とIDEAに帰する内容だった

アメリカにおける学校制度の問題を、障害児のニーズのせいにするなど言語道断だ。加えて、セッションズの言葉には「障害のある子どもの教育は、他の子どもの教育と同じ優先度にはない」というメッセージが明らかに含まれていた。

言い換えれば、セッションズは自国の法律を支持していなかったということだ。そして、こんな人物が、法の施行に責任を持つ国の最高法務官として、トランプ大統領が選んだリーダーなのだ。

トランプ政権下の二年半で、大統領は百名以上の地方裁判官を任命してきた。『ガーディアン』によれば、任命された裁判官たちは、「保健医療へのアクセスや、女性の性と生殖に関する権利へのアクセスを悪化させるため熱心に仕事をしてきた経歴があり、労働者の保護や、生活を支えるきれいな空気・水を守るための取り組みを阻害する人たちだ……これらの重要かつ不可欠な法的権利・法的保護は、今後三、四〇年にわたり深刻なダメージを受けることになるだろう。そして、それにより苦しむことになるのは、これらを必要とする全米何百万人もの人びとだ[★2]」

裁判所と裁判官は重要だ。司法制度は大切なのだ。公民権法が威力を発揮するのは、人びとが法律の中身を理解し、自分自身また他者のために声をあげ、かつ、効果的に法律を監視し施行するため司法制度に頼れるときだ。

もしあのとき、わたしの担当判事がコンスタンス・ベーカー・モトリーではなく、「トイレにどうやって行くか見せろ」と言った医者の行動を支持する判事だったら？　もしモトリー判事が教育委員会の意見に賛同し、「あなたは歩けないから教師にはなれません」とわたしに告げていたら？　わたしの人生はまったく違うものになっていたはずだ。

では、これから私たちはどうやって前に進むのか？

障害者が困難に直面し続けることは事実だ。障害のある人が障害のない人に比べて職に就いていない可能性は二倍で、私たちが自立生活を送るための介助制度の財源もこの先どうなるかわからない。私たちはいまだに烙印を捺され、頻繁に差別を受け、参加資格がなく、いろいろな意味で重荷だと思われている。

こうした問題に立ち向かい、前に進むため、私たちは自問すべきだ――社会に対する私たちのビジョンは何か、と。

自分たちのコミュニティが、愛する人たちが年をとっても、住み慣れた地域に暮らし続けることを選択できるような地域や街であることを望むのか。もし自分自身や自分の子どもが事故に遭っても、今暮らしている場所にそのまま住むことができ、同じ学校に通い続けることができ、同じ仕事を続けられるように望むのか。

私たちは自分たちの中にある人間的な部分を受け止め、それを中心とした世界を描く必要がある——つまり、ユニバーサル・デザインを使うこと。介助制度を支持すること。雇用の仕方を変えること、だ。

私たちは、分離や孤立ではなく、居場所やコミュニティが育まれるように、自分たちの街や社会をデザインすることが「できる」はずだ。

私たちは、「そんなことは無理だ」と思っているのではなく、「それは可能だ」と言える人になれる。反対ばかり言うのではなく、問題を解決できる人になれるのだ。

ちょうど、子どもがそうであるように。

そして、わたしの心には、より大きな問いが浮かんでいる。

私たちが障害のある人やマイノリティをどう扱うかは、突き詰めれば、人間性に対する自分自身の基本的な信念の表れだ。私たちは、一人ひとりがみな何かしら貢献できるものを持っていると心から信じているだろうか？　出身がどこであろうと、どんなふうに動き、考えようと、どの言語を話そうと、肌の色が何であろうと、どの宗教を選ぼうと、愛する人が誰であろうと。

私たちは、平等を信じているだろうか？

私たちは、自分自身の内面を見つめ、本当にそれが真実だと信じられるかどうか、深く考えなければならない。

なぜなら、公平な社会をつくるため、全員に声をあげる機会を与えるため、疎外された人たちの権利を保護・促進し、私たち全員を支える共有の組織をつくるために必要な乗り物を、私たちはすでに手にしているからだ。その乗り物は、民主主義だ。

私たちが民主的な政府に価値を見出し、育て続ければ、不平等の問題を解決することができるだろう。ただし、複雑な状況になったときでも、私たちは匙を投げだしたくなる衝動を抑えなければいけない。民主主義は複雑で、そのプロセスは必然的に時間を要するからだ。非常に本質的な部分で、そうに違いないのだ。

すべての人の声を取り入れること、疎外された人たちをきちんと保護すること、私たちの国の多様性を実現すること——これらすべてを実現するには、民主主義がそれぞれの問題をじっくり検証し、たくさんの討論と委員会を積み重ね、時間のかかるチェック・アンド・バランスのようなものを経ることが必要だ。意思決定には時間がかかる。私たちが政府に最も望むことは、事実を検証できること、ほどよく客観的になれること、そして、人びとが自分たちの声が反映されていると実感できるようにすることだ。

自分たちが思うような形でこれらが実現されていなくても、あきらめてはいけない。何かがおかしい、苛立たしいと感じるなら、私たちはそれに対して行動を起こすべきなのだ。

黒人女性初の下院議員であり、*Unbought and Unbossed*（『買われもせず、言いなりにもならず』）の著者であるシャーリー・チザムの言葉を、私たちは思い起こす必要があるだろう。

「サイドラインに立ったまま、メソメソと愚痴をこぼしても、何も変化は起こせない。あなたが変化を起こせるのは、アイデアを実行したときなのだから」

シャーリー・チザムは私たちに活を入れようとしていたのかもしれない。まさに彼女の言う通りだろう。私たちは、より良い社会をつくることができる。

選挙に立候補しなさい。

選挙に参加しなさい。

「投票しなさい、あたかも自分の人生がかかっているかのように。実際そうなのだから！」と、ジャスティン・ダートが言ったとおりだ。

闘いなさい。障害者を含むマイノリティの権利を奪う権力に対して。

ひとりの運動家になりなさい。

私たちは、運動家に対して偏見を持つ傾向があり、委員会や会議のあり方、多くの関係者がいることを時に茶化したりする。でも、これをすると、私たちがしていることの背後にある戦略は伝わらなくなる。

五〇四条項をかけた立てこもりは、とんでもなく複雑なオペレーションだった。最初に施行規則をつくり上げ、全米障害者連合（全国的な統括調整組織）を創設するには何年もの時間を要した。

さらに、サンフランシスコ連邦政府ビルの外で抗議運動を展開するまでには、何カ月もかけて、何回も会議を重ねなければならなかった。私たちの活動は、権利擁護団体の巨大なネットワークに根差しており、あなたが想像するよりもはるかに多くの人を巻き込んでいた。この本で言及した一人ひとりの名前の後ろには、さらに何千人もの仲間がいて、すそ野は広かった。私たちは、委員会に次ぐ委員会を重ねていた。あらゆる人が役割を持っていたし、全員が当事者意識を持っていた。

なぜか?

なぜなら、私たちは、変化を生み出すために担っている役割が一人ひとりにあると信じていたからだ。自分たちが成功するかどうかは、一つになれるかどうかだとわかっていた。私たちの力は、運動を自分ごととして考え、運動に対する自分の役割を実感している仲間がどれだけいるかにかかっている。

今でも、これがわたしの運動のやり方だ。

私たち——私たち全員、特に社会から疎外されている人たち——は力を合わせないといけない。より広い意味の公民権運動の中で、障害はまだ認識されていない。あらゆるマイノリティグループの中に、見える障害、見えない障害を持つ人がいる。私たちは、アフリカ系アメリカ人であり、ラティーノであり、アジア系であり、ネイティブ・アメリカンであり、ゲイであり、ストレートであり、トランスジェンダーであり、中流階級であり、富裕層であり、貧困層であり、ユダヤ教徒であり、ヒンドゥー教徒であり、キリスト教徒であり、イスラム教徒なのだ。私たちは、どのマイノリティグループを前進させるべきか、選び取るようなことはできない。結局のところ、私たちはみんなで一緒に前に進むべきなのだ。私たちの家族と地球を大切にしながら。

私たちの社会の中で、ある一部の集団がまるまる他の集団から分離されるようなことがあれば、民主主義の基礎は揺らぐ。互いが遠い存在になり、分離が進めば、理解したり共感することができなくなり、最終的には不正義と他者の権利の否定につながる。他者の立場を想像できない国になれば、どのようにして差別が起こり、差別を受けた側がどんな気持ちでいるか、という複雑さを理解することはできない。自分がよく知らない人たち、理解できない人たちに対する敬意を失えば、不平等や貧困の原因は自己責任にされがちだ――制度のせいではなく。お互いを責め合うような状態に一度陥ってしまったら、平等に価値を置く社会など、どうやってつくれるだろうか？

人びとが前に出てくるまでには、時に長い時間を要するものだ。私たちは受け身の状態（孤立している、自分ひとりの声に過ぎない、と感じている状態）から、積極的にみんなで一緒に声をあげられるようにならなければいけない。わたしの場合は、やっと学校に通えるようになり、キャンプに行って初めて、自分と同じような経験をしてきた障害者のみんなに出会えた――それまで私たち全員がとても孤独だった。どうして私たちは社会から排除されるのか、みんな不思議に思っていた。他の人たちと同じ機会を与えられていないのに、どうやってアメリカン・ドリームを達成する一歩を踏み出せばいいの？　と思っていた。私たちは、一緒になって初めて、何がおかしいかだけではなく、自分たちが可能だと思うことを、言葉にできるようになった。

私たちが一つになったとき、一夜にして変化が起きたように感じた。

それが、私たちに勇気をくれた。信念と、強さも。

たしかに、私たちは怒ることもあるだろう。政府がすることの中には、気に入らないこともあるだろう。不安にもなるだろう。

でも、私たちにはパワーがある、ということを忘れてはいけない。私たちは今変化を起こしている。

下院議員のバーバラ・ジョルダンが言ったとおり、「私たち一人ひとりが、この国の未来を形づくることに喜んで関わろうとしたときに、政府はいい働きをする」ものだ。

私たちは、インクルージョンを実現しコミュニティを導く私たち自身のリーダーであり、愛、公平、正義のリーダーなのだから。

あとがき

ジュディとクリステンより

初めに、この本の大部分を占める物語の主人公である、すべての素晴らしい運動家と支援者のみなさんに感謝したい。すでに亡くなってしまった仲間もいるが、あなたたちの影響も同じように強く感じてきた。アニータ・アーロン、ジャン・バルター、ジェラルド・バプティスト、ジョイス・ベンダー、フランク・ボー、メアリー・ルー・ブレスリン、ジョニ・ブリーブス、マーカ・ブリスト、ケリー・バックランド、フィル・バートン、ジェーン・キャンプベル、セオドア・チャイルズ、ビル・クリントン、ヒラリー・クリントン、アン・コーディ、トニー・コエリョ、レベッカ・コークリー、キティ・コーン、アラン・クランストン、アニー・クポロ、ナンシー・ダンジェロ、デニス・ダレンスバーグ、ジャスティンそしてヨシコ・ダート、エリック・ディブナー、フィル・ドラパー、バーバラ・ダンカン、エドワード・ドワイヤー、ニック・エデス、フレッド・フェイ、デニスそしてパトリシオ・フィゲロア、ユニス・フィオリート、レックス・フリーデン、ホルリン・ダリル・フラー、ボブ・ファンク、クラウディア・ゴードン、キャシー・ガーンジー、トム・ハーキン、トム・ヘアー、スーザン・ヘンダーソン、ラルフ・ホッチキス、レイチェル・ハースト、マーガレット・「ダスティー」・アーバイン、ジョイス・ジャクソン、ニールそしてデニス・ジャコブソン、デボラ・カプラン、テッド・ケネディ、ジョン・ケリー、カッレ・キョンキョラ、ジョン・ランカスター、ジュリー・ランドー、ジム・レブレヒト、ジョアン・レオン、メアリー・レスター、ボビー・リン、ダイアン・リプトン、ブラッド・ロマックス、ダグ・マーティン、アーリーン・メイヤーソン、スティーブ・マクラランド、デニス・マクエード、ジョージ・ミラー、ベアトリス・ミチェル、ハワード・モーセ、ジェフ・モイヤー、アリ・ニーマン、バラク・オバマ、メアリー・ジェーン・オーウェン、メジャー・オーウェンズ、マーティン・パレイ、カレン・パーカー、エヴリン・プロタノ、ジョー・キン、アドルフ・ラッカ、ローラ・ラウシャー、ジョレッタ・レイノルズ、カーティス・リチャーズ、リチャード・ライリー、エド・ロバーツ、アン・ローズウォーター、キャサリン・サリナス、グレッグ・サンダース、フレッド・シュローダー、ケイト・シールマン、ジョー・シャピーロ、シギ・シャピーロ、ボビー・シルバースタイン、デビー・スタンリー、マックスそしてコリーン・スタークロフ、グロリア・スタイネム、スーザン・シガール、フリーダ・タンカス、リネット・テイラー、マリア・タウン、レイ・ウゼタ、リサ・ウォーカー、ステファニー・ウォーカー、ロン・ワシントン、シーシー・ウィークス、セシル・ウィリアムス牧師、ハリソン・ウィリアムズ、マイケル・ウィンター、ジョン・ウォダッチ、パット・ライト、レイ・ザネラ、シーダ・ザウェイザ、ヘイル・ズーカス、ここには書ききれないが、その他多くの人たちに感謝したい。

また、草稿を何回も読み、貴重なフィードバックとコメントをくださった方々、特にジョン・ウォダッチとジョアン・レオン、ガブリエル・ジョージ、ニコル・ニューナム、ロビン・マレー、デニス・フィゲロア、ベティ・マックマルドレンに感謝したい。そして、ニュージーランドのオタゴ大学教授スーザン・ワーデルをはじめ、キャサリン・メイン、ケイティ・スミス、ララ・グリーンウェイ、そしてケリー・テイラーからはとても包括的で役に立つコメントをいただいた。また、ホルリン・ダリルと彼女の著作『二四日間で実現したこと：米国公民権を求める一九七七年の五〇四条項デモ・ある参加者の物語（*Becoming Real in 24 Days: One Participant's Story of the 1977 Section 504 Demonstrations for U.S. Civil Rights*）』、そしてカリフォルニア大学バークレー・バンクロフト図書館のオーラルヒストリープロジェクトが先見の明を持ち、障害権利運動の運動家たちのインタビューを記録してくれていたことに、私たちは大いに助けられた。両方とも五〇四条項デモにまつわるできごとの貴重な記録である。

この企画は、ジョン・ミラーとスチュアート・ジェームスのひらめきがなければ決して実現しなかった。ふたりは、「あなたには語るべきストーリーがある」とジュディを説得し、私たちふたりにタッグを組ませた。サンドラ・ダイクストラ著作権会社の代理人であるジル・マール、そしてグラビティ・スクエアード・エンターテイメント社のケビン・クリアリーとジョン・ビーチがこの企画を前に進め、私たちを励まし続け、この本を完成できるという気持ちにさせてくれた。担当編集者であるジョアナ・グリーンは、編集上の素晴らしいフィードバックをくれ、ビーコン社のチーム全員がいつも素晴らしかった。

最後に、私たちふたりが、互いに学び合い、一緒に取り組む機会を与えてもらったことに感謝したい。ジュディにとって、障害のないクリステンが自分の考え方を理解できると信じ、より日常的なレベルでは、ふたりの間にある距離を越えて〔クリステンはニュージーランド在住〕この本を執筆できると信じたことは、思い切った判断だった。クリステンは、フェミニスト、運動家として生きてきて、障害権利運動には明るくないことを恥じていたが、本当の意味での仲間へと成長していった。私たちは、共にしたこの旅路にとても感謝している——特に、一緒に話し、議論し、口論したすべての時間を、とても大切に思っている。

ジュディより

夫のホルヘ・ピネーダに、わたしと、わたしの活動を常に支えてくれることに感謝したい。一九九一年、オレゴン州のユージーンで彼に出会って以降、私たちの世界はこれまでとは永久に違うものになった。私たちの価値観は、家族への愛と、平等を求める闘いの中にあった。ホルヘはアメリカでわたしと共に暮らすために母国を離れたが、このことへの感謝を忘れることはないだろう。

ホルヘからは本当に多くのことを学んだ。ホルヘは音楽と美味しい食事を愛することを教えてくれ、またラティーノに対する差別を理解することを助けてくれた。ラティーノたちは、私たちの国の素地となる多大な貢献をしているにもかかわらず差別を受け続けている。メキシコにも行き、ホルヘの家族と共にたくさん美味しい食事をし、素晴らしい美術館で時間を過ごした。姪や甥とも、成長し私たちを訪問してくれるようになってからのここ数年、親しい関係に恵まれている。

最近、私たちはなぜお互いを愛し合っているかを話していて、ホルヘはわたしが素晴らしい女性で運動家だからだ、と言ってくれた。そうは言っても、ふたりの時間を十分につくることが常に難しかったことも事実だ。きっとホルヘは一九九〇年代にわたしに初めてのスマート機器を買った日のことを後悔しているはずだ。

また、何年間にもわたり、自伝の執筆をサポートし、励ましてくれた友人たちにも感謝したい。わたしのストーリーは、本当にその他多くの人たちと似通っている――障害の有無に関係なく、だ。自分たちのストーリーを語ることによって、不正義と闘い続ける私たちの力は強くなる。私たちがどんな世界を望んでいるかを伝えるストーリーを分かち合うこと――そして、その夢とビジョンを現実にしていくことは、私たち全員が全力でやると決意すべきことだ。

母と父、イルスそしてワーナー・ヒューマンにも、わたしと共に、わたしのために、ふたりとも決してあきらめずに闘い続けてくれたことに感謝したい。母には、その粘り強さと、母なりの静かながらも不屈のやり方で、障害分野だけではなく人種問題についても正義を求め闘うことを教えてくれ、ロールモデルとなってくれたことに感謝している。母は、多様な人たちと連携することの大切さを教えてくれた。父には、わたしを信じてくれたこと、母がすることをサポートしてくれたこと、車で送ってもらったあらゆる会議、母と父が参加した抗議運動、ドワイヤー先生の歌のレッスンに何度も送ってくれたことに感謝している。

弟たち、ジョセフとリッキーにも、今日のわたしをつくってくれたことに感謝している。

クリステンより

両親に心から感謝している。母のローリー・ワーニック・ジョイナーは（毎日会いたいと強く思っている）、一日中働いたあと、夕食の支度をしながら書く技術を教えてくれ、現状を疑うことを教えてくれた。そして、父のブライアン・ジョイナーは、批判的に考えることを教えてくれた。南部出身の父が持つ語り部のルーツと、近所のお店に行くまでの道中を愉快なものにしてくれた祖母と大おばの能力にも深く感謝している。継母のリニー・クレモンスにも、とても温かく素晴らしいコメントを寄せてもらったことを感謝している。義理の両親であるパットそしてキャース・サンドブルックからは、愛のあるサポートを受けた。兄のデビッドは、いつも快く仕事の手を止めて、助言とフィードバックをくれた。弟のケビンも同様に、常にわたしに大きな影響を与えてくれた。また、パーポス・キャピタル社の専務理事であるビル・マーフィーには、柔軟に仕事をすることを非常に寛大な姿勢で許可してくれたことを感謝している。

また、「心の友」の存在なしに、これをやり遂げることはできなかった。全員の名前をここで挙げられないのが残念だ。親友のルシンダ・トリートは、わたしならこの企画ができると説得し、すべてを読み、いつも辛抱強く喜んで聞き役になってくれた。ジェニファー・ミルバーとマーゴット・シュマイヤーは、わたしを常に落ち着かせてくれた。

そして、わたしの素晴らしい家族に、何度でも感謝を伝えよう。ジュリアン、オリバー、オリビア、台所で行われる早朝の長いスカイプ会議に我慢して、わたしの膝の上で校閲を手伝ってくれたり(オリビア)、語り方の素晴らしい提案をしてくれたり(オリバー)、差別に関する長い議論に参加してくれたり(ジュリアン)、そして何より、わたしをずっと笑わせ続けてくれてありがとう。そして、夫であるジョン・サンドブルック。あなたは、そっと雪かきをして道を空けるように、この仕事をするための余白を私たちの生活の中につくってくれた。何カ月もわたしには家事をさせてくれず、学校の長期休暇中は家でわたしが静かな時間を過ごせるようにコイン投げで目的地を決める旅を企画し、草稿を読むため朝五時に一緒に起きてくれてありがとう。あなたがいなかったら、どうしていいかわからなくなっていたでしょう。

参考文献

第六章　占領軍

★ HolLynn D'Lil, *Becoming Real in 24 Days: One Participant's Story of the 1977 Section 504 Demonstrations for U.S. Civil Rights* (N.P.: Hallevaland Productions, 2015), 130. My account of events of the sit-in draws on the detailed account provided in Becoming Real in 24 Days. See especially 112–15.

第七章　戦場の兵士

★ Andrew Grim, "Sitting-in for Disability Rights: The Section 504 Protests of the 1970s," National Museum of American History, Behring Center,*O Say Can You See?* (blog), July 8, 2015, https://americanhistory.si.edu/blog/sitting-disability-rights-section-504-protests-1970s.

第八章　ホワイトハウス

★ The following account of our trip to Washington and our experiences there, including direct quotes, are from D'Lil, *Becoming Real in 24 Days*, 140–65.

第九章　応酬

★1　https://www.ncbi.nlm.nih.gov/pubmed/20939141

★2　Brian T. McMahon and Linda R. Shaw, *Enabling Lives: Biographies of Six Prominent Americans with Disabilities* (Boca Raton, FL: CRC Press, 2000), 78–79.

★3　McMahon and Shaw, *Enabling Lives*, 79.

★4　McMahon and Shaw, *Enabling Lives*, 79.

★5　McMahon and Shaw, *Enabling Lives*, 80.

★6　Arlene Mayerson, "The History of the Americans with Disabilities Act: A Movement Perspective," *Disability Rights Education and Defense Fund*, 1992. https://dredf.org/about-us/publications/the-history-of-the-ada/

★7　"The Little Girl Who Crawled Up the Capitol Steps 25 Years Later: Jennifer Keelan and the ADA," *CP Daily Living*, July 24, 2015, http://cpdailyliving.com/the-little-girl-who-crawled-up-the-capitol-steps-25-years-later-jennifer-keelan-and-the-ada.

★8　William Eaton, "Disabled Persons Rally, Crawl Up Capitol Steps: Congress: Scores Protest Delays in Passage of Rights Legislation. The Logjam in the House Is Expected to Break Soon," *Los Angeles Times*, March 13, 1990, https://www.latimes.com/archives/la-xpm-1990-03-13-mn-211-story.html.

第十二章　私たちのストーリー

★1　Jeff Sessions, US Senate speech, May 2000.

★2　Tom McCarthy, "All the President's Judges: How Trump Can Flip Courts at a Record-Setting Pace," *Guardian*, May 11, 2019, www.theguardian.com/law/2019/may/11/trump-judge-nominees-appointments-circut-court-flip.

解説

尾上　浩二

変化というものは、私たちが思うようなスピードでは決して起こらない。人びとが一緒になって、戦略を立て、分かち合って、あらゆる取っ手に可能な限り手をかけてみて――そうした年月の積み重ねがあって、初めて変化は起こるものだ。少しずつ、苦しいほどゆっくりとではあっても、物事は動き出す。そして、ある時突然、まるで青天の霹靂《へきれき》のように、変化は起きるのだ。（二六六頁）

本書は、世界的に著名な障害者運動のリーダーであるジュディス・ヒューマンさんの生い立ち（第Ⅰ部）から、リハビリテーション法五〇四条項実施をめぐる闘い（第Ⅱ部）、クリントン、オバマ政権、世界銀行で要職を務め今なお障害者の権利に対する闘いを続ける今日まで（第Ⅲ部）、を描いた自伝である。彼女が他の障害者とともに進めてきた歩み、「私たち」の物語だ。

彼女は、日米障害者自立生活セミナーで一九八三年に初来日して以来、何度も日本を訪れ、わが国の障害者運動にも大きな影響を与えてきた。

日本では二〇一三年に障害者差別解消法（障害を理由とする差別の解消の推進に関する法律）が制定され、翌二〇一四年に国連・障害者権利条約が批准された。それまでに長年の運動があった。一九七〇年代から、施設や病院ではなく地域での自立生活を目指す運動、地域の保育所や学校で共に学び育つことを目指す運動、街や交通機関のバリアフリーを求める運動が進められてきた。乗車拒否や入店拒否、入学拒否に対する闘いもあった。

だが、障害者差別に関する法律が意識化されるのは一九九〇年代、制定を求める運動として本格化するのは二十一世紀に入ってからである。やはり、世界初の包括的な障害者差別禁止法として、一九九〇年に制定されたＡＤＡ（障害のあるアメリカ人法）のインパクトが大きかった。そのＡＤＡの源流に当たるのが本書の第Ⅱ部で取り上げられているリハビリテーション法五〇四条項である。

世界の障害者の歴史に影響を与えた五〇四条項

五〇四条項は「障害のあるいかなる個人も、単に障害のみを理由として、連邦政府からの財政援助を受けている施策や事業に参加することから排除され、恩恵を享受することを拒否され、差別されてはならない」（二〇五頁）と、連邦政府から予算を受けている機関での障害者差別禁止を規定している。

この条項がいかに画期的なものだったか、ジュディさんがこの文書を初めて目にしたときの回想シーンからもわかる。

紙を見つめて、何度も何度もその箇所を読み返した。（中略）**この文章は、これまで私たちが受けてきた取り扱いがまさに差別だったことを認めていた。心が一気にざわつき、何が起きているかを必死で理解しようとしていた。**（一〇五頁）

障害者の公民権法と言われる五〇四条項だが、数人の上院議員による水面下の動きによって「忍び込ませる方法」で一九七三年に条文が設けられた。

だが、その施行までには激しく粘り強い闘いがあった。一九七七年四月に全米各地で五〇四条項の実施を求める一斉行動が行なわれた。そのなかで一カ月近くにわたって繰り広げられたのが、彼女たちによるサンフランシスコ連邦政府ビルの占拠闘争だった。私も写真やビデオでその一部を観ることはあったが、その一カ月間に何があったのか、その詳細を本書で初めて知った。

あなたがたが「分離すれども平等」を持ち出すたびに、全米中の障害者の怒りは燃えさかり、いつか爆発するということです。（中略）

私たちは、政府がこれ以上障害者を抑圧することを許しません。私たちは、法の施行を求めます！　さらなる分離は望みません！（中略）

それから、今私たちが何を話しているかわかりもしないのに、そんなふうに頷くのはやめてください！

（一八四 - 一八五頁）

YouTubeにアップされている彼女の伝説的なスピーチは、占拠しているビル内で行われた議会公聴会でのできごとだったのだ。さらに、政府を動かすために、ワシントンに代表団の一員として赴き、議員や政府高官へ働きかけ、夜通しの集会を開くなど、考えられるすべての手を打っていく。それと共に、占拠している建物内では、みんながそれぞれの声に耳を傾ける「聴く文化」を育み、仲間意識を高めていった。こうした八面六臂の活動を通じて、五〇四条項の実施は勝ち取られた。彼女をはじめとした「私たち」が歴史を動かしたのだ。それは国際的な意義を持つものだった。

ヨーロッパから来た仲間たちは、自分たちの障壁が人権や公民権の問題ではなく、単に医学的なものとして捉えられていることへの不満を述べていた。（中略）五〇四条項は障害を再定義していた。障害を医学的な問題として捉えるのではなく、障害は公民権、そして人権の問題であると定めていた。（中略）五〇四条項に署名させるため多くを犠牲にした私たち――が、

歴史に残る何かを成し遂げたことを理解しはじめた。（二三一－二三二頁）

五〇四条項で再定義された「人権問題としての障害」は、二十一世紀に入って障害者権利条約に結実した。もし、五〇四条項が実施されなかったり骨抜きになっていたりしたら、その後の世界の障害者の歴史は相当違ったものになっただろう。

そして、いまだに「分離すれども平等」がまかり通り、脱施設やインクルーシブ教育への転換が進んでいない日本の現状からすると、公民権運動のなかで獲得された「分離は差別」との規範を障害者分野で実現していくことの重要性も、五〇四条項をめぐる闘いから学びたい。

さらに、五〇四条項の差別禁止の対象を民間にも拡大することを企図して、ADAができた。だが、ADAも自然に成立したわけではない。「一九八〇年頃には取りかかり始めた」ということだから、ADAの成立まで一〇年にわたる努力が積み重ねられたことになる。さまざまな人びと、組織が関わった。それらを一つの力にまとめ上げていくうえで、「ADAの父」と称せられるジャスティン・ダートさんの果たした役割に注目しないわけにはいかない。

ジャスティンが最初にしたことは、全米の障害運動家を一つにする方法を見つけることだった。ジャスティンは全米中を旅し、各地の障害者リーダーと会い、彼らからフィードバックをもらいながら、障害者の公民権確立に向けた国の政策をつくることに同意を得ていった。その当時、障害のある人が旅行をする

のはお金がかかり、かつ厄介なことだったので、ジャスティンがこれを実際に（しかも自分のお金で）やり遂げたこと自体、並外れたことだった。（二三九－二四〇頁）

その後も、彼は再度、全米を回り、何千通もの請願書や差別事例を集めて回った。一九八八年、一九八九年と二度の法案が流れたあと、一九九〇年三月十二日に千人の参加者による国会前行動が持たれた。国会議事堂の階段を障害者が必死で這い上がる行動は、社会のバリアを可視化した。この行動には、脳性マヒの女の子、ジェニファー・キーランさんも参加した。脳性マヒの女の子に至るまで多様な「私たち」が一つの力になることでＡＤＡは成立したのだった。「私たちの物語」に終わりはなく、続く。

日本の障害者運動との関わり

日本で五〇四条項がよく知られるようになったきっかけは、一九八三年に開催された日米障害者自立生活セミナーであった。彼女をはじめとする著名な活動家が来日し、全国各地で講演会を行ったのである。そのときに、自立生活の哲学、障害者主導の自立生活センターと並んで紹介されたのが、この五〇四条項であった。五〇四条項によりリフト付きバスが運行されていること、大学等の高等教育機関に障害者が入れるようになってきていることなどが報告された。当時、日本では乗車拒否は日常茶飯事で、障害者を受け入れる大学は限られていた。彼らの力強い熱のこもった報告は、大きな衝撃をもって受け止められた。このセミナー以降、日本でも自立生活センター設立の動きが始まった。

その後、彼女の来日の際に、私は集会や行動を共にする機会があった。いくつかの思い出を紹介したい。

一九八八年に新宿でＲＩ（リハビリテーション・インターナショナル）世界会議が開催されたときのこと、来日した仲間にも呼びかけて交通アクセスデモを行なった。三澤了さん（元・ＤＰＩ日本会議議長）と一緒に、彼女に相談しに行ったところ、あっという間に、ジャスティン・ダート、マイケル・ウィンター、カッレ・キョンキョラ、アドルフ・ラツカといった名だたるリーダーたちに声をかけてくれて、その後の準備はとてもスムーズに進んだ。国内外の三百名の障害者が「アクセスナウ！　電車に乗るぞ！」をスローガンにデモ行進し集団乗車を行なった。これを機に、その後一〇年にわたって全国交通アクセス行動を展開し、交通バリアフリー法制定（二〇〇〇年）にこぎ着けた。

一九九一年に来日した際には、当時裁判になっていた兵庫県・市立尼崎高校での入学拒否事件に対する教育委員会への抗議行動に参加してくれた。自らの教育体験を交えて、入学拒否を指弾すると共にインクルーシブ教育の重要性を訴えた。

二〇一四年の来日の際には、日本の障害者差別解消法の動向に大変な関心を示された。ちょうど、その基本方針のパブリックコメントが始まっていたときで、講演会の壇上から意見提出を熱心に呼びかけていた姿を印象深く思い出す。

どこにいても「我がごと」として障害者の権利の問題を考えエネルギッシュに行動する、彼女の姿が浮かび上がるエピソードだ。

社会が、私たち自身が「人間的」であるために

集会や行動を共にするなかで気づいたことがある。

彼女は、集会などで初めて見かけた障害者がいると、電動車いすで駆け寄り話しかける。障害種別に関係なく、時には手話を使って語りかけるときもある。言語障害のある重度障害者や知的障害者の発言をじっくり聴く。社会変革に対する不屈の闘志と共に、仲間への思いやりあふれる関係の結び方がとても印象的だ。先述の入学拒否事件への抗議行動のときも、筋ジストロフィーの障害がある生徒に励ましの声をかけ涙ぐみながらハグをしていた姿が忘れられない。

こうした彼女の仲間に対する姿勢が、どのような人生の歩みの中でつくられてきたのかを知ることができるのも本書の魅力だ。

彼女が、学校教育からの排除や教員免許を巡る差別的対応など「排除されることも日常の一部」（七二頁）という痛みを伴う経験をしてきたこと、そうした排除に直面しながらも「すべての人が持つ人間性を価値あるものとする」とする「障害者の文化」（四六頁）を大切にしてきたことがわかる。

立てこもりは他の何よりもキャンプのときの感覚に似ていたかもしれない。（中略）**建物の中では、まさにキャンプのときのように私たちは簡単に会うことができ、家族や友だち、信頼できない公共交通機関に頼らずとも一緒に時間を過ごすことができた。**（一七九－一八〇頁）

子どもの頃に参加した障害者キャンプの中で感じた自由、大学時代に学生運動に参加することで得た居場所の感覚——皮膚感覚を伴うこれらの経験が、仲間との一体感を大切にする彼女の生き方につながっている。闘いの中で「聴く文化」を養い、「私たちがいかに一つになっていたか（中略）互いの人間的な部分を大切にしていた」と、相互の信頼と絆をつくり上げてきたことにも触れられている。

このキャンプを題材にしたドキュメンタリー映画 *CripCamp*（『ハンディキャップ・キャンプ：障がい者運動の夜明け』）が二〇二〇年に公開された。高い評価を得て各種の賞を受賞し、アカデミー賞にもノミネートされた。野球や音楽を楽しみ、恋をし、時には「親との関係」について真剣に語り合う――そういう自由な空間としてのキャンプが映し出される。さらに、五〇四条項からADA制定までの闘いも取り上げられており、ぜひ、本書を手元に置きながらご覧いただきたい。
ロックやブルース好きの私は、カウンターカルチャーの祭典として開かれたウッドストックフェスティバルを思い出した。キャンプは彼女たちにとってのウッドストックのようなもので、自らを解放し、社会へ立ち向かっていく力を得る場だったのだなと思う。実際、キャンプに参加した障害者、スタッフともに、その後の活動にも参加している。日本でも、私が関わった青い芝の会は、一九七〇〜八〇年代にかけて「障害者と健全者の交流キャンプ」に力を入れていた。また、しばしば合宿も開かれて夜中まで話し合った。「解放的な場の共有体験」の重要性を改めて感じる。

最後に、本書が、日米障害者自立生活セミナーの翌年に生まれ、障害者運動の中堅リーダーとして活躍する曽田夏記さんの手によって翻訳されたことの意義にも触れておきたい。そのこと自体が「国境や世代を超えた障害者運動のつながり」の表れである。私のように英語を読むことのできない者にとっては、排除されたときの痛みや仲間との連帯で得られる信頼感等も含めた「障害者文化」のニュアンスを大切にして読むことができて、とてもうれしく思う。
記念すべき本書の刊行を受けて、ジュディさんにはもう一度日本に来て、彼女の好物であるコンビニのおにぎりとポッキーを楽しんでもらえればと願う。

本書は、「私たち」が生み出した社会変革の記録としても、その闘いの中で仲間意識を高め「私たち」自身を変革してきた物語としても貴重である。格差と分断が広がる社会の中で、「人間らしい社会にしたい」と考えている人たちに、ぜひ読んでいただきたい。

おのうえ・こうじ……一九六〇年大阪に生まれる。子どものときから脳性マヒの障害があり、小学校を養護学校、施設で過ごしたのち、普通中学・高校へ進む。一九七八年大阪市立大学に入学後、大阪青い芝の会と出会い、以来、四〇年余りにわたって障害者運動に関わる。DPI（障害者インターナショナル）日本会議事務局長、障害者政策委員会委員、障害者制度改革推進会議総合福祉部会元副部会長を歴任。二〇一四年より、DPI日本会議副議長。共著に『障害者が街を歩けば差別に当たる?!』（現代書館）、『障害者運動のバトンをつなぐ』（生活書院）等。

訳者あとがき

原著 *Being Heumann* を初めて読んだとき、人目がある喫茶店にいたにもかかわらず、わたしは涙を流していた。いくつかの場面で、自分自身や障害のある仲間たちの「痛み」が重なったからだと思う。そして、その痛みや怒りを共有する仲間たちと友情を結びながら、共に社会を変えていった物語から、わたしも大きな力をもらった。「みんなにこの本を翻訳して届けたいな」と思った。

試訳の段階で、「障害当事者ならではの訳だね」という言葉を何人かの方からいただいた。でも、訳出した日本語の素地になっているのは、「わたし」の経験ではなく、「私たち」の経験だ。時代、生い立ち、障害の程度も異なるジュディの経験を、わたしの経験だけを頼りに訳すことなど当然できない。翻訳しながら思い浮かべていたのは、障害のある仲間たちが日々の活動の中でわたしに聞かせてくれた経験や感情だった。本書の翻訳は、わたしの中に保存されていた「みんな」の言葉を探して、引っ張り出してくるような作業だった。

ジュディは、あるイベントで若手障害者から「なぜ運動家になったのですか？」と聞かれ、「必要に迫られてです」と笑って答えていた。アメリカの障害者運動の歴史に関する本はすでに多くあるなかで、本書が邦訳されるべきだと私が思った理由――。それは、一線を越えた差別を受け、人間として扱われず、「障害者の公民権運動」を始めざるを得なかった障害者自身が語るストーリーだったからだ。たとえば、五〇四条項デモの歴史について、別の書籍を通じて知ってはいた。でも、小学校入学や教員試験の際にジュディが受けてきた差別の実態を知り、「本音を言えば、わたしはただ泣いてしまいたかった」（八五頁）、「憤慨していたが、心の奥底では深く傷ついていた」（九〇頁）といった感情を追体験したあと、ジュディたちのレンズを通して知る五〇四条項デモは、わたしの中で新しい像を結んでいった。「私たちのストーリーを語ることによって、人びとは私たちの視点で物事を見られるようになっていった」（二二四頁）とジュディが言うとおりの意義が、本書にはあると思う。

私がジュディに初めて出会ったのは二〇一五年。その後も通訳等を頼まれ、毎年渡米し親交を深めるなかで、「みんなを大切にする」ジュディの姿に敬意を抱くようになった。特に心に残っているのは、二〇一七年に行われた若手障害者向けの米国研修でのできごとだ。最終日、ホテルのロビーに降りてきたジュディを、日本の若手障害者たちが囲んでいた。ジュディは、一人ひとりと時間を取って笑顔で接したあと、輪から少し離れたところにいた盲ろう者のYさんのところへ自分からスーッと向かっていった。そして、アメリカの障害者と十分に交流できたか、日本ではどんな生活をしているのか、などを丁寧に聞いていた。ふたりのやりとりを通訳しながら、その場にいる「みんな」を大切にする姿勢に、「私もこんな人でありたいな」と思った。本書の以下の箇所を読んだとき、ジュディが大切にしてきたことが改めて心に響いた。

「私たちは、変化を生み出すために担っている役割が一人ひとりにあると信じていた」「自分たちが成功するかどうかは、一つになれるかどうかだとわかっていた。私たちの力は、運動を自分ごととして考え、運動に対する自分の役割を実感している仲間がどれだけいるかにかかっている。今でも、これが私の運動のやり方だ」（三〇三頁）

ジュディは、「一つになる（Unite）」ために、一人ひとりを大切にしていたのではないと思う。みんなが一人ひとりを大切にし合っていたから、結果として、一つになれたのではないか。

時代や国が違えば、運動のスタイルも自然と異なると思う。それでも、みんなで一つになって社会を変えようとするときに必要なことが何か、本書は多くのことを教えてくれていると思う。

最後に、本書の翻訳を支えてくれた方々に感謝したい。まず、原著を私に紹介し、翻訳を熱烈に勧めてくれた盛上真美さん。監訳者として応援し続けて下さった中西由起子さん。三回も通読して熱意ある解説を書いてくださった尾上浩二さん。いつも一緒に共感し、悩みながら本書をつくってくれた現代書館の担当編集者・向山夏奈さん。

「生きるに値しない命などない」と教えてくれたのは、意識が戻らない時代を経て、今も重度障害と共に生きる母である。文筆家の父からは、「ストーリー」の大切さを教えてもらった。わたしの活動を応援し、日々を支えてくれる夫にも感謝したい。

そして、本書の日本語訳の素地となる、日々の活動を共にしている自立生活センターSTEPえどがわの仲間たちに改めて感謝している。紙面の都合上お名前を挙げることはできないが、私を支えてくれたみなさん、支えてくれているすべてのみなさんに深く感謝しています。

二〇二一年六月

曽田　夏記

【著者プロフィール】

Judith Heumann（ジュディス・ヒューマン）

1947年生まれ。障害者運動・自立生活運動の世界的リーダー。1970年代から、多様な障害当事者団体（バークレー自立生活センター、米国障害者協会）、NGO、政府機関での活動を通じ、障害者の人権を前進させる法制度の発展に貢献した。クリントン・オバマ両政権で障害分野の特別アドバイザーを歴任。また、世界銀行初の「障害と開発」アドバイザーとして、国内外における障害者の権利擁護に尽力した。米国・ワシントンD.C.在住。

Kristen Joiner（クリステン・ジョイナー）

社会起業家・文筆家。国際的な非営利セクターで多数の受賞歴を誇る。排除・居場所・不平等・社会変革に関する記事を、「スタンフォード・ソーシャル・イノベーション・レビュー（Stanford Social Innovation Review）」など、様々な媒体で発表している。ニュージーランド・オークランド在住。

【訳者プロフィール】

曽田夏記（そだ　なつき）

1984年生まれ。自立生活センターSTEPえどがわ職員、DPI（障害者インターナショナル）日本会議特別常任委員。東京大学教養学部卒業（国際関係論専攻）。大学在学中に障害者となり、2008年から国際協力機構（JICA）勤務。その間、休職しフィリピン農村部の障害者団体で２年間活動したことが契機となり退職、日本の障害者運動に参画。現在、地域での個別支援活動、全国での権利擁護運動等に従事。

＊本書の売り上げの一部は、アフリカの障害者リーダー育成のための活動に充てられます

BEING HEUMANN
AN UNREPENTANT MEMOIR OF A DISABILITY RIGHTS ACTIVIST
by JUDITH HEUMANN
with KRISTEN JOINER

わたしが人間《にんげん》であるために
——障害者《しょうがいしゃ》の公民権運動《こうみんけんうんどう》を闘《たた》った「私《わたし》たち」の物語《ものがたり》

2021年7月30日　第1版第1刷発行

著者　ジュディス・ヒューマン、クリステン・ジョイナー
訳者　曽田夏記
監訳　中西由起子
発行者　菊地泰博
発行所　株式会社現代書館
〒102-0072 東京都千代田区飯田橋3-2-5
電話 03-3221-1321　FAX 03-3262-5906
振替 00120-3-83725
http://www.gendaishokan.co.jp/
組版　プロ・アート
印刷所　平河工業社（本文）
東光印刷所（カバー）
製本所　積信堂
装幀　アルビレオ

校正協力：渡邉潤子
表紙写真：Dzmitry_Kuzniatsou/Shutterstock.com

ISBN978-4-7684-3589-2
定価はカバーに表示してあります。
乱丁・落丁本はお取り替えいたします。

活字で利用できない方のための
テキストデータ請求券
『わたしが人間であるために』